講談社文庫

恵比寿屋喜兵衛手控え

新装版

佐藤雅美

講談社

目次

恵比寿屋喜兵衛手控え

第一章　旅人宿

一

障子ごしに日が斜めにさしこみ、部屋がぱっと明るくなった。

日の傾きかげんから察するに、そろそろ七つ（午後四時）になろうかという、客引きに表にでなければならない頃合だ。

喜兵衛《きへえ》は下駄をつっかけて表にでた。

ここは、通称を旅人宿《たびにんやど》といっているおよそ百軒の旅籠《はたご》屋が、ひしめきあうように軒を接している馬喰町《ばくろうちょう》界隈の表通りで、喜兵衛の宿恵比寿屋《えびすや》はちょうど真ん中あたりの馬喰町二丁目にあった。

すでに、お国訛《なま》りまるだしの堂社物詣《どうしゃものもうで》（見物）や、通りすがりの何人もの旅人が、この日の宿をもとめて行き来しており、旅人宿の主人《あるじ》や番頭、手代、下男下女が、声高に客の袖を引いていた。

喜兵衛も恵比寿屋《やど》の使用人と一緒に客の袖を引いた。

十月も末だった。なんでもこの日、山手《やまのて》では初霜《はつしも》が立ったとかで、日が陰ってくると、袷《あわせ》の襟を掻き合わせなければならないほど冷え込んできた。背中も冷える。

喜兵衛は、丸に恵比寿屋と、屋号を背中に白抜きで染め込んでいる紺地の半纏《はんてん》を羽織っていて、半纏の下に綿入の袖無《そでなし》を着込もうと足を恵比寿屋《やど》にむけた。

視野にはいるものがあって足を止めた。

三丁目のほうから袖を引く手を振り払い、一軒一軒門口を見上げ、掲げてある看板の屋号を確かめながら近づいてくる、どこか思いつめた様子の男が目にはいったのだ。

喜兵衛は男が近づいてくるのをまった。

ここもちがう、ここでもない、しかしたしかにこのあたりなのだがとばかりに屋号を確かめながら近づいてきた男は、恵比寿屋の看板を見てほっとしたように喜兵衛にむかって口をひらいた。

「恵比寿屋さんの方でござえますか？」

喜兵衛は笑顔でこたえた。

「さようでございます」

真田紐《さなだひも》で中結びした風呂敷包を背中にせおい、道中の俄《にわ》か雨の用心に、雨合羽《あまがっぱ》と菅《すげ》笠《がさ》を手にもった、いかにも在《ざい》からでてきたばかりとわかる男はつづけていった。

「旦那の喜兵衛さんという方にお会いしてえんですが」

喜兵衛は笑みをたやさずに、

「わたしがそうです」

二十《はたち》前後とおぼしき若者は急に激し、矢継ぎ早に語をついだ。

「実はおらの兄《あん》ちゃんが……、いわれのねえ、来月の四日が差日《さしび》の御尊判《ごそんぱん》（訴状）を突きつけられ、兄ちゃんは動転して……」

公事訴訟事《くじそしょうごと》を抱えてやってくる者のほとんどがそうだ。感情がたかぶっていて、一時《いっとき》になにもかも話してしまおうとする。

話は落ち着かせた後でゆっくりさせればいい。喜兵衛はうなずきながらなだめすかすように、

「外はお寒うございます。とにかく中におはいりになって」

いわれて若者は寒さに気づいたようだった。ぶるぶるっと顔を震わせ、肩をすぼめ

て恵比寿屋の敷居をまたいだ。

すかさず下働きの女が、

「いらっしゃいませ」

と声を張り上げ、水をはった盥《たらい》をはこんできて足をすすぐようにすすめた。若者は草鞋《わらじ》をぬいで両足を同時に盥に突っ込み、大仰《おおぎょう》につぶやいた。

「おおー、冷てえ」

「捨ててよろしゅうございますね？」

下働きの女が聞く。若者は顔を上げて、

「なにをだべ？」

「草鞋ですよ」

履きつぶしていて、かかとのところが擦《す》り切れている。

「まだ履けると思うだが……」

若者はためらっていたが、決心をつけるようにいった。

「思いきって捨てるか」

下働きの女は無造作に草鞋をつかむと、ぽいと土間の隅に放り投げた。そこにはこの日到着した旅人の、履きつぶした草鞋が堆《うずたか》く積み上げられていた。

「どちらからいらっしゃいました？」

喜兵衛は声をかけた。

「越後からでごぜえます」

越後は地頭（旗本）領主（大名）が入り乱れている。

「越後はどちら？」

「刈羽郡《かりわごおり》の比角《ひすみ》という村でごぜえます」

「御支配は？」

「陸奥《むつ》白河《しらかわ》の松平《まつだいら》様」

「だったら一丁目の布袋屋《ほていや》さんに泊まらなければいけない」

陸奥白河の松平家は越後にも領地を有しており、越後領分の者も馬喰町一丁目の布袋屋が指定の宿とされていた。布袋屋と白河松平家との間でそう取り決めていて宿賃が割引されていた。

もちろん恵比寿屋で泊めていけないことはない。泊めるとしかし客を横取りしたように思われる。おたがい気分がよくない。

「だども吾作さんが……」

と若者は足を拭きながらいう。

「吾作さんとおっしゃいますと？」

「おらが村の組頭《くみがしら》殿でごぜえます。吾作さんが長岡の御城下の、木綿問屋さんの、なんという屋号だったか……」

「中島屋さんですね」

木綿の買付などで年に一度江戸へでてきて泊まっていく馴染みの客だ。

「そうそう中島屋さんだ。かねて懇意の中島屋さんにこちら様のことをうかがっていたとかで、急ぎ中島屋さんに使いを走らされ、中島屋さんから添状を取り寄せられて、こちら様にご厄介になれと……」

添状があれば布袋屋も苦情はいわない。

「添状は風呂敷包の中に……。ちょっくらまってくだせえ」

若者は風呂敷包に手をかけた。

「あとにしましょう」

喜兵衛はさえぎって、

「本当ならひとっ風呂浴びて旅の垢《あか》を落とされては、とおすすめしたいところですが恵比寿屋《うち》では風呂を立てておりません。近所の湯屋にいっていただくことになっております。旅人宿はどこもそうです」

「聞いておりますだ。それよりお腹が」

「ぺこぺこですか？」

「蕨《わらび》の宿《しゅく》で早お昼にして茶漬をかきこんでこのかた、腹には何も詰め込んでねえだ」

「旅人宿はどこもきまった時刻に、ひとつ所に横並びにすわって夕飯をとっていただくことになっております。うちでは七つ半（午後五時）……」

喜兵衛はそういって表に目をやり、日の陰り具合を見た。

「あと四半刻《しはんとき》（三十分）ばかりもあるようです」

若者は足を拭きながら聞く。

「だったらその間に風呂さいってくるというのはどうだべ？」

「慣れないことですから、湯屋へいくのは夕飯がすんでからにされたほうがいい。でないと夕飯を食いっぱぐれる、ということになりかねない」

「それは困るだ」

若者は大まじめにいう。

「おふじさん」

喜兵衛は居合わせた女中頭《じょちゅうがしら》に声をかけた。

「この方を柳の間にご案内して」

「おらの話は？」

「夕飯のあと、ひとっ風呂浴びてさっぱりされてからということにしましょう。湯屋から帰ってこられたら恵比寿屋《うち》の者に声をかけてください。わたしの部屋に案内してくれるはずです」

「そうですか。何分よろしくお願えしますだ」

若者は頭を下げ、おふじの後にくっついて二階に上がっていった。

二

喜兵衛は半纏の下に綿入を着込むと、客を呼び込むためふたたび表にでた。浅草御門の方まで出張っていた手代が、なだめすかすように堂社物詣とおぼしき、まだぐずぐず迷っている五人連れの手を引っ張ってくる。

「ようこそいらっしゃいませ。ささ中へ」

喜兵衛も手伝い、五人連れを恵比寿屋《やど》に押し込んだ。

恵比寿屋は六間間口で奥行は十五間。奥につうじる土間は右端、つづいて框《かまち》、奥へつうじる廊下と二階への階段はほぼ中央、左寄りに框から板縁が式台《しきだい》のように引っ張ってきてあって、前に履物をぬぐ踏石がおかれている。踏石は、その先の障子で仕切られている部屋が公事訴訟関係の仕事部屋と、なんとなくわかるようにおかれている。

喜兵衛は五人連れが腰を下ろし、足を洗いはじめるのを見届けてまた表にでた。浅草御門とは逆の、御城の方角から、公事訴訟事の世話をやくのをもっぱらの仕事にしている下代《げだい》の忠助《ちゅうすけ》と、三人の備中《びっちゅう》の村役人が帰ってくる姿が見える。四人は外桜田《そとさくらだ》の、御寺社《おじしゃ》の御奉行の御屋敷に出向いていたのだが、足取りが重いのは、外桜田までの往復が遠いせいばかりではない。きょうもまた首尾がよくなかったからだろう。

「お帰りなさい」

喜兵衛は元気づけるように声をかけた。

「ただいま」

忠助と村役人はしずんだ声でいい、

「ちょっとよろしいですか？」

と忠助がつづける。うなずいて、喜兵衛は一緒に仕事部屋に戻った。

仕事部屋は八畳と十畳の二間つづきで、手前の十畳の間には左右に机が二つずつ、合計四つおかれている。忠助ら下代三人と下代見習一人の仕事机だ。

喜兵衛は十畳の間をつっきり、奥の八畳の間の、神棚を背にした長火鉢《ながひばち》の前の自分の席にすわった。三人の村役人は、忠助がならべた座布団にすわった。

「きょうも御役人様からこっぴどくやりこめられました」

白髪頭の頭《かしら》百姓が、そう目をしょぼつかせていって沈黙した。

三人の村役人が抱えているのは、代官所からお許しのでた新田の開発が、村の田畑の用水に支障をきたすから開発を差し止めていただきたい、という要望の出入《でいり》（公事訴訟）である。

相手方の背後には大坂の豪商がついているらしかった。許可をだした代官が面子《メンツ》もあり、陰にまわって相手方を腰押《こしおし》しているらしい形跡もあった。それゆえにだろう、相手方は強気に、支障などきたさないと反論して、争いは一年にもおよんでいた。勝つ目鼻はまるでついていなかった。というより形勢はわるくなる一方だった。

「故郷《くに》との往復も三度におよんでいて、つかった金は百五十両をこえております。これで負公事《まけくじ》になったのでは、おめおめ故郷《くに》に帰れない……」

また泣言《なきごと》を聞かされるのかとうんざりしていると、

「お夕飯ですよ」

二階にむかって声を張り上げているおふじの声が聞こえる。

「冷《さ》めてしまいます」

喜兵衛は助け舟に乗るようにうながした。

三人は重い腰を上げ、ぞろぞろ部屋をでていった。

いれかわるように、北の御番所に出向いていた下代の嘉助《かすけ》が客とつれだって帰ってきた。

御番所での首尾がよほどよかったのだろう、こちらの客は、

「前祝《まえゆえ》えに一杯《いっぺえ》」

などと浮かれている。

嘉助は頭の回転が早いのを見込んで板場の下働きから引き上げた、二十五、六と歳は若いが仕事にそつのない独り者だ。

客とつれだって嘉助が報告にきた。

「いい分はほぼとおりました。この次にでもめでたく一件落着となりそうです」

客の一人がつづけていう。

「それでおらたちはこれから、柳橋で前祝えに一杯やるべえと思うだが、嘉助さんもさそっていいだか？」

よせ、と止めることでもない。喜兵衛はうなずいた。

客は嘉助の背中を押すように部屋をでていった。

喜兵衛は、左脇の机の上においている目安《めやす》（訴状）の下書を手にとった。下書は客と一緒に柳橋にでかけていった嘉助がしたためたものである。

目安はできるだけ手短にしるし、細部は御糺《おただし》の際に申し上げればいい。そういい聞かせているのだが、嘉助は調べがいきとどく分いつも書き込みすぎる。喜兵衛は筆に朱をふくませて刈り込みをはじめた。

「ただいま帰りました」

障子をあけながら声をかけて、月番の勘定奉行所に、終日御用伺いに出向いていた下代見習の栄次がはいってきた。栄次はまっすぐ長火鉢の前にきてすわっていった。

「本日、御差紙《おさしがみ》御用はございませんでした」

「お疲れさま」

栄次は下がって自分の机の前にすわった。喜兵衛はふたたび筆をはしらせた。

廊下につうじる唐紙があいた。

「夕飯です」

女中の一人が顔を覗《のぞ》かせていった。

客はいつも七、八十人ほどいる。食事どき、台所と台所につづく食事部屋は火事場騒ぎのような有様になる。

下代や下代見習をいれて常時十五、六人いる使用人は、客が食事をすませたあとかわるがわる食事をとるようにしていた。

「お先に」

立ち上がって栄次が食事部屋にむかった。

忠助は通《かよ》いだ。

「お先に」

と挨拶して家《うち》に帰っていった。

部屋には誰もいなくなった。

あと一息――。喜兵衛は朱をいれつづけた。どうにか様《さま》になった。

喜兵衛も台所にむかった。

喜兵衛は近くに、地借りの、庭木を二、三本植えることができるほどの広さの、庭つきの建家《たてや》をもっていてそこに住んでいた。

六、七年くらい前まで、喜兵衛は家《うち》に帰ってつれあいや二人の子供たちとなごやかに朝夕の膳《ぜん》をかこんだ。仕事がたてこんでいることが多い夕飯どきでも、なるべく家に戻って食事をとるようにしていた。

二人の子供は家をでてひさしい。つれあいは長患いで五、六年寝込んでいる。世話は付き添いの婆さんがしている。いまは三度とも、使用人とおなじように恵比寿屋《やど》の食事部屋で食事をすませていた。

全員食事をすませたのだろう、食事部屋には一番番頭の太兵衛《たへえ》しかいず、太兵衛も食事をおえて茶をすすっていた。

喜兵衛は一つしかのこされていない自分の箱膳《はこぜん》の前にすわって箸《はし》をとった。

「旦那様」

おふじが食事部屋へはいってきて膝をついた。

「さきほど越後から見えた六助という方が旦那様にお会いしたいと……」

喜兵衛は箸をやすめて、

「仕事部屋にお通ししといておくれ」

「承知いたしました」

三

喜兵衛は仕事部屋に戻った。部屋には誰もいず、六助とかいう若者が隅にかしこまっていた。

「おまたせしました」

喜兵衛は声をかけて長火鉢の前にまねいた。

湯屋で旅の垢を落としてさっぱりした様子だが、野良仕事で毎日日にあたっているせいだろう、赤銅色《しやくどう》に日焼けしていていかにも田舎くさい、しかしよく見ると目鼻立ちはととのっていて目が黒々と澄んでいる、感じのいい若者だった。

若者は六助、数字の六に助けるという字ですと名を名乗り、

「これが中島屋さんの添状でごぜえます」

と書付をさしだした。喜兵衛は一瞥《いちべつ》した。中島屋は話せばおもしろい男なのに、筆は立たないのか通り一遍のことしか書かれていない。

喜兵衛は添状をおりたたみながら、

「それでご用件というのは？」

六助はあらたまった。

「この十六日です。江戸から見ず知らずの男がやってきて、おらの兄《あん》ちゃんに、いわれのねえ、来月の四日が差日《さしび》の御尊判《ごそんぱん》（訴状）を突きつけ、兄ちゃんはまるっきり心当りがねえのに、六十両を返せと……まるで盗っ人のようなことをいうのです。それで、一日《ついたち》の着届《ちゃくとどけ》に間に合うようにと、とるものもとりあえず、越後から駆けつけてきたような次第《しでえ》でごぜえます。なにぶんよろしくお願《ねげ》えしますだ」

そういうと六助はペコリと頭を下げた。

出入（公事訴訟事）には一定の約束事がある。きのうきょう在からやってきましたという田舎者の手にはおえない。そこで宿によっては、片手間に公事訴訟事の相談にのり、あれこれ世話を焼くようになった。お上《かみ》にとってもそれは都合のいいことで、いつしか宿の、公事訴訟事の世話焼きを公認するようになった。喜兵衛の宿恵比寿屋も、そんな〝公事宿《くじやど》〟の一つである。

喜兵衛は承知しましたとばかりにうなずいて、

「あなたが兄《あに》さんにかわって公事訴訟を受けて立つというわけですね」

「うんだ。兄《あん》ちゃんは無口で口下手なものだから、おらが兄ちゃんの〝煩《わずらい》につき代〟となって受けて立とうとやってまいりましただ」

「六十両を返せということですが、それは借金銀ですか、売掛《うりかけ》ですか、それとも……」

「手付金でごぜえます。受け取ってもいねえ手付金六十両を返せというのです」

「そういうことだと、内済《ないさい》どころではないというわけですね」

「本当に受け取っているのなら返しもします。内済の話にものります。鐚《びた》一文受け取ってねえんです。内済などとてもとても」

内済する気がないとなると公事はとても長引く。半年から一年、ものによっては一年以上にもおよぶ。その場合喜兵衛にとって重要なのは、宿代を取りっぱぐれないかということで、相手の懐《ふところ》具合をそれとなく確かめたうえでないと、気安くは相談にのれない。

喜兵衛はさりげなくいった。

「でも公事訴訟は勝つにしろ負けるにしろ金がかかります。勝って金をもらってもそれ以上かかることが少なくない……」

「ある程度は覚悟しておりますだ」

とはいったもののやはり不安なのだろう。

「でもどのくらい？」

とつづける。

「一概にはいえません」

「だいたいの目安は？」

「そうですねえ。恵比寿屋《ここ》でのかかりだけで、昼はでないんですよ、昼ぬきで月に一両と三朱、半年で八両以上。昼をどこかで安くあげても半年で合計十両はかかります」

「半年で十両もですか？」

「それも宿にじっとこもっているだけでです。ほかに湯銭《ゆせん》や髪結代《かみゆいだい》、筆墨料《ひつぼく》に紙代、紙代もばかになりません。さらにはわたしどもがいただく筆立料《ふでたて》（訴状等の代書料）、これは一本につきいくらというようにいただきます。宿として御役所に付き添っていく付添料《つきそい》。諸々《もろもろ》をあわせると堂社物詣にも出歩かず、宿にじっとこもっているだけで十五両や二十両は楽にかかります。それに、差添人になっていただく方の費用もなにくれと持たねばならない。そういえば差添人になっていただくお方は？　お見かけしませんが……」

「急なことでしたので差添人にどなたがなっていただくかは、おらが故郷《くに》をたつときはまだ決まっていなかったのでごぜえます。多分組頭の吾作さんになっていただくことになると思うのですが、吾作さんもよんどころのない用を抱えておられたようですし……。でも着届までにはどなたかにきてもらえるはずでごぜえます」

「まあこれはあまり参考にはならないと思いますが、いま恵比寿屋《うち》に、備中のさる村の方々が、村をあげての訴訟に見えていておよそ一年になります。その間三度往復されて、きょうもこぼしておられましたが、かかりは百五十両をこえたとか」

「百五十両！」

六助は目をむいてくりかえす。

「おうおうにして在の方を相手に理不尽な公事訴訟をもちかける者の狙いは、相手方が路用雑用に金がかかるのを厭い、理不尽だとわかっていても内済ですませようとする者が多いからで、あなたの兄《あに》さん《い》《と》に対しても、兄さんのおっしゃるのが正しいのなら、やはりそれを狙ってのことでしょう。でもですよ、だからといっていいでしょう、金銭ずくでなら、内済ですませたほうが得ということになる。口惜しいことかもしれませんがいまからでも遅くありません。考えなおされては……」

六助は歯をくいしばり、唇をきっと引き結んだ。

「こんばんは」

声をかけながら亀吉が障子をあけた。

「あっちが先約なんです」

喜兵衛は六助にことわった。六助はうなずいて席をはずし、十畳の間の真ん中においてある箱火鉢のそばに下がった。

四

「どうだった？」

長火鉢の前にすわった亀吉に声をかけた。

「やはり家主《いえぬし》さんはいやだと。店子《たなこ》の内済証文に、家主が印形《いんぎょう》するなど例《ためし》がねえって……」

「どだいむりな相談だった」

「ただの証人（保証人）でいいじゃないですか。ねえ、証人ならいつでもわたしがなってあげる」

「意趣をまだ晴らしたりないということなんだろうが、四郎右衛門《しろうえもん》さんもちとくどすぎる」

喜兵衛は亀吉に茶をすすめた。

「でもまあいちおう家主さんに掛け合ったことでもあり、四郎右衛門さんにはここらで鉾《ほこ》をおさめてもらおう」

「四郎右衛門さんは二階に？」

喜兵衛はうなずいて、さっき部屋にはいってきた下代見習の栄次に声をかけた。

「勝浦村《かつうらむら》の四郎右衛門さんを呼んできてくれませんか」

栄次は四郎右衛門を呼んできた。

亀吉は四郎右衛門に、その日の顚末《てんまつ》を語ってつづけた。

「わたしが証人になります。それで手を打ってください」

四郎右衛門は節くれだった手で、顔をごしごし、洗うように撫でて目をしばたたかせていたが、そうしただけでなにもいわずに腰から煙管《きせる》をぬきとり、きざみをつめておもむろに火をつけた。亀吉もおなじように腰から煙管をぬきとり、きざみをつめて火をつける。

喜兵衛も二人の沈黙をもてあまして、煙管に手をのばした。

上総《かずさ》は夷隅郡《いすみごおり》勝浦村の網元四郎右衛門は恵比寿屋の常連の客で、毎年干鰯《ほしか》の出荷をおえると秋深くに江戸にでてくる。

「金でもってるより、江戸の地面でもってるほうが安全だし店賃《たなちん》もへえるから利殖にもなるだ」というのが四郎右衛門の口癖で、江戸へでてくると四郎右衛門は、毎日のように出歩いて値頃の地面を探しまわり、買いもとめた地面はいまや十をこす。沽券《こけん》金《きん》も合計で「五千両はこえている」のだそうで、四郎右衛門は話のついでにいつもそう洩らし、小鼻をひくつかせた。話をしていてけっして楽しい相手ではなかった。

だがお大尽《だいじん》であることにかわりなく、恵比寿屋にとっては常連の客でもあり、勝浦村辺《あた》りでは相当の有力者らしく近郷からの旅人《たびにん》を大勢紹介《ひきあわ》せてくれる上得意でもあるから、ほかにも飽きるほど聞かされる自慢話にも適当に相槌を打っていた。

一年前にでてきたときだった。四郎右衛門はめずらしくしんみりした口調で、「この夏女房《かかあ》をなくしてねえ」ともらした。

それを横で聞いていたのがたまたま油を売りに寄っていた、手習子《てならいこ》時代からの遊び仲間である、大門《おおもん》通りの、武具馬具屋の亀吉だった。

五十に手がとどこうというのに商売は親と婿養子まかせにして、小言をくいながらものべつ出歩いていて日本橋からこっち、内神田・両国界隈のことなら蛍の尻《けつ》、たいていのことに明るいというのが自慢の亀吉は、また豆吉と異名をとっているほどなにごとにもまめで、たのまれもしないのに結婚話の世話をやいたり、奉公人の請人《うけにん》に立ったり、講を組織したり、無尽《むじん》の肝煎《きもいり》をしたりと、なにかしらやっていて、このとき

もいつもの調子で横合から、

「いい娘っ子がいるんですが、お世話しましょうか」

と四郎右衛門にもちかけた。

こつこつ地面を買いもとめて家産をふやしている男だけあって、四郎右衛門はなにごとにも慎重だったが女のことだけは別のようで、

「色は白いだか？」

と身を乗りだした。

上総の女はみんな鰯《いわし》の子のように真っ黒だべ、とよく話して聞かせる四郎右衛門の美醜の見分けは色が白いか黒いかにあるらしいのだが、

「水道の水で磨きあげた娘っ子ですからね。色は抜けるように白い」

亀吉はけしかけるようにそういい、話はとんとん拍子にはこんで結納《ゆいのう》という運びになり、堺町《さかいちょう》で芝居茶屋をいとなんでいる娘の父親は結納を前に、

「五十両ばかりお貸し願えませんでしょうか？」

と四郎右衛門に申しかけた。

結婚すれば親子の間柄になる。四郎右衛門のような金満家ならたいていの者は、「水くさいことをおっしゃいますな。結納金がわりにどうぞ」と用立てるもので、父

親もそういってくれるものと期待して亀吉がもちかけてきた話にのったのだが、こういうことになると人一倍のしっかり者、というよりむしろ吝嗇《りんしょく》家の四郎右衛門は、

「なにか書入《かきいれ》（担保）がおありなら……」

といった。

父親にしてみれば話がちがう。しかし五十両はさしせまって入用だった。父親は所有していた堺町十九軒仲《なか》ケ間《ま》芝居茶屋株と芝居茶屋にしている造作《ぞうさく》付建家《たてや》一軒を、四郎右衛門に売り渡したことにして売渡証文と引き換えに五十両借りた。

娘にとってもおもしろくない。

もともと四郎右衛門との縁談に気がすすまないふうであった娘は、親孝行のつもりで、五十両と引き換えに四郎右衛門に嫁ぐつもりだったのだが、四郎右衛門のあざとい遣《や》り口にへそをまげ、かねていいかわしていた男のもとにはしった。

四郎右衛門はそうとは知らず、上総にもどって親類縁者に事の次第をお弘《ひろ》めし、盛大に婚礼の段取りをつけ、年が明けてすぐの約束の日に花嫁が上総に下ってくるのをまっていた。

まてどくらせど花嫁は姿を見せない。

問い合わせると折り返し、破談の知らせが江戸からとどいた。四郎右衛門は親類縁

者のみならず、隣近所にも大恥をかいてしまった。

四郎右衛門はしかし、こういうこともあろうかと売渡証文をとっている。すぐさま勝浦村をたち、江戸にでてきていつものように恵比寿屋に草鞋《わらじ》をぬぎ、

「金を返してもらいてえ。返せねえのなら茶屋株と茶屋を引き渡してもらいてえ」

と娘の父親にかけあった。

娘が婚約を破棄したからには、売渡証文を渡して金を借りている以上、父親は四郎右衛門に金を返すか茶屋株と茶屋を引き渡すかしなければならない。

だが金はつかってしまってない。返したいが返せない。茶屋株と茶屋は、端《はな》から売るつもりでなかった。売るとまた暮しが立たない。

父親はそういっておうじなかった。

しかたがねえ、こうなりゃお上《かみ》に訴えるまでだと、四郎右衛門は長火鉢の前にすわっていった。

「恵比寿屋さん、ひとつお願《ねげ》えしますだ」

商売でもある。四郎右衛門にはいきさつがいきさつで幾分かの負目もある。喜兵衛は四郎右衛門の公事訴訟の手助けをすることになった。

上総勝浦村は武州岩槻《ぶしゆういわつき》大岡家の領分である。公事訴訟をおこすにはなにかと大岡家

の御役人の手を借りなければならない。そのうえで、上総は関八州《かんはっしゅう》の一州だから町奉行所ではなく公事方勘定奉行所《くじかたかんじょうぶぎょうしょ》に訴えでる。

それら、もろもろの手続をおえ、公事合《くじあい》とも対決《たいけつ》ともいわれている詮議が公事方勘定奉行所ですすめられた。

宿《やど》は、逗留者である公事訴訟人の名主や家主がわりになって役所に付き添わなければならない。そういう決まりになっている。以後呼出《よびだし》があるたびに、喜兵衛は四郎右衛門に付き添って公事方勘定奉行所に出向いた。

四郎右衛門の主張は一貫している。売渡証文をたてに、金を返してもらいたい、返せないのなら茶屋株と茶屋を引き渡してもらいたいというもので、そうせまった。

娘の父親はそのつど、金はありません、茶屋株と茶屋は引き渡してしまうと暮しが立ちません、御慈悲を願いますと、かなり勝手な言い分だがそう御役人に頭を下げた。

金銭貸借の出入《でいり》（公事訴訟）は、なるべく内済ですまさせようというのがお上《かみ》の方針である。御役人は根気よく内済をすすめた。

亀吉は仲人《ちゅうにん》である。扱人《あつかいにん》（仲裁人）となって内済に奔走した。

四郎右衛門には弟がいて、これがまたしっかり者だった。仕事は弟がかわりにやってくれている。なんの支障もない。四郎右衛門はどっかと腰を据えてかかっていて、話合は容易につかず、九箇月という月日がたっていた。

それでもなんとか話合は煮詰まってきて、三十両は即金で、二十両は内済後半年以内に返済するという条件で話はまとまりかけた。最後の土壇場だった。四郎右衛門が、意趣をまだ十分に晴らしおわっていないとでもいわんばかりに、内済証文に家主の印形《いんぎょう》（連帯保証）をもとめた。

無理だとはわかっていたが、亀吉は家主のところに掛合にいき、体よくことわられて戻ってきたという次第だった。

「どうでしょう？　わたしが証人になるということで手を打ってください」

亀吉がいまいちどもちかけた。

四郎右衛門はまた一服つけ、灰吹に吸殻を叩き落とすと、

「江戸に九箇月も逗留しておりますと江戸の水にも慣れてきて、仕事のほうは弟に譲り、芝居茶屋の親父におさまるのもわるくねえ、などと思えてきましてね。いえ、かなり本気なんです。ですから、五十両そろえられねえのなら、証文どおり茶屋株と茶屋を引き渡してもらえれば、わたしはそれでいい……」

茶屋株と茶屋を引き渡すと娘の父親は暮しが立たなくなる。それで亀吉は扱《あつかい》（仲

裁）に奔走しているというのに、四郎右衛門はそう蒸し返してとりつく島もない。

「話はまたにしよう」

喜兵衛は亀吉にいった。亀吉も無駄だと思ったのだろう、

「お客さんもお待ちのことだし」

と腰を上げて帰っていった。

四郎右衛門も、

「それではわたしも」

と二階に引き上げた。

五

「おらが家《うち》はこう見えても、頭《かしら》百姓をつとめたこともある石高十二石の本《ほん》百姓でごぜえます」

そこいらの水呑《みずのみ》百姓とはちがうといいたいのだろう、二人がでていくと六助は眦《まなじり》をけっしてそういい、にじり寄ってきて鼻息もあらくつづけた。

「ある程度の出費は覚悟しております。一歩も引く気はごぜえません。訴訟人と御白

州で対決します。対決して訴訟人を打ち負かします。どうかよろしくお願《ねげ》えします」

話して聞かせた程度の出費は覚悟するということだろう。

そこまで腹をくくるのなら、長逗留の有難い客が一人増えるということで、あとは商売だ。喜兵衛はいった。

「ではまず目安（訴状）の写しを見せていただきましょう」

六助は風呂敷包をあけて目安の写しをとりだし、長火鉢越しにさしだした。

喜兵衛は受け取り、頭書してある公事銘《くじめい》を見た。

「貸金《かしきん》、売掛《うりかけ》幷《ならびに》手付金滞《とどこおり》出入」とある。

出入は三種で、あとに相手方、目安をつけた相手の名前がずらりとならんでいるところを見ると「廻八判《まわりはちはん》」、大勢を一緒に相手取る公事訴訟であるらしい。

つづけて公事銘の下の、訴訟人の名に目をやった。

「四ツ谷塩町《しおちょう》二丁目弥介店《だな》正十郎《しょうじゅうろう》煩《わずらい》ニ付代《だい》、召仕留吉《めしつかいとめきち》」とある。

〈なるほど〉

喜兵衛はうなずいた。

訴訟人が「召仕で〝代〟」というのは、「同居の親類で〝代〟」とおなじように、いいがかりのような目安を突きつけて内済金を稼ごうとする、俗に公事師《くじし》といわれている男たちが名乗る、判で押したような身分であり肩書である。

公事師――。公事訴訟事に長《た》け、なにかと公事訴訟人を助けて金を稼ぐ男たちは、公事宿の主人《あるじ》や下代のようにお上から公認されていなかった。公認されるどころか、お上は公事師の跳梁跋扈《ちょうりょうばっこ》を禁じ、彼らに厳罰をもってのぞんだ。二十数年前と数年前のこと、公事訴訟の手伝いをしたという程度の公事師を、お上はみせしめのため罰して、いずれも「家財取上江戸払」の刑に処している。

それだけに彼ら、公事師もまた用心深く、お役人につながりをつけるなど、身の安全を確保してから事におよんだ。でなければ、いいがかりをつけて内済金をせしめるなどという危ない橋は渡れない。

そんな手合、公事師が、喜兵衛の知っているかぎりで五、六人いた。

留吉という名は……、はじめて聞く。

新顔かもしれない公事師が「召仕で代」となっておこしている公事訴訟――ということになると、六助が「兄《あん》ちゃんがいわれのない御尊判《ごそんぱん》(目安)を突きつけられた」というのが本当かどうかはともかく、突きつけられたのが一筋縄ではいかない目安というのは本当のようである。

目安にはつづけて相手方の名と貸金や売掛などの金額がずらり列記してある。

相手方は何人で金額の合計はいくらなのか？　喜兵衛は書かれているはずの最後のところに目をやった。

金額は金換算で合計四百五十両余、相手は五十一人とある。

これだと、あちらこちらとかけずりまわれば二百両、うまくはこぶと三百両くらい回収できる。〝代で召仕〟の留吉が公事師なら、公事師留吉は回収額の三、四割を割《わり》前《まえ》としていただくことができる。かなりの稼ぎになる。

でいったいどんな内容なのか――。

本文にざっと目をとおした。行間に意味がいくつかよみとれる。

喜兵衛はこんどはじっくり目をとおし、反故紙《ほごし》に意味を書きだしてみた。

「訴訟人正十郎は、信州水内郡《みのちごおり》赤沼河原新田名《しんでんな》主安左衛門《ぬしやすざえもん》次男で、子供の頃から病身で農業に出精《しゅっせい》できず、小間物雑売、反物并《ならびに》穀物商《あきない》などいろいろ出商いをいたしておりましたが、出商いの都合上、村役人に人別除《にんべつのぞき》を願い出て、一昨酉《とり》年の三月、名主の送り状を持参し、御当地、江戸へ出てきて四ツ谷塩町二丁目の弥介店《だな》を借り受けて住んでおります」

目安には訴訟人の素性がこうしるしてある。このことにまず意味がある。

お上は、在の者が江戸に人別を移して公事訴訟を起こすのを禁じている。しかしそうしたほうが、たとえば宿賃を払うより裏店《うらだな》を借りたほうが安くあがるなどなにかと有利なので、もっともらしい理由をならべ、江戸に人別を移して公事訴訟を起こす者があとをたたなかった。

この、信州の名主の次男である正十郎の場合は、人別が江戸にあれば、公事師らしい留吉が、正十郎の召仕でかつ煩《わずらい》につき代となって公事訴訟の一切を代行できる。

早い話、留吉が働きやすいように正十郎の人別を「一昨酉年三月」、およそ一年半前、「商いの都合」という名目で江戸に移し、それから留吉が「恐れながら」と訴えでた公事訴訟のようで、これは調べてみればわかることだが、正十郎はふだん四ツ谷塩町二丁目の弥介店に住んでいず、ひきつづき信州に住んでいるはずである。

人別書上《にんべつかきあげ》は毎月出入《ではいり》のお調べがある。正十郎は四ツ谷塩町二丁目の弥介店に住んでいなければならないのだが、抜道はいくらでもある。そして公事訴訟がおわると、さっさと人別を信濃に戻すつもりにちがいない。

まずそういう意味が読みとれた。

つぎに、五十一人を相手の貸金、売掛、手付金が発生した日時を一つ一つあたってみると——、それらはすべて正十郎が人別を江戸に移した一昨酉年三月以降に発生していた。

江戸に人別を移して回収にとりかかる貸金・売掛等は、人別を動かす以前に発生しているのがふつうである。そうではなかった。人別を江戸に移す以前に発生しているのは一つもなかった。すべてが以降に発生していた。これにまた意味がある。

三十年くらい前までだった。

公事師の類《たぐい》が在へでかけていって古証文や古帳面を安く買いもとめ、譲り受けたことにして公事訴訟をおこし、路用雑用を厭う相手方から内済金をせしめるという詐欺まがいの事件をよくおこした。

お上の関係奉行はこの種の事件の多発に手をやいて、天明八申《さる》年、証文帳面譲受けの公事訴訟は、親兄弟からの譲り受けのほかはたとえ親族からの譲り受けであっても取り上げないと申し合わせた。以降、内済金をせしめるのが狙いで、古証文や古帳面を買いもとめて公事訴訟をおこすという詐欺まがいの事件はたえたはずなのだが、それに類した公事訴訟なのかもしれなかった。

どこかで知り合った信濃の正十郎と公事師の留吉が事を巧《たく》み、まず正十郎の人別を江戸に移し、つぎに正十郎が出商いしているらしい越後に二人してでかけていき、およそ一年をかけ、古証文や古帳面を買い漁って公事訴訟におよんだ……。

最近ではほとんど見かけぬ荒っぽい手口だが、正十郎の人別を江戸に移してから貸金や売掛が発生している事実から逆推するに、そう考えられなくもない。

そのかぎりでは、目安はかなりいかがわしい。

にもかかわらず訴訟人は、この、六助の兄庄平を相手の手付金出入を目安の例に挙げていた。

五十一人などと相手方が多いとき、目安には「相手の内誰某は云々」と一例だけ例を書きだせばいいことになっている。それゆえ訴訟人は、理非が明々白々としていて負けるおそれのない事例を目安の例に挙げる。負けるかもしれない、あるいは出る所にでたら襤褸《ぼろ》のでる、いいかげんな事例を目安の例に挙げたりしない。

訴訟人が、庄平を相手の手付金出入を目安の例に挙げているということは、常識的に考えれば間違いなく庄平に手付金を渡しているということで、目安はいかがわしくも胡散《うさん》くさくもない。むしろ受け取っていないといっている庄平のほうが、いかがわしく胡散くさい。

御白州にもちだされる金銭貸借のもつれは、借りた者が返済したいのだが金を返せないでいるか、金はあるが返済をしぶっているかのどちらかで、双方とも貸借の〝事実〟はみとめているというのがほとんどである。この場合は授受だが、金銭授受の〝事実〟をめぐって、渡した者と受け取った者との言い分が真っ向から対立しているという事例は、金公事《かねくじ》(金銭に関する公事訴訟)は数多いがめったにない。

手付金は渡したか渡していないか、受け取ったか受け取っていないか、二つに一つで、真実は一つしかない。一つしかない真実を争う公事訴訟だけのことはある。目安は、この道三十年にもおよぼうという喜兵衛でさえ、めったにお目にかかったことがないほど奥行が深くできあがっていた。

目安はすべて紙が裏表に継いである。そのように継ぐ決まりになっていて、六助の写しも本物そっくりに紙が裏表に継いであった。

ひっくり返した。そこには、

「このように目安をつけるから、その地で話がつけられるのならつけるように、つけられないのなら、返答書を用意して来月四日評定所へ出向いてきて対決するよう」

と関係奉行が相手方の町村役人にあてる、金公事の目安ならきまって書かれている、いわゆる内済文言《ないさいもんごん》がしるされていて、こうしめくくられていた。

「若於不参可為曲事もの也《もしふさんにおいてはくせごとたるべき》(出頭しなければ重大事とみなす)」

来月、十一月の四日という、評定所へ出頭しなければならない日付を確認して「初判」はと見ると……「肥前《ひぜん》」とあってその下に〝判〟とある。本物だと南町奉行根岸《ねぎし》肥前守《ひぜんのかみ》が真っ先に署名捺印している。

ということは、南の御番所（南町奉行所）が訴えを受けつけた御役所で、南の御番所で詮議がおこなわれるということだが、不思議なのは、ざっと見ただけでもいかがわしいとわかる目安なのに、南の御番所があっさり受理して御裏判《おうらはん》（奉行の判）をあたえていることだった。

役所が目安に御裏判をあたえるには目安糺《めやすただし》という手続をふむ。目安が要件をそなえているかどうか、役所はきびしく形式と内容を審査する。その際「訴訟人」や「代」の身元も詳しく取り調べる。「訴訟人」があやしげな「召仕で代」だったような場合、もちろん役所は目安に御裏判などあたえない。

在方の者を相手取る公事訴訟の場合、目安は、御裏判をもらうだけで大成功といっていい。相手は理不尽だと思っても路用雑用を厭い、泣く泣く内済の話にのる。それゆえなおさら、役所は安易に御裏判などあたえない。

にもかかわらず南の御番所は、一昨酉年三月に信濃《しなの》から人別を移したばかりの、訴訟人正十郎の、「召仕で代」の、留吉という怪しげな男の、ほとんどが証文帳面譲受けといった類の、いかがわしい目安をあっさり受理して御裏判をあたえている。

御番所の目安糺は、内《ない》与力という、奉行自身の家来（陪臣《またもの》）である二人の目安方がある。

南町奉行根岸肥前守の目安方二人の評判はともにわるくなかった。わるい噂は立っていない。にもかかわらず目安方は怪しげな留吉の目安を受理し、肥前守はそれに御裏判をあたえている。

考えられるのは、公事師らしい代の留吉が、どちらかの目安方に話をつけて目安糺をとおしてもらったということだ。

だがそうだとして、もつれたら後で厄介なことになる。いざ公事合、対決となったとき訴訟人の側にぼろぼろ襤褸がでる。どちらかの目安方は、そうなりはしないかと危惧《きぐ》を抱かなかったのだろうか……。そうなったらまずいと思わなかったのだろうか……。

疑問はつきなかったが考えても解けるものでもなし、また糾明《きゅうめい》する立場でもない。

「御白州で対決するには……」

と目安をおりたたみながらいいかけたところへ、おふじが声をかけてはいってきた。

おふじは六助に軽く会釈をし、そばまで近寄ってきて耳元でささやいた。

「御新造様《ごしんぞさま》が、急に差し込みがきてたいそう苦しんでおられます、帰ってきていただきたいと、お種さんが。お種さんはその足で玄秀先生をお迎えにむかわれました」

　喜兵衛はわかったとばかりにうなずいた。

　一箇月以上も前におなじようなことがあった。

「御新造様が苦しんでおられます」とお種婆さんがやってきて急報する。びっくりして枕元に駆けつけてみると、苦しんでいる様子がない。半刻（一時間）ばかり看病してわかった。絹は苦しんでいるふりをしてみせているだけだった。

　なぜそんな狂言じみたことをやったのか。思いあたるふしは……あった。

　喜兵衛は深川万年町に女をかこっていた。絹が寝込みはじめた五、六年前からのことで、四つになる子供も一人もうけていた。

　喜兵衛は役所ばかりでなく、仲間組合との寄合や、春から秋にかけてはいささか凝っている釣りなどで出歩くことが多い。深川へはいつもそのついでに立ち寄っていた。深川通いは宿の者にも知られていないはずなのだが、女はカンがするどい。ついにそうと知り、心にふつふつとたぎるものがあって狂言じみたことをやり、亭主を枕元に呼び戻した……。

　そんなことではなかろうかとこの前は思った。

　きょうもおなじ臭いがする。しかし婆さんが医者へ駆けつけているというのに、知らぬ顔はできない。本当に病状が悪化してのことだと取り返しがつかない。

「六助さん、ちょっと家《うち》に立て込みがあって帰らなければなりません。申し訳ありませんが話はここまでにして続きはあすということにしましょう。あす朝、食事がすんだらここへきてください。一番にお相手します」

六助は出鼻をくじかれたようだったが素直にいった。

「わかりましただ」

「目安の写しはどうしましょう？」

「控をもう一通とってもっております」

「じゃあ、預かってていいですね？」

六助はうなずいた。喜兵衛は目安の写しを机の上におき、提灯をもって恵比寿屋《やど》をでた。

外はさきほどの喧噪《けんそう》が嘘のように静まり返っていて、喜兵衛の下駄の音だけが馬喰町界隈の冷え冷えとした夜の静寂《しじま》にひびきわたった。

第二章　初音《はつね》の馬場

一

絹はやはりひどく苦しんでいる風《ふう》なのだが、医者はこの前とおなじように、とくに異常は感じられないとばかりに首をひねっていて、それでも効くのか効かないのかわからない、直段《ねだん》だけは高直《こうじき》な薬をおいて帰っていった。

この前とちがって絹は医者が帰ってもなお、苦しんでいる風をよそおっていた。喜兵衛は枕元にいてしばらく付き合っていたが、翌日の仕事もある。あとをお種婆さんに託して枕元をたった。

翌日、明六つ（午前六時）の鐘とともに起きだし、身支度をととのえ、いつものように絹の枕元に腰を下ろして声をかけた。

「どうだね、具合は？」

薄目を明けたが絹は返事をせず、寝返りをうって背をむけた。話の接《つ》ぎ穂がない。

「でかける」

喜兵衛は立ち上がった。

絹は無視して言葉を返さない。

台所でことこと俎《まないた》をたたく音をさせていたお種婆さんが、頃合を見計らったように前掛けで手を拭きながらやってきて、履物をそろえるとそっとささやいた。

「わたしが苦しんでいるのにさっさと枕元をたたれたと、昨夜のことをご立腹なのです」

喜兵衛は格子戸に手をかけた。

「いってらっしゃいませ」

お種婆さんの声におくられて家をでた。

雲が重く低くたれこめていて、時折頰に触れるという程度に冷たい雨がぱらついていた。いつ降りだしてもおかしくない雲行だった。

恵比寿屋の戸はとうに開け放たれていた。表には、降りだすかもしれないというのに律義にも水がうってある。

敷居をまたいだ。朝の食事の支度に忙しい、気忙《きぜわ》しいがけっして不快でない騒音が奥の台所から聞こえてくる。喜兵衛はいつものように、三和土《たたき》の隅に下駄をそろえてぬいで仕事部屋にはいっていった。

長火鉢には炭がいっぱいにつがれていて、時折炭火がぱちっと音を立ててはじけている。五徳《ごとく》にかけてある薬缶《やかん》はすでに湯気を立てており、茶をいれようと薬缶をもちあげたところへ、

「おはようございます」

声をかけて一番番頭の太兵衛がはいってきた。毎朝のことで、太兵衛は長火鉢の前にすわると帳面を二冊さしだした。

出金帳と入金帳だ。それぞれに前日の出金と入金が記入されている。喜兵衛は書かれている項目の一つ一つに丹念に目をとおした。

「そうそう」

思いだして喜兵衛は聞いた。

「きのう到着された越後の六助さんから貴重品は？」

「預かっております」

宿はどこの宿も、目につくところに貼紙をしており、貼紙には真っ先にこうしるし

てある。

「金銭その他大切な品は宿に預けること」

枕探しなどコソ泥予防のためだが、長逗留の客からは、宿代の前払、支払保証のような意味もあって預かっている。

「金《かね》はいくらでした？」

「十両です」

「十両？」

くりかえして喜兵衛は首をかしげた。

六助が抱えている公事訴訟は間違いなく長引く。

「足りそうもありませんか？」

喜兵衛はうなずきながらいった。

「マル印をつけておいてください」

長逗留の客は預り金から毎日のように小銭をひきだす。それゆえ、いざ精算という段になって、足りずに一部未払いのまま帰っていき、遠くて催促しにくいのをいいことに、支払いをとぼける者がいた。

そんな事故を防ぐためだ。危っかしい客は、あらかじめ宿帳の名前の頭にマルをうち、金銭の出入に特段の注意をはらっていた。

「ほかにご用は？」

「とくにありません」

「ではわたしはこれで」

太兵衛は帳面を手に部屋をでていった。

通いの忠助と住込みの嘉助が、いつの間にか部屋にはいってきて仕事にとりかかっていた。

喜兵衛は嘉助を呼び、朱をいれた目安の下書を渡し、そのあと、六助からあずかった目安の写しをふたたびひろげた。

六助が仕事部屋に顔をだした。六助を相手にしはじめると一刻《いっとき》（二時間）は楽にかかる。

「六助さん」

喜兵衛は六助を手招きしていった。

「わたしは朝がまだなんです。おわったらお呼びします。部屋でまっていてくれませんか？」

「へえ」

六助は返事をして部屋をでていった。

二

食事をすませた後、喜兵衛は長火鉢の前で六助と向い合い、

「御白州で対決するには……」

と、きのういいかけたことをくりかえしてつづけた。

「ご承知のように返答書を提出しなければなりません」

突きつけられた目安に、「異存があります」と公式に提出する反論書状が返答書で、御白州で争うには、まず返答書を提出しなければならない。

「返答書はわたしが代書します」

一件は奥行が深い。宿の主人《あるじ》として興味がなくもない。目安の写しを一読したときから、みずから扱おうと心にきめていた。

「目安は朝のうちにいま一度読ませていただきました。あなたはそれがとんでもないいいがかりだといわれる。どうとんでもないいいがかりなのか、詳しく聞かせてくださいさい」

六助は膝をきちんと組みなおした。

「目安には兄《あん》ちゃんが訴訟人正十郎から手付金六十両を受け取り、それを猫糞《ねこばば》したように書いてござえます。また訴訟人正十郎は兄ちゃんのところに催促にきたようにも書いてござえます。とんでもないいいがかりというのはそのことで、兄ちゃんは手付金を受け取っていないのはもとより、催促も受けるどころか、正十郎という男になどこれまで一度も会ってねえんです。正十郎は見ず知らずの男なのです」

「目安をつけられたときにそのことは？」

「目安を突きつけてきたのは召仕で代の留吉という男でござえます。留吉は、兄《あん》ちゃんがいくら正十郎などという人は知らねえといっても、言い分は御白州にでて申されたいと突っ張り、聞く耳をもたねえんです」

「御白州にでて」と訴訟人や代が突っ張るのは、相手方が路用雑用を厭って内済金をだすのを見込んでの常套《じょうとう》手段であるが、

「順序だてて話してくれませんか」

「長くなりますだが？」

「かまいません」

「そんじゃ」

六助は膝をくずした。

「兄ちゃんは田や畑での野良仕事のかたわら縮《ちぢみ》を買出しにいき、柏崎《かしわざき》にもっていって競《せ》り売り（出稼ぎ売り）するのを稼業にしております」

「縮というと麻でできた？」

「麻ではなく、苧《からむし》でごぜえます。苧という、人の丈《たけ》ほどのびる木の木皮を剝いだのを手数《てかず》をかけ、糸に撚《よ》って織った織物が越後縮でごぜえます」

江戸では並で一反一両もする、御武家が夏向きの帷子《かたびら》（単《ひとえ》）や裃《かみしも》に愛用している高級織物が、越後縮といわれている縮である。

「なんでも雪に晒《さら》して仕上げるのだそうですね」

「そう聞いておりますだ」

「といいますと？」

「縮を織り立てているのは越後でも雪深いことで指折りの、魚沼郡《うおぬまごおり》の一帯でごぜえます。魚沼郡はおらほうの比角村《ひすみむら》からは近い所で歩いて一日、遠い所だと二日かかります。ですからおらは織っているところも晒しているところも見たことがねえんです」

「比角村というのは越後のどこらあたりになるのです？」

「柏崎の隣村でごぜえます」

「柏崎というと港町の？」

「ええ」

「すると、海の近くから一日も二日もかかる山奥へ縮を買出しにいくことになる？」

「さようでごぜえます」

「そういうことだと買出しは容易でない？」

「そうでもねえんです」

「というと？」

「縮が織り上がる八十八夜の頃になりますと、魚沼郡の小千谷《おぢや》、堀之内、十日町の三箇所で順次縮市が開かれるそうでごぜえます。で、たとえば十日町村は会津松平様の御預地《おあずかりち》でごぜえますから、会津様では売上にたいして何割と運上《うんじよう》をお取りになる。小千谷でも堀之内でもそれはおなじでごぜえます。地頭領主様が運上をお取りになる」

運上や冥加《みようが》は、いまでは取るのが当り前のようになっている。

「ところが兄ちゃんたち余所者《よそもの》が直接山方、兄ちゃんたちは魚沼郡の一帯を山方といっておりますだ、山方に仕入れにいき、山方の人とこっそり話をつけて縮を買いもとめますと、大きな声ではいえねえだがお互い運上をごまかせる。そんな事情《わけ》で、兄ちやんたちは雪がとけて春がめぐってくると山方へ仕入れにでかけ、山方の人たちも兄ちゃんたちが買出しにくるのを心待ちにしているのでごぜえます」

「なるほど。地《じ》の人たちよりむしろ仕入れがしやすいというわけなのですね」

「そうです」

「そして柏崎にもっていって競り売りする？」

「ええ」

「それで？」

「半年前の四月三日のことでごぜえます。刈羽郡の、大沢村の奥松という男が兄ちゃんをたずねてきました」

「ちょっとまってください。奥松というのは……」

喜兵衛は目安の写しをひらきながらいった。

「兄《あに》さんは手付金六十両を返せと連名で訴えられていて、連名の相棒がたしか大沢村の奥松だった。そうですね？」

「そうです」

たしかに、庄平は奥松と連名で手付金六十両を返せと訴えられていた。

「兄さんは奥松とどういう知合なのです？」

「十日町村には六軒問屋といわれている六軒の大きな縮問屋がごぜえますだが、奥松はそのうちの、三国屋という縮問屋に出入している縮買出し人の一人で、兄ちゃんと奥松とは、おたがい買出し先で何度も顔を合わせていて、よく見知っている仲だったんだそうでごぜえます」

「なるほど。で、その奥松が……」

「およそ半年前の四月三日、兄ちゃんがたまたま家《うち》にいるところへひょこりたずねてきたのでごぜえます」

喜兵衛は反故紙と筆を手にとった。

「奥松がたずねてくることなどかってなかったことで、いったい何用だろうといぶかっていると、奥松は、出入先の縮問屋、三国屋の番頭徳蔵さんから急ぎ三百反ばかり手伝ってくれろとたのまれた、すまねえが百五、六十反も助けてもらえねえだかという。百五、六十反くらいなら、柏崎にもっていくつもりで買いためているのと、これから買い集めるのとでなんとでもなる。問題は算盤《そろばん》だ、と兄ちゃんがいうと、奥松は、事情が事情だから柏崎の相場に三分ぐらいの色はつけてもらえると思うだ、おらが請け合うと。頭計算で儲けはざっと三、四両ふえる。柏崎の仲買人に義理があるわけでもねえ。兄ちゃんは承知したと……」

喜兵衛は、筆を走らせながら目で先をうながした。

「兄ちゃんはそれからおよそ一箇月山方をまわり、集まった縮百五十四反を担《かつ》いで大沢村へでかけていった。奥松はまちかねていて、柏崎の相場に反当たり三分のつけるという件は、三国屋の番頭徳蔵さんに了解してもらっているだといって算盤をはじき、値段は百十四両ということにきまった」

「日にちは？」

「五月の七日でごぜえます。そのうえで奥松は、いまここには前渡し金として受け取っている五十八両しかねえ、これをとりあえずおさめてもらって、残りの五十六両は、あすにでも十日町村にでかけ、三国屋さんに品物をおさめたうえで受け取り、その足で引き返しておめえの家《うち》へとどける、それでいいべ？　と」

「大沢村や十日町村とのへだたりはどうなっているのですか？」

「大沢村は比角村から辰巳《たつみ》（東南）の方角へ男の足で半日、十日町村は大沢村からさらに辰巳の方角へ男の足で一日かかります」

「すると比角村から十日町村までは片道一日半かかる？」

「さようでごぜえます」

「つづけてください」

「おたがい女房子供も、近くに親戚もいる。疑がってかかるような話ではねえ。いいだろう、とその日兄ちゃんはおよそ半金の五十八両を受け取って家に戻り、奥松が残金をもってくるのをまっていた。三日まっても奥松はこねえ。なにがあったのだろうと心配になってきて四日目、兄ちゃんは朝早くに比角村をでて大沢村にむかい、奥松を家にたずねた。奥松は不在で、すぎという名の女房に奥松はどうしただ？　と聞くと、すぎは乳飲《ちの》み子をあやしながら、十日町村にいったまま戻ってこねえだと……」

喜兵衛はふたたび目で先をうながした。

「二度手間、三度手間はかなわねえ。山道は歩きなれている。あさってが十三夜という日だから月明かりをたよりにもできる。ともかく十日町村にでかけてみようと、その日兄ちゃんは十日町村に足をのばした。ついたのは夜おそくで、その夜は木賃宿に泊めてもらい、翌朝、店をあけたばかりの三国屋をたずね、番頭の徳蔵にいきさつを話して、奥松への支払がまだだったら、おらに残金を支払ってもらいてえといった。徳蔵は、代金は残らず奥松に支払っていると……。五日前のことだか？　と聞くと、そうだと……」

六助は冷たくなった茶を喉に流し込んで、

「兄ちゃんはびっくりしていそいで大沢村へとってかえし、女房のすぎに、奥松は帰ってきただか？　と聞いた。帰ってこねえだと、すぎはいう。すると……、と兄ちゃんはそのときようやく奥松に五十六両を持ち逃げされたことに、奥松に騙されたことに気づいた。それで、実はのイ……、といきさつを説明してすぎを責め立てた。亭主に欠落《かけおち》された女房を責め立てたところでどうにもならねえだが、すぎもまたその直後に、乳飲み子をかかえて欠落してしまった」

ありえない話でもない。

「持ち逃げされたのは五十六両。五十六両は縮での稼ぎの三、四年分。三、四年分の働きがふいになってしまう。それからというもの、兄ちゃんは毎日のように、悔しい、悔しいとぼやいていただが、よくよく考えてみると、もとはといえば三国屋の番頭徳蔵の注文で奥松に縮百五十四反を渡し、三国屋はそれをそっくり受け取っている。代金は奥松に支払った、後のことは知らないでは三国屋もすまされないはず。三国屋は六軒問屋に数えられる大問屋。この際三国屋は責任をもって残金を支払うべきである。兄ちゃんはこう思いついただ」

かなり自分勝手な、牽強附会《けんきようふかい》な思いつきだ。

「それで十日町村にでかけていき、そんなわけだから残金を支払ってもらいてえ、と徳蔵にかけあった。徳蔵は、とんでもねえ、三国屋《うち》は奥松と売り買いの約束をした、おめえとはなんの約束もしてねえ、という」

　まあそういう。

「兄ちゃんは引き下がらなかった。夏から秋にかけての、田の草取りの合間に何度もでかけていって、払ってもらいてえとくりかえし請求した。徳蔵も、払えねえとくりかえしこばむ。じゃあ出る所へでるべえと、兄ちゃんはいきがかり上いった。ああこへでもでよう、と徳蔵もいう。恵比寿屋さんならよくおわかりだと思うだが、おらたち在の者にとって訴訟の難しさは並みじゃねえ。兄ちゃんは白河松平、三国屋は会津松平、と関八州外の支配違いだから、出る所というと江戸の御寺社の御奉行所ということになり、なにかと白河松平家の御役人様のお手をわずらわす。目安を頂戴するだけでも恐ろしく手間と金がかかる」

　上総勝浦村の四郎右衛門のように、金と暇があってはじめてできることで、庄平ごときの小前《こまえ》百姓の手におえることではない。

「訴えたい。訴えたいが手におえない。悶々《もんもん》としていたところへ、冬にはいって寒さがきびしくなったこの十月の十五日だった。組頭の吾作さんから兄ちゃんに呼びだしがかかって、でかけていくと御尊判拝見案内状がとどいた、相手は庄平、おめえだと……」

六助はその時の興奮状態がよみがえったのか、顔を上気させて、

「訴える覚こそあれ訴えられる覚はない。何事だろうと、翌日羽織袴《はおりはかま》に正装して庄屋さんの家でまっていると、おらも同席してただが、見ず知らずの訴訟人正十郎の代召仕の留吉という男が、青縄でかがった桐の箱を頸にかけてやってきて、箱の中からうやうやしく御尊判（目安）を取りだし、庄屋さん立会のうえで兄ちゃんに突きつけ、手付金六十両を返せと……。奥松か三国屋から五十六両もらわなければならねえのに、逆に奥松と一緒に六十両支払えと、さきほども申し上げたようにとんでもないいいがかりをつけてきたのでござえます。どうせ訴訟人の正十郎も代の留吉も、三国屋の番頭徳蔵とぐるにちげえねえ、徳蔵が正十郎や留吉とぐるになって返公事《けえりくじ》をくわせたにちげえねえと、兄ちゃんはその夜は熱をだして寝込むような有様で……」

「返公事《かえりくじ》を、ですか？」

喜兵衛は首をひねりながらくりかえした。

「徳蔵が、どこかで知り合った訴訟人の正十郎や代の留吉と手を組み、奥松が欠落《かけおち》していてものいわぬのをいいことに、逆に兄ちゃんから六十両ふんだくろうと、巧《たく》んでくらわせた返公事《けえりくじ》にちげえねえって……」

「目安は大勢を相手取ってつける廻八判《まわりはちはん》です。兄《あに》さんたちだけを相手にしたものでは

ない」

「ですから、訴訟人正十郎が準備していた廻八判に、兄ちゃんたちを相手のものせたのだろうって」

考えられなくもないが……。

「それが証拠にといっちゃなんですが、三国屋の旦那、太郎左衛門《たろうざえもん》さんと番頭の徳蔵とがおなじ目安で、おなじように六十両の手付金を返せと訴えられています。目安にそうのせられています」

喜兵衛はたたんでいた目安の写しを手にとってひらいた。六助のいうとおり、二人も連名で訴えられていた。

「六十両というとおらたちには大金だが、三国屋の旦那のような分限者《ぶげんしゃ》には端金《はしたがね》でごぜえます。三国屋の旦那が六十両ぽっちの手付金を受け取って、ごたごたされるようなことは間違ってもごぜえません。ですから番頭の徳蔵は、訴訟人正十郎や代の留吉と巧《たく》んで兄ちゃんに返公事《かえりくじ》をくわせ、いざ御白州となったとき、ぐるでないと申しひらくため、わざと自分と旦那を相手の、ありもしない出入を目安にのせたのではねえかって、ひょっとしたら旦那の太郎左衛門さんも加担されてのことかもしれねえって、兄ちゃんは……」

そうかもしれないが、そうでないかもしれない。なんともいえない。喜兵衛は手にしている目安の写しに目を移し、目安にある訴訟人の言い分と六助の言い分との照合をはじめた。

三

「いるかい？」

花田縫殿助《はなだぬいのすけ》が障子をあけて、ぬっと顔をだした。

「お客さんか……」

といいながらも、遠慮するでもなく、花田縫殿助はのっしのっしと歩いてきて長火鉢の前にどっかと腰を下ろした。

喜兵衛は六助に目配せした。六助は不意の闖入者《ちんにゅうしゃ》にちらっと貌《かお》を不快げにゆがめたが、

「部屋でまっています」

と素直に仕事部屋をでていった。

「こう寒くなってくると懐がお寒いだけになおまた寒さがきびしい」

花田の話のとっかかりはきまって金の話だ。

喜兵衛は茶をいれながら聞いた。

「銚子《ちょうし》からはいつお帰りで？」

「三日前だったかな。しばらく極楽させてもらおうと思っていったのだが、ことしも米の値段がおもわしくないとかで景気はとんとよくない。江戸のほうがまだしもしのぎいいからさっさと帰ってきたのよ」

「江戸も不景気です」

「おまえのところはちがう。穴蔵《あなぐら》に金銀さんご綾錦《あやにしき》、お宝がうなっている」

旅人宿は界隈に、百軒もがずらりと軒を接していて競争がはげしい。そのうえ見境なく襲ってくる火事がせっかくの普請《ふしん》を火の回り次第で丸裸にする。九尺二間の棟割《むねわり》長屋のような安普請というわけにはいかない。建て直しには儲けの何年分という金がかかる。現金商売でもあり、公事宿としての仕事に力をいれていることでもあり、喜兵衛は稼いでいるほうだったが、穴蔵に金銀をうならせるほどではなかったし、ゆとりができれば上総勝浦村の四郎右衛門のようにこつこつ地面を買っていた。地面にかえておけば店賃《たなちん》がはいる。利殖になる。穴蔵に金を寝かせておくほど愚かではなかった。

「ご冗談を……」

と苦笑いすると、

「おまえの家《うち》のほうは、隠しどころがなくって小判を畳の下に敷き詰めているから、畳が盛り上がってるって噂だ」

花田は追い討ちをかけるように、おもしろくもない冗談を連発する。喜兵衛はまた苦笑いして聞きながした。

「でもなんだ。おまえも宿の親父がすっかりいたについた」

「いたにつくもつかないもありません。稼業です」

「宿の親父におさまらせるには本当に惜しい腕だったぜ」

そういうと花田は手の甲や二の腕に、刀傷が何箇所も蚯蚓脹《みみずば》れのように浮かび上がっている丸太棒のような腕を、にょっきりだしてたばこ盆をよこせという。渡すと煙管《きせる》を手にとってきざみをつめはじめた。

三十年以上も昔になる。手習子時代からの遊び仲間である亀吉は、家業が武具馬具屋だったせいで何軒かの町道場を知っており、人のいい浪人者がひらいている町道場に出入りし、町人の伜《せがれ》というのに珍しがり屋だったせいもあって、やっとうをならいはじめた。親が達者で亀吉とおなじように暇をもてあましていた兄貴分の喜兵衛も、つられて亀吉と一緒に町道場で棒っ切れを振り回した。亀吉は飽きてすぐにやめてしまったが、喜兵衛はつづけた。

振り返って考えると、やっとうでなくてもいい、ただむやみにからだを動かしていればよかっただけなのかもしれなかったが、いつしかとりこになった。やみくもに熱中した。

割下水《わりげすい》の御家人、花田縫殿助はその頃の兄弟子である。

喜兵衛は五尺七寸。大きいほうだ。花田は五尺四、五寸。並である。からだが大きい分得をするのか、そのうち花田と竹刀《しない》をもって叩き合うと二本に一本はとれるようになった。そこそこ腕はあげていたのだろう。

花田は、その頃から不良御家人、浪人者、地廻り、などと、のべつだんびらをふりまわして派手な立ち回りを演じていた。生傷もたやしたことがなかった。それだけに、さすがに腕には磨きがかかったようで、いまでは江戸の名だたる剣客も、花田には一目も二目もおく、真剣をもたせたら花田とまともに立ち会える相手はいないのではないか、と噂されるほどの遣《つか》い手になっているということだった。

「どうだ」

と煙をふかしてから花田はつづける。

「昼には早《はえ》がどこかで飯でも食わねえか」

花田の飯でも食わねえか、は合力《ごうりき》（施し）を強要するいつもの決まり文句である。

「お見かけのとおり、生憎《あいにく》きょうは客がありまして」

喜兵衛はいつもそんな断りをいい、「これで、なにかうまいものでも食ってください」と紙につつんだ包をさしだす。包には二朱を四枚、二分いれる。この日も二分をつつんでさしだした。

「そうか、じゃ」

包を無造作に袂《たもと》にいれると、花田はもう用はないとばかり、

「邪魔したな」

と立ち上がって部屋をでていった。

花田はだいたい一月《ひとつき》に一度たずねてくる。あれこれ世間話のような話をするが、要は無心だ。

昔の誼《よしみ》もある。そのつど喜兵衛は二分を、運上か冥加のようなつもりで合力していた。もっとも頼み事はしない。

海坊主のような丸顔で愛嬌のある顔をしているが、なかなかどうして悪知恵ははたらくし、とどのような図体のくせに俊敏でうす気味悪いほど獰猛《どうもう》、という正体をとっ

くに見抜いていた。

かつて蔵前の札差《ふださし》が、押借《おしがり》の手伝をする蔵宿師《くらやどし》の撃退に花田の腕を借りたことがある。もちろん花田は期待どおり蔵宿師を撃退した。だがそのあと、札差は飼犬に手を噛まれるように、花田に際限なく無心をいいかけられ、むしりにむしられ、手を切るのにまた二百両とか三百両とかの大金をふんだくられたという。似たような話はほかにもある。

頼み事などするとむしろ難題がふりかかる。

見まわすと嘉助しかいない。嘉助は書物《かきもの》に熱中している。

喜兵衛は立ち上がった。

四

二階に上がり、六助を呼んできてふたたび六助と向い合い、

「さきほどの続きですが」

と前置きして聞いた。

「念のためにうかがっておきます。兄《あに》さんは本当に手付金を受け取っておられません

ね？」

　六助は口をとがらせた。

「もちろんです。目安に書いてあるのは嘘っぱちでごぜえます」

　喜兵衛は首をふった。

「必ずしもそうとはいえないのです」

「どうして？」

「兄さんは手付金を受け取っていないかもしれないが、連名で訴えられている奥松は受け取っているかもしれない」

「おらは奥松も受け取ってなんかいねえと思う」

「訴訟人の正十郎は証文をとっているといってます。目安にも証文付としたためてある」

「証文も取り交わしてねえはずだ」

「奥松は取り交わしたかもしれない。どんな証文かは見てみなければわかりませんが、証文をとっていないのにとっているなどといいかげんなことはいえない」

「なぜです？」

「謀書謀判《ぼうしょぼうはん》の罪はとても重い」

「ぼうしょぼうはん？　なんだべそれ？」

「謀書とは証書の偽造変造、謀判とは印章の偽造変造。謀書謀判は、場合によっては引廻之上獄門《ひきまわしのうえごくもん》です」

「引廻之上獄門は？」

「磔《はりつけ》につぐ極刑で、小塚原《こつかつぱら》か鈴ケ森《すずがもり》の三尺高い獄門台に生首がさらされます」

「証書や印章の偽造変造くれえで？」

「そうです。謀書謀判はまた、人殺し、火附、盗賊、関所破りとともに拷問の許される極悪非道の犯罪とされているのです。ですから訴訟人の正十郎や代の留吉が、とくに留吉は公事師のようで、だとすると謀書謀判が重罪であるなど先刻承知のことでしょうから、証文をでっちあげ、そのうえで御訴訟するような恐ろしいことまでするとはとても思えないのです」

「とおっしゃいますと……」

「奥松が正十郎と証文を取り交わし、ついでにあなたの兄《あに》さんの名前を断りなしに証文に書きくわえたのでしょう？」

　昨夜、くりかえし目安に目をとおして、目安にある出入はすべて証文帳面譲受けの類だろうと思った。それは多分間違いない。しかし目安に書かれているいきさつや謀書謀判の刑が極刑であることから推し測るに、この六助の兄庄平と奥松を相手取っての出入《でいり》（公事訴訟）は例外のようで、訴訟人は奥松とたしかに直接証文を取り交わしている。

「そうだとして、その場合兄ちゃんはどうなるのでごぜえますか？」

「奥松が勝手にやったことだとわかれば別に御咎《おとが》はありません」

「金も払わなくていい？」

「もちろん。ともかく謀書謀判の刑が極刑であることを考えれば、訴訟人正十郎はたしかに奥松と証文を取り交わしており、奥松は正十郎から手付金六十両を受け取っている」

「すると奥松は、兄ちゃんに支払わなければならない五十六両と合わせ、合計百十六両を持ち逃げした？」

「そういうことになります」

六助はしばらく考え込んでいたが、

「でも奥松は欠落《かけおち》している。女房も欠落している。死人じゃねえけど欠落者に口なしでごぜえます。目安には好きなように書ける。証文だって偽造しようと思えばいくらでもできる。だいたい奥松はずっと縮を三国屋に卸していたんで、信濃の小間物屋風《ふ》情《ぜい》の正十郎と縮を取引すること自体がおかしい。ですからおらはやはり、奥松が欠落してものいわぬのをいいことに、三国屋の番頭徳蔵が、訴訟人正十郎や代の留吉らとつるんで、兄ちゃんにくらわせた返公事《けえりくじ》にちげえねえと思うだ」

　証文が偽造とは思えない。だから返公事とは思えない。だがここでそれらを言い争うことに、あまり意味はない。

「あなたの推測があたっているかもしれません」

　喜兵衛はおれるようにいって、

「ですが返答書にいまあなたがおっしゃったような推測を書きつづることはできません。詮議される御役人様は何事も自身で推測し、審理し、判断される。返答書に、したり顔に推測を書きつづりますと、御役人様は小癪《こしやく》な！　と思われるだけでない。お怒りになり、場合によってはつむじを枉《ま》げられ、こちらがいっている正しいことまで間違っているとひっくり返してしまわれかねない。そんなへそ曲がりの御役人様も少なくないのです。ですから返答書にはあたりさわりのないように書きつづります。いいですね」

「はい」

「そのこととは別に、このように込み入った事例の場合、これから御詮議所で訴訟人と争うにあたり、心に留めておいていただかなければならないことがあります」

「なにをだべ？」

「それは、あなたの狙いはなんなのかを、あなた自身がはっきり自得しておかなければならないということです」

六助はいま一つ意味が解せないようでぼんやりうなずいている。

「うかがいますがあなたの狙いはなんですか？」

「三国屋の番頭徳蔵に縮の残金を支払わせること……」

「それから？」

「もらってもいない手付金の六十両を支払えと、理不尽なことをいって迫ってきている訴訟人の代留吉に、そのようなことを申しかけないよう、御役人様にご命じいただくこと」

「ほかには？」

「狙いといわれるとそんなところ、ですか……」

「そのようです。では最初の、三国屋の番頭徳蔵に縮の残金を支払わせる件。あなたの話に相違なければ、あなたの兄さんは残金五十六両を三国屋に請求することはできません」

「なして？」

六助は腰をうかしていう。

「三国屋の番頭徳蔵がいうように、あなたの兄さんの取引はあくまでも奥松を相手の取引で、三国屋を相手の取引ではないからです。兄さんが徳蔵と証文でも取り交わしていればともかく、出る所にでると負けます。残金を支払うようお申しつけくださいと訴えるのは勝手ですが、聞き届けてはもらえません。その件は諦《あきら》めておかれたほうがいい」

公事宿はえてしてそこらあたりをいいかげんにし、甘い期待を抱かせがちで、あとになって、負けた、金だけはたっぷりかけさせられた、へぼな公事宿だ、と公事訴訟人に騒ぎ立てられる。

「やはり無理ですか……」

六助はうなだれていう。無理だというのに六助も気づいてはいたのだ。

「でもいちおう、残金を支払うようお申しつけください、と返答書には書いておいていただけませんか」

あきらめきれないのだろう、六助はそういう。

「書くのは勝手です。書いておきましょう」

喜兵衛はそういって、

「ですから狙いはあくまでも一つ。もらってもいない手付金を返せと迫る留吉と対決すること。そうはっきり自得しておいてください」

六助はうなだれたままうなずいている。

「その場合、もう一つ自得しておいていただかなければならないのは、勝っても金を払わなくてすむということで、金になるのではないということです。あなたには一銭もはいりません。いずれにしろあなたは金がかかるだけで一銭にもならない。あなたにはつらい公事訴訟です。そういうつらい公事訴訟をするのだということもはっきり自得しておいてください」

無言の六助に喜兵衛は念をおした。

「いいですね」

「わかりましただ」

六助は力なくこたえる。

「ところで、兄さんは仕入帳や売上帳をつけておられますか？」

「つけておりますだが、分けずに仕入も売上もおなじ帳面に一緒くたにつけております」

「持参しておられますか？」

「いいえ」

「御詮議の際に必要になります。至急取り寄せてください」

「はい」

「では」

と喜兵衛はいって、

「これから返答書の下書にとりかかります」

「下書はお見せいただけますので？」

「もちろんです。あなたの、けっこうです、という返事をいただいてから清書にとりかかります。清書にとりかかるにあたってですが、御役所は提出する書類の墨付汚《すみつきよごれ》をとても嫌われます。したがいましてどうしても書き損じがでます。そのうえ返答書は二通用意しなければなりません。ほかにも着届《ちゃくとどけ》や代引受願いもださなければなりません。二丁目に五郎兵衛という紙屋があります。表にでて右におれてすぐの向いです。五郎兵衛にいって西《にし》の内紙《うちがみ》を二十枚、二帖《じょう》ばかりも買っておいてください」

「へえ」

六助は返事をして部屋をでていった。

五

がらりと障子をあけて亀吉がはいってきた。

「四郎右衛門さんの件で？」

顔を上げて聞くと、

「いや」

といって亀吉は、

「飯を食いにでませんか」

とさそう。

「九つ（十二時）の鐘は？」

「とうに鳴ってます」

「気がつかなかったなあ」

六助の返答書を書くのに没頭していたのだ。

「あいかわらず精をだしておられるんだ」

「そうさ。だからさっき畳が盛り上がっているだろうって、花田さんにお誉めいただだいた」

「畳が？」

「小判が敷き詰めてあるからだと」

「本当ですか？」

「馬鹿をいえ」

「ということは、花田さんは銚子から帰ってきた？」

「むこうも景気がわるいそうで」

「じゃあ、はやいとこと捕まえなきゃ」

「なぜ？」

「またわたしの無尽《むじん》の仲間を引きずり込み、いいかげんな無尽をこさえて、落っことしたらそれっきりだってんです」

「でもとっ捕まえてもむだだ。あの人はとるものはとってもだすものは鼻血もださない」

「とにかくでませんか」

「でよう」

嘉助に留守をたのんで喜兵衛は亀吉と表にでた。

雨にはならず、重い雲はどこかへ立ち去ってしまったようで薄日がさしていた。

「どこにします?」

「どこでもいい」

「昼時だからなあ。どこも混んでるだろうが……、三丁目の馬場に面したところに蕎《そ》麦《ば》屋ができて流行ってるそうじゃないですか。あそこはどうです」

喜兵衛はうなずいた。

蕎麦屋は込んでいた。二階を覗いてみた。いい具合に隅の席が空くところで、喜兵衛は亀吉と向い合ってすわり、天麩羅《てんぷら》蕎麦を二人前たのんだ。

「まったくひでえ話じゃありませんか」

亀吉はだされた番茶をすすりながらいう。

「花田さんのことかい?」

「そうです。下谷のどこかの寺の寺男に袈裟《けさ》を着せてもっともらしく住職に仕立て上げ、浪人者にこれまた貸衣装を着せて上方《かみがた》の留守居に仕立て上げ、わたしの知合をひきずりこみ、一人十五両で百五十両の無尽をこさえ、七十両か八十両で落っことしたらそれっきりだってんです」

「あの人の考えそうなことだ」

「あの疫病神《やくびょうがみ》にはこれまでずいぶんたたられましたが、まったくいつまでたたられることやら」

「できるだけ近寄らないようにしておくことだ」

「ときに、きょうは二十九日です」

「それがどうか」

「やだなあ、鹿島講の月掛の集金日ですよ」

「そうだった。どうもこのところ物忘れがひどい」

「ぼけるには早すぎます」

「まったくだ」

喜兵衛は懐から紙入をとりだし、二人分、二朱を二枚わたした。亀吉はふところにしまって、

「それはそうと、四《よ》つ時《じ》(午前十時)頃、橘町《たちばなちょう》でばったりお会いしました」

「どなたに?」

「お糸ちゃんにですよ」

「糸に?」

「ええ。綾ちゃんもつれて」

糸は娘、綾は糸の娘、孫娘である。

「お糸ちゃんはおきゃんでかわいい娘さんだったのに……」

と亀吉がいいかけたところへ、

「おまたせしました」

天麩羅蕎麦がはこばれてきた。

「こういっちゃあなんだがあんな男と……」

亀吉はつづけてなにかいいかけようとしたが、

「蕎麦がのびないうちに」

喜兵衛はさえぎって箸をとった。

亀吉は天麩羅も蕎麦もほぼたいらげるとどんぶりを両の手でもち、汁《つゆ》をすすってまたおもむろに口をひらいた。

「苦労がつづいているんでしょう。真冬にさしかかろうってえのに、糸ちゃんも綾ちゃんも、冨沢町《とみさわちょう》あたりで買ったような、着古した洗いざらしの単《ひとえ》を重着《かさねぎ》していて、目を合わせるのも気の毒で」

熱い汁をすすっていて水洟《みずばな》でもでてきたのか、それともほんとうに涙がでてきたのか、そういうと亀吉はもらい泣きするようにぐすんと鼻をならした。

喜兵衛は懐紙をさしだした。

「それとなく聞いたら魚河岸の一膳飯屋に皿洗いにでてるんですって。綾ちゃんを台所の隅にずっとまたせてね」

そこで亀吉はちーんと洟をかみ、

「皿洗いだったらしかし、なにも余所《よそ》でやることたあない。恵比寿屋《おたく》でやりゃいい。それとも喜兵衛さん、あんたが反対してる？」

「反対するもなにも、皿洗いなどしたいといってきたことがない」

「このままじゃあ、あんたの沽券《こけん》にかかわる」

「わたしの沽券なんかはどうでもいいのだが、本人がまだいい、いさみにぞっこんのようだからどうしようもない」

喜兵衛はそういい、勘定に立ち上がった。

「あと二、三軒集金がありますから」

表にでると亀吉はそういい、喜兵衛の帰りとは逆方向の豊島町のほうへむかった。

なんとなく見送って恵比寿屋《やど》へ戻ろうと振り返ると、北風が遮《さえぎ》るように吹いて馬場に干してある幾枚もの、色とりどりの反物《たんもの》をはためかせた。

馬喰町は御入国（家康の江戸への入国）当初、馬と馬喰が集まった町で、ここ初音《はつね》の馬場は御武家が馬を責めたところだが、戦《いくさ》などいうことの絶えて久しい当節は、火除地《ひよけち》のようになっていてふだんは西へ数丁の、紺屋町《こうやちょう》の染物職人が染物の干場につかっている。

裁《た》って手拭《てぬぐい》にするのだろう、目にそれとはっきり柄がわかるのは、吉原つなぎや芝翫縞《しかんじま》など藍染《あいぞめ》の木綿の反物だ。

踊りのおさらい（発表会）などというと、糸はきまって名入りの手拭や風呂敷を特注して御祝儀がわりにくばっていた。祭のときもやはり特注の浴衣を染めさせていた。おさらいで着る着物も染めさせていたのではないかと思う。

それがこの寒空に、洗いざらしの単を重着していたのだという。親子ともどもである。

〈なんでそんなことになってしまったのか〉

いまさら考えても詮ないことだが、ぼんやりそんなことを考えていると、反物がまたパタパタと音を立てて風にはためいた。

第三章　見送る女

一

訴訟人正十郎の代、召仕の留吉は、目安をつけてまわっている最中らしかった。まだ越後から帰ってきていないということで、六助は一箇月またされることになった。

六助と、差添人として出府してきた組頭の吾作は、おのぼりさんよろしく、きょうは両国広小路に向両国《むこうりょうごく》、あしたは金竜山浅草寺《きんりゅうざんせんそうじ》に奥山、あさっては三座十一月恒例の顔見世、足をのばしてしあさっては本所の五百羅漢栄螺堂《ごひゃくらかんさざえどう》、つぎの日は高輪《たかなわ》の四十七士の墓と、四、五日はつれだってでかけていた。

寒さがきびしい。出歩くと金もかかる。そのうち宿にこもるようになり、枕をかかえて掻巻《かいまき》をかぶり、日がな一日ごろごろしていた。

一箇月がたった。

評定所はおそろしく朝がはやい。当日十二月四日、まだ夜のあけぬ七つ半（午前五時）、喜兵衛は提灯《ちょうちん》を手に恵比寿屋にむかい、六助、吾作と合流して評定所にむかった。

通りをまっすぐ御城の方にむかうと、濠《ほり》につきあたる。濠には橋がかかっていて、橋の向うにはいかめしい、枡型《ますがた》の常盤橋御門《ときわばしごもん》が屹立していて行く手をさえぎっている。

喜兵衛らはまだ開かれていない常盤橋御門の潜《くぐり》をとおしてもらい、廓内にはいって南へおれた。

おれるとまたすぐに、道三堀《どうさんぼり》という日本橋川に通じている濠につきあたる。ここには銭瓶《ぜにがめ》橋という橋がかかっていて、銭瓶橋にさしかかると道三堀の右方向が見通せる。

目をやると、濠沿いの道三河岸《がし》を、ゆらゆらゆれる提灯の明かりが幾つも幾つも西、評定所のほうへむかっていて、明かりは濠にも落ちてゆらめいている。

大晦日の夜――。

関八州の狐はすべて、道すがら狐火といわれる炎を吐きながら、王子《おうじ》稲荷《いなり》の装束《しょうぞく》榎《えのき》といわれている榎の木の下を目指すといわれている。

喜兵衛もむろん見たことはないが、その光景に似ているのではないかと、この日のように、水洟がでて提灯をもつ手が凍えるように冷たい日は、いつも思うことを思いながら銭瓶橋をわたって右におれた。

評定所は道三堀が辰ノ口のほうへまがった濠沿いに、御城にむかって西向きに建てられている。喜兵衛らは、評定所の門前の、何百と群がっている提灯の明かりの中にはいっていって身をおいた。

月はとうに沈み、評定所のいかめしい門は漆黒《しっこく》の闇につつまれている。

背後から六助が声をかけてきた。

「旦那さん」

「なんでしょう？」

喜兵衛は振り返った。

「この前書いていただいた返答書の宛名ですが、評定所とのみあって様がついておりません。妙だなあと思って嘉助さんに聞いたら、町奉行所を相手の返答書には御番所様、勘定奉行所と寺社奉行所を相手の返答書には御奉行所様と様をつけるが、評定所を相手の返答書には様をつけないのだとか。なぜなんですか？」

六助は穿鑿《せんさく》好きで、ふだん嘉助にあれこれ糺《ただ》しているのだという。きょうは直接の穿鑿だ。

「嘉助はなんと？」

「そういうことになっているのだと。なぜなんです？」

「わたしも詳しいことは知りません。ただいえるのは、評定所は公事訴訟関係の御奉行様八人が寄り合われる御役所で、評定所づきの御奉行様などというお方はおられない。だからではないでしょうか。いえそれも、そう思うということで、たしかにそうなのかどうかは請け合えません」

「八人の御奉行様が二、十一、二十一日の式日《しきび》と、四、十三、二十五日の立会《たちあい》という日の月に六日、ここ評定所に集まられて評議されたり詮議されるということですが
……」

六助は日にちをしっかり覚えたのだろう、そう前置してつづける。

「式日と立会はどうちがうのです？」

「嘉助は？」

「ほとんど差異はないと」

「きょう十二月四日は立会ですが、式日は朝がもっと早いのと、式日には門前に午《ひる》ま

で目安箱《めやすばこ》がだされるのとがちがうくらいですね。御役人様方はともかくわたしたちにとっては」

「じゃあきょうは目安箱はだされない」

「そうです」

「きょうは金日《かねび》ですよね……」

六助の穿鑿はまだつづくらしい。

「月に六日の開所日の内、四日と二十一日の二日だけを金日といって金公事《かねくじ》を受けつける日とし、金日以外の日には、本公事だけを受け付けて金公事を受け付けないということですが、それは、金公事が多すぎるからですか？」

それもある。お上は表向き、貴穀賤金《きこくせんきん》、五穀をたっとび金銭を蔑視《べっし》していて、金公事に冷淡だったという理由もある。

そうと説明するのが面倒なわけではない。だが、周囲《まわり》に多くの耳がある。めったなことは口走らぬがいい。

「そのようですね」

とお茶をにごしていると、

「目安の裏に御奉行様が、内済できないのなら評定所に出向いてきて対決するように、と指定された日は十一月四日でした。なぜ十一月四日なのか深く考えなかったのですが、四日が金日だったからなんですね」

と六助はさらにつづけて、

「代の留吉が越後から戻ってこない以上、どの道おらは十一月二十一日か十二月四日の金日までまたなければならなかったんだ」

「そういうことになります」

「ついでだからお聞きしてえんですが、いいですか?」

「おこたえできることでしたら」

「代の留吉は江戸在住の者で南の御番所に訴えでたのに、初公事合《はじめてくじあい》がここ評定所でおこなわれるのは、訴えられた兄庄平が御寺社（寺社奉行所）の御支配、訴訟人とは支配違いでかつ江戸在住以外の者だからということですが、そうですか?」

「そうです」

「しかし訴えられた者が支配違いであっても、江戸在住の者なら、初公事合は評定所ではなく訴えがあった御番所や御奉行所でおこなわれる……。これもそうですか?」

「そうです」

上総勝浦村の四郎右衛門の公事訴訟がそうだ。相手は江戸者だから、訴答両者は支配達いだったが、初公事合は訴えでた公事方勘定奉行所でひらかれた。

「なぜなのです？　支配違いということではおなじなのになぜそうちがうのです？」

「それは……」

といって喜兵衛は口をつぐんだ。

喜兵衛も若い頃何度かその問題を考えた。

目安の書式もそうだが、訴えられた支配違いの者を江戸在住の者と江戸在住以外の者、正しくは日本橋から五里以内の者と以遠の者とにわけて、初公事合の場所に区別をつけるのは喜兵衛にも意味がわからなかった。

日本橋から五里以内の者はすぐに呼びだせる。五里以遠の者はすぐに呼びだせない。そういう違いはある。だからといってそれが、目安の書式や初公事合の場所に区別をつける理由にはならない。

つまるところ、お裁きの仕組には大本《おおもと》の決まりがない。約束事を、付焼刃《つけやきば》をつけるようにくっつけてかためていったからそうなってしまったのだろう、というのが考えた末の結論だが、お上《かみ》のなさることをあれこれ誹謗《ひぼう》することになる。まして周囲《まわり》には多くの耳がある。なおのことそうと説明するわけにいかず、

「わたしにはよくわかりません」

喜兵衛は言葉をにごした。

「なにかちぐはぐだとおらは思うだが……」

六助は納得がいかないようでつづける。

かねがね気づいていたことだが、物事をあれこれ考え、根本のところを見抜こうとする点で六助はある種の才能をもっている。あるいは六助こそ下代にふさわしい男かもしれない、などと考えていると、空がうっすら明るんで西丸《にしのまる》の方角から明六つ（午前六時）の太鼓の音がどーんどーんと鳴り響いてきて、つづいて石町《こくちょう》の鐘が一つまた一つと鳴り響いた。

ぎぃ。

暗闇から姿をあらわしたいかめしい評定所の門が音をきしませながら開かれた。

呼びだされている者は門内にはいって、てんでに、差出《さしだし》といっている名前書をさしだす手続をとった。喜兵衛も差出の手続をとった。

空がうなって突き刺すように冷たい空っ風が頬をたたいた。喜兵衛は風をさけるため、門内の人込みの中にはいっていって身をちぢませた。

門前がざわついている。長棒駕籠《かご》がついたのだ。供立《ともだて》が多い。御寺社の御奉行だ。

つづいて御勘定の御奉行、御町の御奉行、また御寺社の御奉行と到着し、御奉行が敷石をふんで評定所の中にはいっていくたびに、やれ右近将監《うこんしょうげん》様だの、それ甲斐守《かいのかみ》様だのと、公事訴訟人はかしましく騒ぎ立てる。

いつものことで、なかには花道をとおる役者を囃《はや》すかのように囃し立てる者もいて、照れる御奉行もいるが、気取る御奉行もいる。御奉行もさまざまだ。

「根岸肥前守様の後任は岩瀬加賀守《いわせかがのかみ》様ときまったそうですね」

六助がまた話しかけてくる。

南町奉行根岸肥前守は多分老衰でだろう、二十六、七日前に死去し、後任には十日ほど前、岩瀬加賀守が公事方勘定奉行から転じてきていた。六助が代の公事訴訟の「御掛《おかか》り」も、根岸肥前守から岩瀬加賀守にかわっていた。

「亡くなられた肥前守様は百姓の子だとか車引きの子だとか噂されていたそうですね」

「しっ」

喜兵衛は人指し指を口元にあてて制した。

根岸肥前守は百姓の子でもなければ車引きの子でもない。御家人の根岸家に養子にはいった御徒《おかち》の子である。

御徒は譜代相伝《ふだいそうでん》ではなく、雇用は一代かぎりだ。そのせいか、定員内での明《あき》（株）がこっそり売買され、株さえ買えば百姓の子でも車引きの子でも御徒になれた。相模の国は津久《つく》井郡《いごおり》若柳村の百姓の子某は、志すところがあり、江戸にでてきて株を買って御徒になった。その某が、肥前守の父である。だから肥前守は、正しくはもと百姓の御徒の子である。そのことがいつまでもひそひそ語り継がれたせいだろう、公事方勘定奉行として十数年、町奉行に転じて十数年という、公儀の御役人として赫々《かくかく》たる役職歴をほこっていたにもかかわらず、肥前守は最後の最後まで、百姓の子だとか、どういうわけか車引きの子だとか噂されていた。

「場所が場所です。どなたに聞かれた噂か知りませんが、めったなことは口走らぬようにされたがいい」

喜兵衛は六助の耳元で叱りつけるようにいった。

御奉行八人全員が揃われたのだろう、

「何々一件の者」

「何々町の者」

と呼出《よびだし》がはじまった。

二

呼出は、運次第だ。午《ひる》をこすこともある。喜兵衛らはそれぞれ宿でこしらえた弁当を手にぶらさげていた。

さてきょうはどんなものかと案じていたら、思いの外早くに呼びだされ、喜兵衛は六助、吾作とともに公事人溜《くじにんだまり》にはいっていった。

訴訟人の一行もぞろぞろはいってくる。

前日の、評定請《ひょうじょううけ》という、訴答両者がともに役所（南の御番所）に出向いていって、御役人の指示のもとに、明日《みょうにち》間違いなく評定所に出頭しますと確約する手続は、手続だけだから下代見習の栄次を同行させた。それは、訴訟人の代留吉に付き添わなければならない四ツ谷塩町《しおちょう》の名主《なぬし》も同様だったらしく、公事人溜というせせこましい場所で、喜兵衛と四ツ谷塩町の名主はたがいに名乗りあって挨拶を交わした。

江戸に名主は三百人くらいいる。名主とは御白州で、あるいは内済の扱《あつかい》で、としょっちゅう顔を合わせている。親しく口をきく者も少なくない。顔と名前が一致する者も五十人くらいはいる。

長《ちょう》右衛門《えもん》と名乗る、馬のように顔の長い白髪頭の男は……はじめて見る。

四ツ谷塩町というと、馬糞《まぐそ》くさい内藤新宿と大木戸をはさんだ隣合せの場末である。名主といってもそんなところの名主は、格式高い草創《くさわけ》名主や古町《こちょう》名主とちがって、きのうきょう株を買って名主になりすましましたという手合が少なくない。調べてみればわかることだがきっとそんな手合だろう。いや、だから留吉の乱暴な公事訴訟の、片棒を担ぐことになるかもしれない出入なのに平気でついてきているのだ。あるいはそうとう鼻薬をきかされているのかもしれない。ひょっとするとぐるかもしれない。そんなことを考えていると、

「四ツ谷塩町手付金出入一件の者ども」

ふたたび声がかかった。

全員素足になって、御白州にはいっていった。

評定所の御白州は、あたかもそこが幕府の威厳ある最高法廷であるとわからせるかのように、広く大きくつくられている。

ぐるりは大砂利。御奉行の席の前のところだけがタタキに囲まれた小砂利。そこ、タタキ内小砂利に、定式どおり正面にむかって右に訴訟人の代留吉、その右隣に名主長右衛門、左に相手方の代六助、その左隣に宿《やど》喜兵衛、付添いの家主や差添人はそれ

ぞれの後というように筵《むしろ》を敷いてすわった。

町方の白州同心四人がタタキ内小砂利の四方をかためている。見届けて、そのうちの一人がいった。

「頭を下げろ」

「ははあ」

全員神妙に頭を下げた。

「面《おもて》を上げい」

声がかかった。掛《かかり》の御奉行、新任の南町奉行岩瀬加賀守の声だ。

全員頭を上げた。喜兵衛も上げた。

いつものように縁側左右に町方の与力、上段畳敷に、左からコの字型に月番の町奉行、非番の町奉行、御目付、四人の寺社奉行、二人の公事方勘定奉行、評定所留役《ひょうじょうしょとめやく》(公事方勘定奉行所の役人)、目安読《めやすよみ》がすわっている。

月番なので、一番手前左にすわっている加賀守がむかいの目安読に声をかけた。

「目安を」

目安はかつては御儒者《おじゅしゃ》が読んだ。いまは評定所留役、町方なら与力格の役人が読む。

目安読が目安を読みおわった。加賀守がいった。

「訴訟人正十郎の代召仕の留吉。なおまた申したいことがあれば申してみよ」

尻に青痣《あおあざ》ののこっていそうな、目の細い青瓢箪《あおびょうたん》のような男で、海千山千の公事師のようにはとても見えない、というのがさっきちらっと見受けた印象である。

「目安は手短に書くようにとお家主《いえぬし》様からいわれましたので、ざっとしかしるしておりません。実はこういうことでございます」

留吉は神妙にそう前置きしてつづける。

「主人《あるじ》正十郎は、越後は頸城《くびき》組の者から江戸への縮《ちぢみ》競り売り人の株を買いもとめ、十日町村にでかけていってかねての知合、縮問屋三国屋の番頭徳蔵さんにおたのみし、三国屋出入の縮仲買人大沢村の奥松を紹介《ひきあわ》せてもらい、奥松に縮を百五十反ばかり買い集めてもらいたいとたのみました。この四月五日のことでございます。奥松は三国屋さんからも追加をたのまれているし、一人では無理だ、知合に助けてもらうだがいいかといいます。もとより縮さえ集まればいいことでお願いしますとたのみました」

このときばかりは少々長くなっても御奉行も耳をかたむけてくれる。

「十日町村の縮問屋さんは、江戸や上方からの、縮買入の呉服問屋さん方の宿もかねておられます。正十郎も三国屋さんに泊めていただいてまっておりますと、三日後の四月八日、奥松はおなじ縮の仲買人比角村の庄平という男をつれてきて、この人なら集められるといいます。そこでふくべという煮売酒屋にいって」

「ふくべという煮売酒屋だのう？」

岩瀬加賀守はそういって書きとめている。

「さようでございます」

「つづけよ」

「ふくべで正十郎は奥松および庄平と一杯やりながら、縮百五十反は庄平が買い集める、手付金は六十両と取り決めました。もっとも庄平は十日町村にほとんど立ち寄りません。そこで品物や代金の受渡しは奥松が代行することにして、正十郎はいったん信濃に戻り、金を都合してきて四月二十九日に奥松と約定《やくじょう》証文《しょうもん》をとりかわし、手付金六十両を奥松に渡しました」

「手付金六十両は奥松に渡したのだな？」

「さようでございます」

「つづけよ」

「その後どういうわけか奥松は欠落《かけおち》いたしました。正十郎はそうと知ってびっくりし、すぐさま大沢村までいって女房のすぎに糺しました。すぎは手付金六十両は約束どおり庄平に渡してあると申します。安心していったんは十日町村に戻ったもののやはり心配になり、庄平に糺してみようと翌日比角村にむかい、庄平をつかまえて確かめました」

留吉はそこでちらりと六助の顔を盗み見て、

「ところが庄平は、奥松が欠落したのをいいことに、約束など取り交わしていない、奥松から金も受け取っていない、受け取っていないものをなぜ返さなければならない、と空とぼけて取り合ってくれません。さらにそのあと二度ばかり掛け合いましたがやはり取り合ってくれません。そんな次第でございます。どうか、手付金の六十両を戻すなり、約束どおりその分縮で渡すなり、庄平にご命じ下さいませ」

六助の片口《かたくち》（片方だけの申し立て）とはずいぶんちがう。嘘をいっているにしてもそれなりに真実味がある。これだから公事訴訟はむずかしい。そんなことを考えていると、

「つぎ。返答書を」

加賀守がうながす。

目安読が返答書を読みおわった。加賀守が今度は六助に声をかける。

「相手方庄平の代六助、おまえはどうだ。なおまた申したいことがあるか」

「ははあ」

六助も神妙に頭を下げた。

御白州では間違っても小賢《こざか》しく振る舞ってはいけない。〝公事訴訟にはまったくもって詳しくありません〟、〝見てのとおりの田舎者です〟とむしろ愚直をよそおうのがいい。賢くはないが頑固一徹者、という印象をあたえられればなおいい。御白州での心得を、喜兵衛は六助にそう教えていた。

六助は顔を上げて口をひらいた。

「留吉が申していることは嘘八百でごぜえます。兄庄平は訴訟人正十郎から六十両など受け取っておりません。催促も受けておりません。そもそも兄庄平は正十郎などという男を知らないのです。正十郎と召仕で代の留吉はとんだいいがかりを申しているのでごぜえます」

そう一息にいって六助は息をつぎ、

「そのこととは別に兄庄平は奥松の頼みで、奥松を通じて、十日町村の縮問屋三国屋さんに縮百五十四反を納め、代金百十四両のうち五十八両は受け取ったのですが、五十六両が未収になっております。庄平こそ未収分の五十六両をいただかなければならないのです。どうかご慈悲でございます。三国屋さんに未収分を支払うかその分縮で返すよう、また訴訟人の代、召仕の留吉には、さようの理不尽ないいがかりを申しかけないよう、きつくお申しつけくださいませ」

「ずいぶん話がくいちがうものだ」

加賀守はそういってまた、

「留吉」

と呼びかけて、

「奥松との証文は持参しておろうの？」

「持参しております」

「だせ」

「ははあ」

留吉は懐から油紙につつんだ証文をとりだして、腰をかがめてやってきた白州同心にさしだし、白州同心は縁側で跪座《きざ》している与力にさしだし、与力は加賀守にさしだした。

加賀守は一瞥して、

「奥松、とある手跡《て》はたしかに奥松のであろうな？」

「それはもう、間違いございません」

「証明できるのか」

「はい」

「どのように？」

「奥松は出入の三国屋さんに何通も請取《うけとり》証文をいれております。三国屋の徳蔵さんとはこのほど内済し、内済するにあたって奥松の請取証文を三通借り受けてまいりました」

「もっておるのか？」

「はい」

「だせ」

さっきとおなじ要領で、奥松の三国屋への請取証文三通が加賀守の手に渡った。

加賀守はじっと見ていて、

「たしかに手跡《て》はおなじだが……。庄平の手跡も奥松のとおなじだのう？」

「はい、奥松が庄平の名も書きくわえたのです」

「だったら、庄平が了解してのことではないのではないのか？」

肝心なとこだ。加賀守は手際よくたたみかけていく。

「いえ、庄平の了解のもとに奥松は庄平の名も書きくわえたのです」

留吉は落ち着いてそういい、

「庄平は手付金など受け取っていないと申しておりますが、いまお読みになられました返答書をうかがっておりますと、庄平はなにかの半金として五十八両を受け取っております。どうやらそれが、正十郎が奥松に渡した手付金のようです。奥松をつうじて受け取った正十郎からの手付金六十両を、庄平はそのようにいいつくろっているのでございましょう」

話はもっともらしい、と思って聞いていると、六助が「まて」と止める間もなく口をはさんだ。

「恐れながら申し上げます」

加賀守は二重瞼《ふたえまぶた》の切れ長の目をきっ、と光らせ、六助を見据えた。

御詮議のときには黙っておれないことがしばしばある。相手方の理不尽な言い分がとおりそうになったり、自分の言い分が無視されたりしたときなどで、そんなときは「恐れながら」と口をさしはさみたくなる。詮議する御役人はそれをとても嫌がられる。御尋《おたずね》がないかぎり、けっしてすすんで申し上げるようなことをしてはならない。六助には何度もそう注意しておいたのだがやってくれた。

加賀守は留吉のいったことを頭のなかで反芻吟味《はんすうぎんみ》していたのが邪魔され、邪魔され

たのがいまいましいといわんばかりの口調で、

「黙れ!」

とするどく一喝《いっかつ》した。

「恐れ入りましてございます」

すかさず喜兵衛は割ってはいり、思いがけない叱責に目を白黒させている六助の首根っこを押えつけるようにしていった。

「これ、頭を下げぬか」

こういうときすばやく割ってはいって御役人のご機嫌をとりつくろう、あるいは御役人の顔を立てるのも宿の役目の一つである。

相役の北の御奉行永田備後守が横から叱りつけるようにいった。

「聞きもしないのにやたらと口をだすものではない」

喜兵衛は六助にかわって、

「重々申し聞かせますでございます。はい」

「留吉の申すことはいずれおいおい吟味することにして、六助」

加賀守は目を光らせたまま六助に声をかけた。六助は度を失ってしまったようで、

「あ、ああ」

返事をしようとするがうわずって声にならない。

「とって食おうというのではない。そう恐れるな」

寺社奉行の阿部備中守《びっちゅうのかみ》が救いの手をさしのべるように、笑いながらいった。御奉行は、時には助け舟もだす。

「六助」

加賀守はいま一度呼びかけて、

「そのほうの兄庄平は奥松に縮百五十四反を渡したというが、証拠になる証文帳面の類はもっておるのか？」

六助は声をふるわせながら、

「帳面を持参しております」

売上と仕入を一緒くたに載せた帳面は、四、五日前にとどいていた。

「見せろ」

帳面は加賀守の手にわたった。加賀守は受け取ってひらいた。

「なんだこれは？」

案じていたとおり加賀守は声をあらげた。

庄平の小ぶりで縦長の帳面は、自分にさえわかればいいと書きつづっていたのだろう、庄平以外の誰にも読み取ることのできない、みみずがのたくったような字で、それもびっしり詰めて書かれていた。数字さえも読み取れなかった。六助と二人で読み取ろうとしたが手も足もでなかった。

加賀守は聞く。

「おまえには読めるのか？」

六助は正直にこたえる。

「読めません」

「それでは証拠にならん」

「でも書いた当人の兄ちゃんなら読めます」

またやってくれた。

「だったらなぜ当人がでてこない。煩《わずらい》といってもどうせ仮病にちがいない。それとも本当に病気か？」

と加賀守はいっそう声をあらげる。

「それはその……」

「どんな病気だ？」

加賀守はたたみかける。

横から寺社奉行の阿部備中守がまた笑って助け舟をだした。

「にわかに思いつきはしまい」

加賀守は苦虫を嚙みつぶしたような顔でいった。

「まあいい。おいおい吟味する。きょうのところは双方とも引き取れ」

初公事合とも初対決ともいう、第一回の詮議はさんざんの不首尾におわった。

三

南の御番所からの六助への御差紙は、師走でおしつまっているせいもあったのだろう、早々と翌々日の六日にとどき、「明七日の五つ（午前八時）に出頭せよ」とあった。

喜兵衛は六助、組頭の吾作とつれだってその日、七日、数寄屋橋御門内の南の御番所に出向き、差出《さしだし》の手続をとった。

弱々しい冬の日が斜めにさしていて風はなかった。喜兵衛らは暖をもとめて門前広場の日だまりにでた。

門前ではこの日呼びだされた者たちが、地べたに、てんでに筵をひろげてすわっている。

喜兵衛が付き添う公事訴訟人は在からの者がほとんどで、六助もそうだが金のかかる腰掛茶屋を利用しない者が多い。御番所によりかかって飯を食っているという点では、喜兵衛も腰掛茶屋の男たちと同類だ。筵まで持参では茶屋の男たちに義理がわるい。腰掛茶屋を覗き、六助に四十八文支払わせて筵を二枚借りさせ、おなじように門前の地べたにひろげてすわってまった。

「何々町の者」

「何々一件の者」

呼出《よびだし》がはじまった。白州同心や下番が、公事口からでてきて呼出の声をかける。応答がなければさらに門前にでて大声を上げる。

それでも応答がないと腰掛茶屋の男たちが一緒になって声をかけまわる。腰掛近辺の草取り掃除のほか呼出の手助けも、彼らが奉行所の腰掛で、茶屋営業をみとめてもらっているかわりに請け負っている賦役《ふえき》の一つである。

呼出はなく、午《ひる》の、九つ（十二時）の鐘が鳴った。御番所も昼休みにはいり、御役人方もそれぞれ弁当をつかう。呼出をまっている者たちも弁当をつかう。

喜兵衛らは弁当を持参している。とはいえ茶ぐらい飲みたい。喜兵衛は六助と吾作をうながし、筵を巻かせ、小脇にもたせて門前左手の、三州吉良松平伊豆守家の白壁沿いの腰掛にむかった。

門内の腰掛には風雨や寒気をしのぐ壁や庇《ひさし》がある。ここ門外のには壁も庇もないが、腰掛茶屋の男たちは、晴天の日にはここでも湯茶をだしたり、茶菓子をだしたり、注文に応じて仕出しの弁当を取り寄せたり、こっそり酒もだしたり、と茶屋営業に精をだす。晴天の日は昼飯どきになるとここも込み合う。

喜兵衛らは席が空くのをまってすわり、一杯十六文の茶を三人分たのみ、竹の皮に包まれている弁当をひろげた。大きいおむすびが三つもはいっていて、煮物に香ののがそえてある。喜兵衛はおむすびを一つつまんだ。

朝方、広場にはおよそ五、六百人が詰めかけていた。目勘定でおよそ半数にへっていた。どこにいるのかわからなかった訴訟人の一行もみとめることができた。彼らは、細長い腰掛を縦にいくつも継いである腰掛の、ずっと離れたむこうに腰を下ろして、仕出し屋から取り寄せたらしい弁当をひろげていた。

代の留吉が六助の兄庄平につけた目安は奥行が深い。にもかかわらず新顔の、公事師かもしれない留吉は、青瓢箪のような顔をした若くて印象のうすい男だった。それがなんとなく気になって初公事合のあった日、評定所から帰るとすぐ、喜兵衛は知合の十手持をたずね、訴訟人正十郎や代の留吉、それに四ツ谷塩町の名主長右衛門の素姓をざっとでいいです、洗ってもらえませんでしょうかとたのんだ。

ようがす、と十手持は気持よく引き受けてくれ、前日、ほんとにざっとですがと、調べ上げたことを知らせてくれていた。

馬面の名主長右衛門は、四ツ谷御《お》箪笥《たんす》町《ちょう》の裏通りで酒とたばこの小売屋をいとなんでいたが、二、三年前に店をたたんで四ツ谷塩町の名主の株を買い取り、名主におさまっているという男だった。

それだけならよくある話だが、二、三年前に死んだ四ツ谷御箪笥町の家主孫兵衛《いえぬしまごべえ》の弟というのが気になっていた。

家主は町《ちょう》役人で、店子《たなこ》の公事訴訟の手助けを義務づけられている。逆にいうと店子は家主の許しと協力がなければ公事訴訟などおこせないし、受けて立つこともできない。

それゆえ、公事買《くじかい》といって、買ってまで公事訴訟をおこす公事なれた家主が少なくなかったのだが、四ツ谷御箪笥町の家主孫兵衛もそんな一人で、公事巧者の公事好きとして知られていた。もっとも狙いは金儲けにある。評判はよくなかった。

気になるのはそのことではなく、その男孫兵衛が生前、日本橋小網町《こあみちょう》の百姓宿大津《おおつ》屋茂左衛門《やもざえもん》と親しくしていたということだった。しかとたしかめたわけではないが、孫兵衛の公事訴訟の陰に大津屋茂左衛門の姿がちらつくことが何度かあった。今度の件でもおなじように背後に大津屋茂左衛門がいる可能性がなくもない。それが気になっていた。

代の留吉は、名主の長右衛門とおなじ四ツ谷御箪笥町に住んでいた、指物師《さしものし》の親のすねをかじっている三男坊とかで、いつもはぶらぶらしている男だそうだが読み書き算盤《そろばん》は一通りできるらしく、長右衛門が名主になってからは〝御玄関《おげんかん》〟（名主の家は玄関構えで自宅で日常の仕事をこなしていたことから、江戸で御玄関というと名主の役所を意味した）につめて長右衛門の手伝をしているということだった。だとすると首謀者は長右衛門ということになり、大津屋茂左衛門との関係がますます気になる。

訴訟人信濃の正十郎と、名主長右衛門や代留吉との関係はよくわからなかったということだった。だが予想していたとおり、正十郎は四ツ谷塩町二丁目の弥介店《だな》にふだん住んでいなかった。

人別書上の出入《ではいり》のお調べは月に一回あって名主が差配している。長右衛門は名主だ。なんとでもごまかしはきく。正十郎はひきつづき信濃に住んでいて、一件が落着したら人別を信濃に戻すにちがいない。

いずれにしろちょっと聞いてまわってもらっただけで、「召仕で代」の留吉と背後にいる名主長右衛門、それにうっすらだが訴訟人信濃の正十郎の輪郭《りんかく》が浮かび上がる。となるとやはり不思議なのは、そんないいかげんな者たちの目安なのに、南の御番所はなぜ御裏判（奉行の判）をあたえたのかということになる。訴訟人正十郎の代留吉の怪しげな目安を受理した目安方は、根岸肥前守の家来である。肥前守の後任の岩瀬加賀守は、加賀守自身の家来や使用人を何人も引き連れてきて、そのうちの二人を目安方とした。それゆえ、肥前守の二人の目安方も、トコロテンが押しだされるように南の御番所を追いだされていた。

追いだされた目安方のどちらかは、なぜ怪しげな留吉の目安を受理し、肥前守はそれに御裏判をあたえたのか……と、この前も考えていたことを考えていたら、

「食った、食った」

差添人の吾作がそういって大きく伸びをした。

吾作は小柄で年寄りといってもいい歳なのに、食欲は旺盛で、歯のない口をせわしなく動かしながら大きいおむすびを三つともたいらげた。喜兵衛は二つがやっとで、一つを六助にゆずった。六助はもっと旺盛で四つをぺろりとたいらげてまだ物足りなげだった。

弁当を食べおわると喜兵衛らは腰掛を立ち、ふたたび門前近くで筵をひろげた。

また呼出がはじまった。

「四ツ谷塩町手付金出入一件の者」

冬の日が大きく西に傾き、長屋門の影が足元に近づいてきた頃ようやく声がかかった。

四

喜兵衛らは門内に入り、公事口をくぐって公事人溜でまたいっときまたされ、もう一度声をかけられて素足になり、御詮議所にはいっていった。

御詮議所では正面の、十畳の間の二間つづきの縁側近くに、八人の吟味方与力がずらりとならんでいる。

喜兵衛らは白州同心に先導され、御白州寄りの、十畳の間のむこうから三人目、吟味方与力仁杉七右衛門《ひとすぎしちえもん》の前の白州にすわるように指示された。

仁杉七右衛門は、〝名与力〟と名の高い吟味方与力である。

出入物（民事）でも、あやしげで吟味物（刑事）として調べなおす必要がありそうな案件、吟味物でも入り組んでいて取調べが厄介な案件、等々難しい案件は、しばしば仁杉七右衛門が取り扱った。

この四ツ谷塩町手付金出入一件を仁杉七右衛門が取り扱うのは……、一件が吟味物にかわる可能性もあるあやしげな案件だというのを、あるいは役所が先刻承知しているということなのかもしれなかった。

白州同心に指図され、訴答両者は頭を下げた。

「面を上げい」

全員顔を上げた。

「四ツ谷塩町手付金出入一件の者どもだな？」

関連書類を繰りながら仁杉七右衛門はいった。

「さようでございます」

訴答両者は声をそろえた。

「本日より御奉行にかわってそれがしが取り調べる。評定所での御奉行のお取調べにつづいての取調べということになるが、先に聞いておきたいことがある。訴訟人正十郎の代召仕の留吉。正十郎は一昨酉年三月に江戸へでてきたということだが、そのほうはいつから正十郎の召仕となって仕えておる？」

江戸へ人別を移した者の召仕で代、というと多少とも公事訴訟にかかずらっている者なら、そいつは公事師ではないかと疑いをもたなければならない。そのことをふくんでの御糺《おただし》だ。喜兵衛は耳をすませた。

留吉は丁寧に頭を下げて、

「主人《あるじ》正十郎が江戸へでて参りましてすぐに人宿《ひとやど》の口入《くちいれ》で召仕になり、以後ずっと召仕として主人に仕えております」

「正十郎の召仕になるまではなにをしておった？」

仁杉七右衛門はつづけて聞く。

「時の物売りや夜蕎麦売りなどをしておりました」

ぶらぶらしていたとは言い辛いのだろう。そういう。

「これまで公事訴訟事に関わったことは？」

留吉はなにかいったようだが、左隣の、殺しでもやったのか恐ろしげな顔つきの、地声の大きな吟味物の被疑者が一際《ひときわ》大声を上げたものだから聞き取れなかった。

仁杉七右衛門にはしかし聞き取れたようである。うなずいている。

「こんどの五十一人を相手の公事訴訟では、相手方比角村の百姓庄平と大沢村の百姓奥松をのぞく四十九人と、ことごとく話をつけておる。のお？」

公事師の類だからやってのけられたのだろう、という皮肉をきかせたお尋ねだ。

「そうだな」

仁杉七右衛門は念をおす。

留吉も仁杉七右衛門の意図がわかっているのだろう、用心深くこたえる。

「さようでございます」

「見事なものだ」

これまた皮肉だ。誉めているのではない。

「相手方百姓庄平の代、弟の六助」

仁杉七右衛門は六助に視線をうつした。

「ははあ」

六助も返事をして頭を下げた。

「そのほうなかなか口が立つ」

この前のことをこれまた皮肉をきかせていっているのだが、「へえ、そのとおりでごぜえます」とも、「いえ口は立ちません」ともこたえられない。どうこたえても逆らうことになる。六助はもじもじからだを動かせて返答に窮《きゅう》している。

仁杉七右衛門は追い討ちをかける。

「下代の真似事でもしていたか？」

「滅相《めっそう》も」

六助はびっくりして首をふる。

「留吉、六助、双方に聞く。お互い話はつかぬのか？」

仁杉七右衛門は形通り内済をすすめた。留吉も六助も黙っている。

「訴訟人はどうだ？」

「へえ」

と留吉はいって、

「内済しようにもどうにも、相手方が話にのってまいりません」

「相手方は？」

ですぎないように、六助はこたえる。

「訴訟人は根拠のないいいがかりをつけてきているのでごぜえます。内済などできかねます」

金公事は御役人が脅したりすかしたりしているうちに、なんとなく内済の方向へ話はすすむ。それに、最終的には貸している側にきわめて不利な、無利息長期月賦の〝切金《きりがね》〟という制度が用意されていて、切金の裁許をくだされる。貸している側もある程度はおれざるを得ないようになっている。御白州にもちだされる金銭貸借あるいは授受のもつれは数えきれないほど多いが、それゆえだいたいは適当なところでかたがつく。

だがこの、訴訟人正十郎と相手方庄平の金銭授受のもつれは、根本のところ、金銭授受の事実を双方が真っ向から否定しているところに、並の金公事には見られない、問題の複雑さがひそんでいるということにとっくに気づいているようだった。仁杉七右衛門はかさねて内済をすすめることなく詮議をすすめていった。

詮議はやがて、留吉が評定所で主張し、それに六助が反論しようとした、六助の兄庄平が奥松から受け取った五十八両の出所は、訴訟人正十郎からのものか、三国屋からのものか、という訴答両者の論争にうつった。

留吉は、訴訟人正十郎からのものです、正十郎が奥松にわたした手付金を相手方庄平は受け取っているのですと主張した。

六助は、三国屋からのものです、三国屋が奥松にわたした前渡し金を庄平は受け取っているのですと反論し、さらに、三国屋の番頭徳蔵を呼びだして確かめてもらえばすべてわかることですとつけくわえた。

煎《せん》じつめればそれだけのことを二人はおよそ四半刻（三十分）も言い争った。

仁杉七右衛門は両者の言い分を黙って聞いていて、二人の口数が少なくなった頃、六助に語りかけた。

「おまえは徳蔵を呼びだして確かめてくれと申すが、奥松にたしかに縮百五十四反を売り渡したかどうかの証拠になる帳面を、読めるように清書して提出しなおすのが先ではないのか」

順序からいえばそうなる。六助もそれはわかるのだろう。

「はあ」

とうなずいた。

「だったら帳面が読めるよう、突合せができるよう、きちんと清書したものをだせ。徳蔵を呼ぶのはそのあとだ」

仁杉七右衛門はそういって、

「日にちはどのくらいかかる?」

「雪に邪魔されなければ往復に二十日。清書に五日。十日余裕をみていただいて三十四、五日はかかろうかと……」

「今月は師走だ。役所は二十五日から休みに入る。正月も十六日まで休みだ。三十四、五日かかるとなると、次回は来年、正月の十七日以降ということになる。いずれにしろ清書したのがとどいたら当番所にとどけろ」

といって仁杉七右衛門は、一件書類を袋につっこみながら宣言した。

「きょうのところはこれまで。両者とも引き取れ」

六助は白州同心経由で帳面を受け取り、一同は御詮議所を後にした。

五

「飛脚を仕立てて兄さんに清書してもらっておくってもらうという法もあります。しかしそれはもどかしい。こうなれば六助さん、あなたが故郷《くに》に帰り、兄さんと膝を突き合わせて清書するのがいい。そうなさい」

喜兵衛は帰りの道すがらすすめた。当然「そうします」という返事が返ってくるものと思っていた。奇妙なことに六助は、

「それもいいだが……」

と生返事して首を縦にふらない。

歩きながらだったからかさねてはいわず、宿に帰り、長火鉢をはさんで喜兵衛はあらためてすすめた。

「あなたが故郷《くに》に帰り、兄さんと膝を突き合わせて清書するのがいい。そうなさい」

横から吾作も口をそえた。

「庄平がきちんと清書できるならいいだができそうもねえ。正月をはさんでいることでもあるし、ひとまずおらと一緒に故郷に帰ろう。おらも正月は故郷ですごしてえ。なあ、そうするべえ」

「それもいいだが……」

六助は煮え切らない。江戸に居続けたい、なにか特別の理由《わけ》でもできたのだろうかと考えていると、吾作が六助の顔を覗き込むようにして、

「おめえ、このところこっそり宿をぬけだしたりしてるだが、ひょっとして悪所通いでもはじめたか？　柳原土手の夜鷹にでも首ったけになっただか？」

六助は口をとがらせて、

「なにをいうだ。冗談じゃねえ」

「じゃあなして帰りたがんねえ？」

「別に帰りたくねえなんて、いってねえ」

「じゃあ帰るべえ」

「帰ってもいいだが……」

やはり煮え切らない。

「なにを迷っているだ。路用はかかるがそれは宿にいてもおなじだ」

吾作はそういって、宿の主人《あるじ》と話していることに気づいたのだろう、頭をかきながら釈明するようにいった。

「いえ、なにもこちら様のことをどうこう申しているのではごぜえません」

恵比寿屋の宿代は一日朝夕の二食つきで二百四十八文。外で昼を食ったり、湯屋や髪結床にいったりしていると出歩かなくとも一日三百文はかかる。道中の旅籠代は切り詰めれば二百文くらいからだから、吾作のいうとおり、路用はかかるがそれは宿にいてもおなじだった。

「なあ、帰るべえ」

吾作はなおも六助の袖を引くようにいう。

「わかっただ。帰るだ」

六助はしぶしぶうなずいた。

翌日喜兵衛は六助、吾作とともに南の御番所に出向き、六助、吾作の帰国願いをだした。帰国願いはすぐに聞きとどけられた。

その夜二人は帰り支度をしたのだろう、つぎの朝、いつものように仕事部屋にいたらつれだって挨拶にやってきた。

喜兵衛は仕事の手をやすめ、見送りにでた。

二人はきたときとおなじように、真田紐で中結びした風呂敷包を背中にせおい、雨合羽と菅笠を手に、どんより曇っていていまにも小雪がちらつきそうな朝寒の中を、ときどき振り返って手を振りながら故郷に旅立っていった。

喜兵衛は踵をかえし、恵比寿屋の敷居をまたごうとして足をとめた。誰かが二階から見送っていたような気がしたのだ。

表にでて二階を見上げた。誰もいなかった。

見送っていたのは女のようで、それも女中頭のおふじのようだった。

このところおふじは身の回りをかまうようになった。うっすらだが薄化粧もしているようである。

おふじが身の回りをかまうようになったり、薄化粧をしたりするときは、思いを寄せる男ができたときである。こんどもまた思いを寄せる男ができたのだろうと思っていた。

〈ひょっとするとひょっとして相手は六助……〉

おふじは痩せぎすだが、まあまあの器量の、どこにでもいる女である。

まあまあの器量の、どこにでもいる女らしくおふじはときどき恋をする。男に思いを寄せる。ときにははしかにかかったかのように思いを焦がす。だが、最後の最後のところ、あと一歩のところをおふじは踏みとどまる。

かつて、馬喰町と地続きの小伝馬町三丁目《こでんまちょう》に、糀屋《こうじや》という屋号の、間口は八間と恵比寿屋より一回り大きい、馬喰町界隈では一番といっていい規模の、身代もまた一番と誰もがみとめる旅人宿があった。

主人の治郎兵衛《じろべえ》は乳母日傘《おんば》でそだった一人っ子で、長じて跡取りになってからも仕事はすべて番頭、手代まかせ、公事宿としての仕事も下代まかせで、本人は狂歌をひねったり戯作をものしたりと旦那芸のほうに忙しくしていた。もっともそれだけのことはあり、喜兵衛は詳しくないがその世界では名のとおった通人だったのだという。

二十数年も前のことだった。御改革ということがあった。

お上の、それも御改革を率先してはじめたさるお偉方は、

「宿は出入の腰押《こしおし》をして逗留を長引かせたり、勝公事になると祝儀をせびったり、公事訴訟人に迷惑ばかりをかけている」

という偏見をもっていたらしく、御改革にとりかかるとついでに、「宿の不正もびしびし摘発せよ」と御奉行に命じ、御奉行は吟味方与力に命じ、吟味方与力は〝宿の

不正〟の摘発にのりだした。

吟味方与力はあれこれ調べた。しかしたとえば、出入の腰押といってもどこからどこまでが腰押と線が引けるものでもなく、祝儀などというものもだされれば受け取るが、せびるなどというものでもなく、吟味方与力は宿を摘発する確たる〝不正〟を発見できなかった。

さりとて気合のはいっているお偉方の顔も立てなければならない。やむにやまれず吟味方与力は、とるにたらぬ罪に冤罪《えんざい》をもひっかぶせて、十四人もの宿に「家財取上江戸払」という刑を申し渡した。狂歌や戯作で名をうっていたのが仇となったようで、治郎兵衛もそのとき十四人の一人として「家財取上江戸払」を申しわたされた。

〝家財取上〟は、家財道具の取上である。家屋敷の取上ではない。十四人は女房子供や番頭に後事を託して江戸を去っていった。治郎兵衛も番頭に後をたのんで江戸を立ち去った。

島流しでも〝赦《しや》〟があったりして江戸への帰参をゆるされることがある。江戸払は、島流しなどとは比較にならぬくらい刑は軽い。一人二人と帰参をゆるされ、江戸に戻ってきてもとどおり旅人宿の主人におさまった。だが治郎兵衛の宿、糀屋は、治郎兵衛もゆるされて江戸に戻った。だが治郎兵衛が江戸を留守にしていた間に番頭が不始末をしでかし、人手に渡っていた。

喜兵衛は、趣味といえば春から秋にかけて、江戸前の海で釣糸をたらすくらいだ。狂歌をひねったり戯作をものしたりする治郎兵衛とは住む世界がちがっていて、また歳も治郎兵衛が一回り上で、おなじ旅人宿仲間とはいえ親しくしていなかった。とはいえ、

「治郎兵衛さんは江戸へ帰参をゆるされたものの、道楽者だったから金儲けのこととなるとなに一つできず、昔の狂歌や戯作仲間から細々と施しを受けながら米は百文買いでやっと食いつなぎ、店賃《たなちん》もしばしば滞らせるというどん底の暮しをしておられるそうだ」

などという噂を耳にすると、旅人宿仲間の行事《ぎょうじ》（世話役）でもある。ほうっておけず、仮寓《かぐう》している市ケ谷の裏長屋に治郎兵衛をたずねた。

十年以上も昔のことで、四畳半一間の裏店《うらだな》には治郎兵衛のほかに、身を寄せていた八王子で生まれたという娘がいた。

娘は十二、三でからだがとんがっていた。働かせてもらいたいとたのんでも水茶屋などでは相手にしてくれそうにない。恵比寿屋でなら、働く真似事くらいできる。働く真似事をしてもらえば給金を払える。

「娘さんを恵比寿《うち》屋で働かせる気はありませんか」

喜兵衛は治郎兵衛にそうもちかけた。

治郎兵衛は返事をしなかった。安気《あんき》な人だが気位だけは高いのだ。だが横で話を聞いていた娘が、

「働かせてください」

といった。娘自身なんとかしなければどうにもならないと、痛感していたようだった。

娘にその気があるのならと、喜兵衛は治郎兵衛親子を、近くの喜兵衛所有の喜兵衛店《だな》に移り住ませた。

娘は父に似ず働き者だった。女の使用人は一季半季が多いせいもあり、歳は若いのにいまでは女中頭となって親子二人の生活をささえていた。

それがおふじである。

このところ治郎兵衛は、流行りの書画会の手伝などで出歩いて、小遣銭程度は稼いでいるということだった。だがそれで食えるというには程遠く、治郎兵衛はいまでもおふじの細腕にたよって生きていた。おふじが一家の大黒柱となって親子二人の生活をささえていた。

おふじは、まあまあの器量だ。働き者でもあり、縁談も一度ならずもちこまれた。しかしおふじには養わなければならない父がいる。男に寄せる思いをいつも踏み止まるのと同様、縁談をもそのつどことわって、はや二十五、六の年増になっていた。

六助は卯《う》年生まれの二十一である。そういっていた。おふじは二十五か六。おふじのほうが四つ五つ年上になる。だからかりに、思いを寄せている相手が六助だったとしても、おふじはいつものとおり思いとどまるのだろう。だが、思いを寄せる男が歳下というのはこれがはじめてのことで、そのことにおふじがもし気づいたとしたら、心に微妙な焦りを感じるのではなかろうかと、そんなことを考えていたら当のおふじが桶《おけ》に炭をつぎにやってきた。

おふじは炭をつぎおわると、軽く会釈しながらかすかに脂粉《しふん》の香をのこして部屋をでていった。

第四章　猫背の刺客

一

旅人は全員、公事訴訟人もほとんどが、暮から正月にかけて在に帰ってしまう。滞在客はめっきりへって宿にはのんびりした空気がただよう。

喜兵衛も束の間の休みを、日中はおもに小夜《さよ》という女と子供のいる、深川万年町でのんびりくつろいだ。

明ければ新年である。

公事宿の主人《あるじ》の、正月三箇日はまことにいそがしい。

元日の朝、使用人から年始の挨拶を受けると、くつろぐ間もなく南北の両御番所、両公事方勘定奉行所、四寺社奉行所をまわって名刺《なふだ》をおき、さらには会ってもらえるわけでなく、玄関の机の上にのせてある年賀帳に記帳し、年玉の扇箱をおいてくるだけだが、町方の吟味方与力、勘定奉行所の評定所留役、寺社奉行所の吟味物調役の屋敷、合計二十二、三軒を一軒、一軒、年始にまわる。

それが公事宿の主人《あるじ》の、正月の長年の慣習《しきたり》になっている。

世間なみの、初日を拝みに高輪《たかなわ》や洲崎《すさき》、あるいは近場の湯島や九段にでかけたり、恵方《えほう》参りにでかけたり、三河万歳を迎えたり、知合とたずねあったり、というのんびりした正月とは無縁だった。

あわただしく三箇日がすぎた。三日の夕刻、遠くに獅子舞《ししまい》の囃子《はやし》の音を聞きながら家《うち》に帰りつくと、喜兵衛は寝所に絹を見舞った。

足音で気づいていたのだろう、絹は目をあけてまっていた。

ゆっくり見舞うのは新年になってこの日がはじめてである。

「どうだね、具合は？」

いつものように声をかけた。絹は寝返りをうつようにこちらを見て、

「きょうお昼に、糸が綾をつれて年始に」

亀吉によると糸と綾は、冨沢町で買ったような、洗いざらしの単《ひとえ》を重着していたということである。そんな糸と綾の姿が目にうかんだ。

「なんとかなりませんかねえ、あの親子」

眉をくもらせて絹はつづける。

なんとかしたいのはやまやまだが、なんともしようがない。喜兵衛は曖昧《あいまい》にうなずいた。

「糸にも綾にも晴着を用意していましたので、着替えさせて、お年玉も南鐐《なんりよう》を八枚ももたせて帰しましたが……」

たせた一両も、晴着も、晴着は曲げて、どうせいさみが小博奕《こばくち》ですってしまうにちがいない、というのを絹もよく知っているのだろう、しずんだ声でつづける。

「糸にですね、いいかげんに愛想をつかして戻っておいでっていったんですが、苦笑いするばかりで、まるであなたが帰ってくるのを恐れるように、綾の手を引き、そそくさと帰っていきました」

ひょっとすると、正月を祝う金もなく、金をせびりにいさみが二人を寄こしたのかもしれない。

絹は頭をもとの位置にもどし、天井を見つめると口調をあらため、

「糸も糸なら重吉も重吉です」

重吉は糸の兄、絹との間の二人しかいない子供の一人だ。

やれやれ、と思ったが、

「重吉がどうかしたのかね？」

「三箇日がすぎようとしているのに、とうとう帰ってきません」

絹はそこでわざとのような重い溜息をついて、

「わたしの命も今年が最後かもしれないのに……」

「誰がそんなことを？　玄秀先生がおっしゃられたのかい？」

「そんな気がするのです」

喜兵衛はたしなめるように、

「正月早々縁起でもないことをいうものではありません」

絹は天井の節穴に焦点を合わせたかのように、まっすぐ見つめた視線を動かさずに、

「結局わたしたちがいけなかったのです」

絹はくりかえす。

「わたしたちが間違っていたのですよ」

わ、わ、わたしたちと絹はいう。絹の心にあるわたしたちは喜兵衛一人である。

喜兵衛は、根はしっかりしていると思って糸のたいがいの我儘《わがまま》をゆるした。絹がた

しなめようとするのをいつも押さえつけた。一人娘を溺愛していたのだ。

根はしっかりしているとみたのはしかし親の欲目だった。糸はどこにでもいる跳《は》ねっ返りにすぎなかった。世間ではいさみとかいっておだてているが調べさせてみるとよくいる、甲斐性《かいしょう》がないだけでなく、小博奕ばかりは三度の飯より好きという鳶《とび》の三下にぞっこんで、いくらいさめても一緒になるのだといって聞かず、用意していた良縁には目もくれずに、手鍋下げてもと家をでていった。

やがて、腹がせりでてきたというので式こそ形ばかりととのえたものの、糸は意地を張っているのかたよってこない。たまに子連れで帰ってきているようなのだが、父親のいないときを見計らってのようで、式のときもろくろく顔を見なかったがその後も顔を合わせた記憶はない。

重吉は、糸とちがって我儘をいわない、できのいいおとなしい子だった。恵比寿屋は旅人宿としても公事宿としても老舗《しにせ》である。馬喰町界隈の旅人宿の仲間内では名門を誇ってもいた。重吉はそんな恵比寿屋の跡取りにふさわしい子だった。

六つの歳の初午《はつうま》の日から通った手跡指南での成績もよかった。読み、書き、算盤、どれもよくでき、「きょうもお師匠《し》さんから誉められた」「三重丸もらった」「五重丸もらった」と、得意になって帰ってきた。

いたずら盛りの子供たちの中で、真面目なのがお師匠さんに気にいられていたようで、まるで手のかからない子だった。

おや？ と不審を感じるようになったのは、下代見習として仕事部屋につめさせるようになってからだった。

越後へ帰っていった六助は、それはどういうことなのか、ああいうことなのかこういうことなのか、と煩《うるさ》いほどあれこれ聞く。穿鑿する。嘉助もどちらかといえばそうだ。

重吉はそうでなかった。物事にまるで興味や関心をしめさない。だから、公事訴訟の通り一遍の知識や約束事は身につけても、それ以上のこととなるとなにも身につかない。

それに、書かせてみるまでわからなかったのだがまるで筆が立たない。公事訴訟人が申し立てることをうまくまとめられない。目安にしろ返答書にしろ、すべて文にする。文にして旦那方に訴える。筆が立たないというのは公事宿の主人としては致命的な欠陥で、それが原因で過去公事宿としての仕事をたたんだという者も少なくない。

なんとか一人前に仕立てあげようと喜兵衛は毎日毎日、手取り足取り重吉に綴《つづ》り方を教えた。叱りつけることも再三あった。

重吉は忍耐づよい性格でよく耐えた。懸命に努力した。

しかしこればかりは天性のもので、努力してどうなるというものでもなかった。無為に日がすぎ、丸二年がたった。たまたま仕事部屋で二人きりになることがあった。重吉は、

「おとっつぁん」

と突然あらたまった。眦《まなじり》をけっしているようで、いつもと様子がちがう。怪訝《けげん》に思いながらこたえた。

「なんだい？」

重吉は長年たまっていた思いを吐きだすかのように一気にいった。

「公事宿の仕事はわたしに適《む》いておりません。やめさせてください」

適《む》いていないというのは、喜兵衛にももうよくわかっていた。しかし重吉は跡取りである。適《む》いていないからやめるなどという我儘はゆるされない。

「馬鹿なことをいうものではありません」

喜兵衛は取り合わなかった。重吉はかまわずつづける。

「すでに仕事も決めております」

「仕事をきめている？」

意外な手まわしのよさに、喜兵衛は瞬間我をわすれた。親の心子知らずとはこのこと、とっさに手がでた。重吉の頰桁《ほおげた》を思いっきりひっぱたいてしまった。

「いくらでも、好きなように殴られればいい」

重吉は避けようともせず、涙をいっぱいにためていう。

喜兵衛は思わず手がでてしまったことを悔いたものの、そのあとどうとりつくろっていいかわからず、気まずい空気がながれた。

重吉は心の波風がしずまるのをまっていたかのように、やがてしんみりした口調でいった。

「わたしはいままで、おとっつぁんのいいなりにしてきました。ですがわたしには公事宿の仕事などてんから適《む》いていなかったのです」

公事宿の主人としてつとまらないのなら旅人宿の主人に専念するという手もある。喜兵衛は最悪そうさせようと思っていた。重吉はそれを見透かしていたかのようにつづけた。

「それにわたしは、人様に頭を下げるのが嫌いなのです。これまでも嫌々頭を下げていました。できることなら頭を下げないですむ仕事がしたいと思っておりました」

人に頭を下げるのが嫌いだという性分も喜兵衛にはわかっていたが、

「なりません」

喜兵衛は撥《は》ねつけた。

「わたしの一生はわたしのものです。おとっつぁんのものではありません。わたしが決めます」

重吉はそうはっきりいいきった。

「ならば、勘当《かんどう》だ」

下に糸がいた。糸はまだ男の尻など追っかけていなかった。糸に婿をとって、跡を継がせる法だってないわけではないのだぞ、というような脅しをこめていった。

「結構です。勘当でも久離《きゅうり》でも、好きなようにしてください」

重吉は一歩もひかない。

「わかった。好きにするがいい」

売り言葉に買い言葉のように喜兵衛はいってしまった。

重吉はもともと手先が器用で、暇さえあれば物づくりに熱中していた。子供の頃のあるときなど、夜店で買ったからくり人形を、解体して組立て直すという作業を二度ばかり繰り返していたかと思うと、あちらこちらから材料をかき集め、おどろいたことにそっくりおなじのをつくりあげたこともある。

さがしてきた仕事というのは、多分器用に手先をつかう仕事だろうと思っていたらはたしてそうで、神田鍛冶町《かんだかじちょう》の錠前屋に住込みで奉公した。

やがて一人前の錠前職人になると重吉は何年かぶりにたずねてきていった。

「親方の姪御《めいご》さんと一緒になりたいのです」

勘当、と口走ったものの、むろん御番所の御帳《ごちょう》に帳付などしていないし、親は親である。所帯をもつには形だけでも親の許しが必要で所帯をもちたいといってきたのだが、相談というよりむしろ事後通告だった。

しかしこの期《ご》におよべば、親だからといってどうこういえる立場でもない。喜兵衛は黙ってゆるした。

そんないきさつがいきさつだ。以後も重吉とはしっくりいかず、重吉は恵比寿屋《やど》にも家《うち》にもほとんど寄りつかなかった。子供のいない錠前屋の親方夫婦とおなじ屋根の下に住み、子供もでき、まるで錠前屋に養子にはいったかのように、幸せに暮らしているということだった。

それはそれでもういい、と喜兵衛は思っていた。絹には内緒だが明けて五つになった喜助という倅がいる。喜助とやりなおそう、喜助が一人前になるまで長生きして喜助を立派な跡取りに仕立てあげようといまでは考えていて、重吉のことなどほとんど気にかけなくなっていた。

絹は節穴を見つづけている。喜兵衛は空々しいとは思いながらも言葉をかけた。

「重吉は親方からなにかと頼りにされていて忙しいんだよ。去年もそうだったではないか。孫をつれて四日にやってきた。明日はきっとやってくる」

絹はみるみる目に涙をうかべた。

「実はきょうお種さんに、年始に事寄せて鍛冶町にいってもらったんです。すると重吉は、松の内は忙しいからでかけられないって……」

目尻から涙がぽろっとこぼれ落ちた。絹は声を絞るようにつづける。

「逆でしょう。松の内だからいったりきたりできるんでしょう」

喜兵衛はうなだれるしかなかった。

二

深川は堀の多い町である。とくに仙台堀から南は堀が四通八達していて舟運の便がよく、のべつさまざまな船が行き交っている。

そんな舟の一つ、猪牙舟《ちょき》の上で喜兵衛は行火《あんか》をかかえながら身をちぢませていた。

「怪しげな雲行になりましたね」

元柳橋の船宿から仕立てた、猪牙舟の馴染みの船頭は櫓《ろ》をこぎながらそう声をかけてくる。

喜兵衛は空を見上げた。朝は晴れたり曇ったりだったが、雲があつくなったようで、この分だと降りだすかもしれない。

「あの日もこんな天候で結局降りだしたんですよね」

「あの日って？」

「五、六年前のそれ、亀吉さんとご一緒に永大寺の門前にむかわれた日のことですよ」

「ああ、あの日ね」

「釣りでは何度もお供しておりますが春から秋にかけてで、冬場にお供するなどというのはあの日がはじめてだったものですから、よく覚えているんですよ」

「そういえば、あの日ははげしく雨が降ってきて帰りは駕籠《かご》で帰ったんだ」

喜兵衛はもう一度空を見上げ、また行火にしがみついた。

絹が病に伏すようになって間もなくの、この日のように、雲が重くたれこめていていまにも降りだしそうな寒い日だった。

いつものように亀吉が顔をだし、「ちょいと深川に付き合ってもらえませんか」と誘いをかける。「深川のどこへ。なにしに？」と聞いても亀吉はこたえず、「駕籠を二丁というのもなんだから、釣りにでかけるときのように猪牙舟ででかけましょう」という。

どうせなにか趣向があってのことだろうからと深くも考えず、馴染みの、いま櫓を漕いでいる船頭にたのんで深川にくりだし、永大寺境内の料理茶屋に上がった。

上がるとそこに女がいた。

女は縁が遠く、両親《ふたおや》を亡くしてお針の仕事をしていたのを、世話をする者がいて大店《おお》《だな》の後妻にはいった。運のわるいことにすぐに相手に死なれ、いびられるように大店を追いだされた。ふたたび針を持とうとした。どういうわけか肘《ひじ》や手首が痛んで満足に針仕事ができない。食うに困った。見るに見かねて亀吉が「旦那をとってみませんか」とすすめ、「喜兵衛さん、あんたなら安心しておまかせできるからこのように御《お》目見得《めみえ》のはこびにしたんですよ」と、亀吉は趣向の次第を説明した。

年は三十と一。器量は十人並み以上。素性もはっきりしている。気立てもよさそうで、亀吉の顔も立つだろうし人助けになるなら、というのは多分に自分自身へのいいつくろいだったが、妾を囲うなど少しばかり甲斐性のある男ならだれでもやっていることでもあり、喜兵衛は亀吉のお膳立てにのった。

女は深川育ちで、話がまとまると、できることなら深川に住みたいという。絹への後ろめたい思いもある。深川万年町に手頃な地借りの家を買って女を住まわせ、以後なにかと用にかこつけて月に四、五日足をはこんでいた。だから恵比寿屋《やど》の者はもとより、絹も、いまのところ小夜という女のことには気づいていないはずである。船頭も口はかたい。他人《ひと》には洩らしていないはずだ。

もう少し滑らせれば櫓下《やぐらした》、裾継《すそつぎ》と岡場所が軒を接している一帯の手前、丸太橋のたもとで船頭は猪牙舟を河岸に横づけした。

河岸に上がった喜兵衛は、万年町の新道をはいっていって奥まったところにある、身を隠しているような 佇《たたずま》いの、黒板塀に囲まれている一軒家の格子戸をあけた。

「お帰りなさい」

小夜が声をかけて迎える。

「喜助は？」

喜兵衛は裏付《うらつき》をぬぎながら挨拶がわりに聞いた。

「お昼寝を」

喜兵衛は奥の間にはいっていった。

自分の幼名とおなじ、喜助と名づけた伜は奥の茶の間の、ざぶとんの上に寝かされていて炬燵《こたつ》に足を突っ込んでいた。顔を近づけると、寝息が聞こえる。生まれて三年半。かわいいさかりで、喜兵衛にとっては孫のような子だからなおかわいい。ほっぺを指先でつっついていると、小夜が声をかける。

「酒《ささ》を召されますか？」

「そうしておくれ」

小夜はお盆の上に、徳利と猪口《ちょこ》に銚釐《ちろり》をのっけてもってきた。

湯気をたてている薬缶に酒をそそいだ銚釐をつけた。

蜊《あさり》の煮物や小松菜の和《あ》え物など出来合いの肴《さかな》をはこんできて聞く。

「ほかになにか召し上がりたいものはございませんか？」

「とくにないが、豆腐があれば湯豆腐でも」

冬は湯豆腐がいちばんで、ここでも二度に一度は湯豆腐にしている。

「生憎《あいにく》きらしておりますが買ってきます」

喜兵衛は障子ごしに薄暗い外を見ていった。

「降りだしそうだし、わざわざならいいよ」

「お豆腐屋さんはすぐ近くですから」

そういうと、笊《ざる》を片手に勝手口からでていった。

小夜は腰は軽いしなんにでも気がつく。そのうえ控えめで一日一緒にいても疲れない。

仕事が仕事である。歳もやがて五十の坂をむかえようとしている。最近は小夜とひねもすのんびりしているのがいちばんの骨休めになった。

つれあいの絹は、勝気が先に立っていた。つれそう前はそういう絹を好もしく思っていたのだが、どうかすると頭ごなしにものをいう。おれるということを知らない。最後まで我をはりとおす。芯がつかれ、神経がしばしばいらついた。

喜兵衛は若い頃、人のいい浪人者の町道場で棒っ切れをふりまわした。奥方がまたとてもできたお方でなにかと世話になったのだが、何年かして亡くなられて四十九日かなにかのとき、

「よくおできになった奥方様でした」

昔を懐かしんで先生にそういった。

「そうかなあ」

先生はむしろ否定するような口ぶりでいう。

「いえ、ほんとうによくおできになった奥方様でした」

喜兵衛がくりかえしいうと、先生はそれ以上話題にしたくない、とでもいわんばかりの口ぶりで冷たくいった。

「いいたくないことだが刀に手をかけたのは二度や三度ではなかった」

そのときは思わぬ反応にびっくりしたが、どこの家庭も似たようなものなのだということにあとになって気づき、一人で苦笑したものだった。

ざあーと音を立てて雨が降りだした。

「傘をもってでてよかったわ」

小夜が勝手口の戸をあけて帰ってきて、湯豆腐の支度にとりかかった。

横向きに寝ていた喜助が寝返りをうったかと思うと目をあけ、しばらくこちらを見ていて状況をさとったらしい、ざぶとんに顔をうずめた。

いつもそうで、喜助は、最初は人見知りして小夜の後ろに身をかくす。

明日が小正月という日で江戸の町にはまだ正月気分がのこっている。いたるところに凧《たこ》も上がっている。晴れていれば、喜助を凧上げにつれだそうと思ってやってきたのだが、雨は降りつづいている。

いろは歌留多《がるた》などをならべて喜助の相手をしているうちに日が暮れ、喜助はまたうとうとと寝入った。

「そろそろお暇《いとま》するか」

喜兵衛は立ち上がった。

喜助が突然目をさました。

寝ついているうちに帰ろうとしたのだが、小夜が台所で立てている物音に目をさましてしまったようである。

父親がいなくなる心細さを本能で感じるようで、目覚めているときに帰ろうとすると喜助はいつも火がついたように泣きわめく。後髪をひかれる思いで去るに去れない。

どこへでかけても帰りは必ず恵比寿屋《やど》により、太兵衛からその日の出来事を聞くようにしている。ずるずる腰を据えてはいられない。この日も泣きわめく喜助の声を背に家《うち》をでた。

三

雨はやんで雲間から月がでていた。

帰りは新大橋を渡るのがいちばんの近道だ。

だが、渡った先は右におれても左におれても武家屋敷の白壁や練塀が延々とつづき、ことに夜は人通りがなく、月があってもなくてもうす気味わるい。遠回りになるがいつも本所を迂回《うかい》する。

小名木《おなぎ》川が大川にそそごうとするところに、小夜を住まわせている万年町と同名の万年橋という橋がかかっている。万年橋を渡り、左手に新大橋を見ながら左に灰会所、右に御籾蔵《おもみぐら》、その先が武家屋敷とつづく人気《ひとけ》のない寂しい通りにさしかかった。

さきほどから足音が遠くなったり近くなったり聞こえていた。おなじ足音だというのはわかっていた。霊巌寺《れいがんじ》の門前町あたりからつけてきているらしく、道を左に右にとおれても足音は追ってくる。それでもひょっとして新大橋を渡るかと思っていたら、新大橋も渡らずに追ってくる。

〈まさかとは思うが、ひょっとして襲ってくるのかもしれない〉

なぜかそう思われた。

〈襲ってくるとしたら、多分人気《ひとけ》のないこの通りだ。背後からいきなりバッサリ、だとひとたまりもない〉

喜兵衛は背中に神経を集中し、足音がいくぶん歩を早めたとみた瞬間、振り返って提灯をぐいと前につきだした。

足音はぴたりととまった。

雨のあがった南の空にやがて満月という月がうかんでいて、影法師を浮かび上がらせた。夜目にすかして見ると、黒っぽい着流しをきた浪人者といった風体である。背は高い。喜兵衛も長身だがもっと高く、痩せていて猫背なのだろう、背中がやや曲がっている。

「なにか御用でございますか？」

喜兵衛は前につきだしている提灯の柄の長さで間合をはかりながら聞いた。

浪人者は間合をつめてきたかと思うと、なにもいわず、すでに鯉口《こいぐち》を切っている刀身を抜打ちざま肩口へ斬り下ろしてきた。

たいした腕ではない、とみた。なんなくかわした、つもりだったが肩口にひやっと冷たいものを感じ、やられたと思ったら急に膝がガクガクふるえだした。

真剣を振りかざされるのははじめてである。しかも素手だ。二の太刀を浴びせられたらかわしようがない。そう思うと手までふるえだした。

浪人者は八双《はっそう》にかまえなおしてじりじりと間合をつめてくる。

「真剣勝負は慣れと度胸だ。なに、めったと斬られるものではない」

花田縫殿助の科白《せりふ》がとっさに耳をかすめた。だがそれも刀をもっていての話だ。

大事なことを忘れていた。喜兵衛はあとずさりしながら聞いた。

「馬喰町二丁目の旅人宿恵比寿屋喜兵衛と申します。人違いではございませんか？」

突然、と思えた。エイホウ、エイホウと掛声をかけて近づいてくる駕籠舁《かごか》きの声が聞こえ、駕籠が二丁、浪人者の背後にせまった。

浪人者はすっとあとずさりし、素早く刀を鞘《さや》におさめ、くるりと踵《きびす》をかえして暗闇に姿をけした。

喜兵衛は駕籠と駕籠の間に身を隠すように走ってにげた。

道はまっすぐいくと一ツ目橋で、弁天の門前と弁天手前の御旅《おたび》という町に岡場所があり、そこそこ盛っている。駕籠の客は御旅の女郎屋を目指すらしく、駕籠は御旅でとまった。

あとは両国橋まで切目なく町家がつづく。襲われることはまずあるまい。喜兵衛は振り返って闇を見すかした。もとより浪人者がぼんやりそんなところに突っ立っているわけはない。

提灯はどこかに捨てたのか。記憶にない。しかし月明かりがある。目印となる提灯などこの際むしろもたぬほうがいい。

喜兵衛は月明かりの下、一ツ目橋をわたって両国橋へむかった。

〈なぜ襲われたのか?〉

心あたりはまったくない。これまで関わった公事訴訟で恨みをかっているのかもしれないが、どの件でとなると思いあたらない。しかしたしかに襲われた。

賊は帰りをまちぶせしていた。すると賊は万年町の家《うち》を知っているのかもしれない。知っているとして……知っている者は元柳橋の猪牙舟の船頭と亀吉のほかは、絹……。

このところの絹の挙動から察するに、絹は知っていたとして不思議はない。知っていて小夜や喜助のことを恨みに思って人にたのみ……。

だったら恨みに思う小夜や喜助を狙う。亭主を襲ったりしない。それとも脅してくれるようたのんだだけ? 脅しにしてはしかしあの浪人者、気合がはいっていた。

人違いということも考えられる。

人違いではございませんか、と声をかけたとき、駕籠がやってきて浪人者は素早く刀をひいて姿をくらました。人違いだったのかどうかははっきりしない。

いやいや、人違いなどと安気《あんき》に考えないほうがいい。浪人者は霊巌寺あたりから付け狙っていて襲いかかってきた。人違いなどであろうはずがない。

いずれにしろ小夜や喜助の身も危ない。家移《やうつ》りさせなければ……。うろたえて一瞬そう思ったものの、逃げ隠れでもしないかぎり家移り先はすぐに探しあてられる。まんじりともせず夜をあかして翌日、喜兵衛は近くに用があったからと万年町に顔をだし、唐突だったが、

「くれぐれも戸締りに気をつけるように」

と小夜に念を押して早々に引き上げ、長屋と長屋の間の新道をぬけて表通りにむかった。

浪人者が付け狙いはじめたと思われる霊巌寺の門前町は、表通りを北へむかっていって海辺橋を渡った先にある。手掛かりなどというものはどうせのこされていないだろうが、なにはともあれと表通りにでて霊巌寺の門前町をめざした。

傷口はかすり疵《きず》程度で膏薬《こうやく》を張るだけですんだ。ただそれだけに、剃刀《かみそり》で切ったあとのようにヒリヒリ痛む。

表通りは左側が町家で右側に寺がずらりとならんでいる。通称を寺町通りといっている抹香《まっこう》くさい通りだ。

一丁ほどいくと、道の真ん中で子供がしゃがんで泣きじゃくっている。きのうの雨でついたらしい荷車の轍《わだち》を夜の冷気がからからにかためていて、踏み外したのだろう下駄の鼻緒を切らし、途方にくれて泣いているのだ。

喜兵衛は近寄っていき、手拭《てぬぐい》を裂いてわたした。

周囲《まわり》に空樽が二つ三つ転がっているところを見ると、樽拾いの小僧らしい。冬の寒い日に素手で樽を拾って歩く樽拾いは辛い仕事だと聞いている。手がかじかんでいて、小僧は鼻緒をうまくすげられない。

「どれ」

喜兵衛はしゃがんで鼻緒をすげかえ、ためしにひっぱってから、

「これでどうかね」

と顔を上げた。小僧の頭越しにこちらを睨みつけている浪人者とばったり目があった。あまりの偶然に思わずからだがすくんだ。

だがよく見ると浪人者は小太りで背がやや低い。きのうの浪人者とはちがう。しかし目に人を怪しむ色があり、ただ者と思えないところはきのうの浪人者と同種といっていい。あるいは仲間か。

喜兵衛は浪人者から視線をはずし、小僧に下駄をはかせた。小僧は樽一つを小脇にはさみ、二つを両の手にもって頭を下げ下げ、海辺橋とは逆の方向に駆けだしていった。

「駆けたらまた転ぶよ」

喜兵衛は小僧に声をかけながらさりげなく、浪人者がはいっていった店の様子をうかがった。店は門口に柳の木をうえている。線香なども売っている花屋だ。素早く店内の様子も盗み見た。浪人者は店の客ではなさそうで土間にはいない。

浪人者と花屋――。

どういう判じ物なのだろう。

気にかかる。しかし逆に様子を見られているかもしれない。つけてくるかもしれない。喜兵衛は素知らぬ振りをよそおって海辺橋を渡り、渡ったところでさりげなく振り返った。つけてきている者などいなかった。

霊巌寺は、敷地が大名の下屋敷程度の広さはあろうかと思える大きな寺で、門前町もできていて門前町には茶屋もある。茶屋に腰を下ろしてそれとなく周囲《まわり》を見まわした。不審な気配はどこにも感じられない。猫背でのっぽの浪人者も見かけない。

念のため、と門前町から現場まで昨夜の道をたどってみた。

昼間の道はあかるすぎた。きのうのことが嘘のように思えた。だが、現場までくるとさすがに記憶が鮮明によみがえってきて背筋が冷たく凍った。

四

毎日のようにおとずれると小夜もいぶかる。一日おいてまた万年町をたずね、

「寺町通りに花屋があるだろう？　さして儲かっているようにも見えないが」

と適当に思いつくままをいって、

「どんな人がやってるんだい？」

と花屋の様子を聞いた。

「およねさんという身寄りのない後家さんが一人でやっているお店ですよ」

小夜は内情を知っているらしくそういい、

「でもなぜ花屋さんのことなど？」

「いやね、浪人者がはいっていったんだが、客のようでもないし変だと思って」

「多分居候のお客さんでしょう」

「居候って？」

「一月《ひとつき》ほど前の、暮のなんとなく気忙《きぜわ》しいお昼過ぎのことだったそうです。ふらふらとお年寄りが店にはいってきて、自分は疝気《せんき》持ちで腹が痛みだして苦しい。しばらく

休ませてもらえないだろうかって……」

「後家さんと世間話くらいはするのかい」

「話し好き、というよりご近所の誰彼の噂話をするのが好きな人ですから」

「それで？」

「暮のことでもあり気味悪がっていると、お年寄りは、自分は怪しい者ではない、芝のどこそこに使いを走らせてもらえば素性がわかると。それで、使いを走らせると、身元のたしかな男がたずねてきて、治るまで一両日休ませてもらえないかと。過分の礼金を添えて」

「丁寧な挨拶だが見ず知らずは見ず知らずだ」

「ええ、ですからその夜はこわごわお泊めしたんですって。もちろんなにごともなく、お年寄りは翌日治癒《ちゆ》したとかで起きだしてきて、自分は武州川越の造り酒屋の隠居だが伜夫婦との仲がこじれてしまったので、芝の知合をたよってきてぶらぶらしている。しかしいまはそこも居づらくなった。いつまでもとはいわない。一、二箇月、伜がおれて迎えをよこすまで居させてもらえないだろうか。いや礼はたっぷりはずませてもらう、と十両はいっている胴巻をおよねさんに無造作に預けたそうです」

「金には不自由してないんだ」

「わたしもちょっとお見かけしたのですが、お年寄りは前歯が一本欠けている洒脱《しゃだつ》な剽軽者《ひょうきんもの》で、害をなしそうなお人には見えない。およねさんも、老後は金だけがたよりというのが口癖だけあって、内心はほくほくのようで二階の一室をあけ、いまでは三度の食事のお世話までしてるんですって」

「その隠居を見舞いに浪人者はたずねてきた？」

「そうではないかと思うのです」

浪人者が隠居を見舞いにたずねてもなんの不思議もない。が、霊巌寺の門前町辺《あた》りからつけてきた猫背の浪人者との関係がやはり気になる。といってまさか、宿風情《やどふぜい》が花屋に踏み込むわけにもいかない。

〈どうしたものか〉

考えていい思案がうかぶというものでもない。とりあえずのところ夜は出歩かないほうがいい、と当たり前の思案がうかぶ程度だ。そこへぬっと、ある顔が頭の中に割り込んできた。

海坊主のような丸顔がである。

花田縫殿助に頼み事などしないほうがいい。頼み事などすると碌《ろく》なことはない。それはわかっている。

だが相手は、猫背も小太りもいずれも浪人者で、花田と同種の男たちだ。花田は不良御家人仲間の顔役で、地廻りや浪人者にも顔が売れている。たのめばきっと猫背も、小太りも探しあててくれ、闇討《やみうち》の依頼人がいるのなら、依頼人が誰であるかもつきとめてくれるにちがいない。

花田は年がかわってからまだ小遣をせびりにきていない。いずれ近いうちにくる。きょうくるか、あすくるかと、喜兵衛は花田がたずねてくるのを心待ちするようになった。

五

花田の来訪を心待ちするようになって、三、四日たった日の夕刻だった。六助と吾作が越後から帰ってきて、旅姿のまま揃って仕事部屋に挨拶にきた。

地黒の吾作はさして変わりなかった。六助は初対面のときの赤銅色の肌が嘘のように白くなり、もともと顔立ちはととのっていたからだろう、見違えるように男振りを上げ、田舎訛りさえぬければどこにだしても恥ずかしくないほど垢抜けしていた。

おふじは、この男振りを見抜いて六助に思いを寄せるようになったのかもしれない、などと考えていると、六助が真新しい帳面をさしだした。

「これでいかがですか」

喜兵衛は受け取って、ぱらぱらめくった。

六助は達筆ではないが癖のない御家流《おいえりゅう》で清書しており、元帳と突き合わせてみると、不可解に思えた庄平の字が読めてくるから不思議だった。庄平はたしかに縮百五十四反を奥松に引き渡していた。

南の御番所への用は着届と元帳に清書帳を提出するだけだ。翌日は下代見習の栄次に付き添わせた。

毎月きまってやってくるのに、花田はこんなときにかぎって姿を見せない。〝役立たずが〟と、いらいらしているところへ六助に、「翌日出頭するように」と御差紙がとどいた。

いまは六助のことより自分のことのほうが大事だ。その日も喜兵衛は、

「よんどころのない用ができましたので」

と、かわりに六助とうまがあっているらしい、嘉助を付き添わせた。

心待ちにしている花田はその日もたずねてこず、夕刻客引きに表にでていたら、嘉助、六助、吾作の三人が御番所から連れ立って帰ってきた。

仕事部屋にひきあげると、

「要点は二点です」

といって嘉助が口をひらいた。

「帳面はいかがでしたかと六助さんがお伺いすると、読めたと仁杉様はおっしゃられる。それで六助さんは、兄庄平はたしかに奥松に縮百五十四反を引き渡しており、奥松はそれを三国屋にもっていっております。ですから三国屋さんに、残金五十六両を支払うようご命じくださいませと願われました。それに仁杉様は、庄平と奥松の取引と、奥松と三国屋の取引は別の取引だ。残金を三国屋に請求するのは筋違いであると……」

六助が話をひきとり、

「ええ、こっぴどく叱られました」

「もう一点は……」

と嘉助がいいかけたのをまた六助がひきとり、

「兄《あん》ちゃんが奥松から受け取った五十八両の出所が、三国屋からのものか、訴訟人正十郎からのものかがきょうも問題になり、この前とおなじように、三国屋の番頭徳蔵を呼びだしてお確かめくださいと申しますと、仁杉様は、わかった呼びだそう、されど雪の深い時期でもある、呼びだすのに一月《ひとつき》はかかろう、それまでまてと……」

「そんな次第でお調べは意外に早くすみました」

と嘉助がつけくわえる。

「お夕飯です」

二階にむかっておふじが声を張り上げている。

「腹がへった。飯にするべえ」

六助は腰を上げた。

「公事と病は気長に付き合えと昔の人はいったたが、本当にそうだべ」

といいながら吾作も腰を上げた。

二人が部屋からでていくと、嘉助は近づいてきて声をおとした。

「仁杉様はどうやら奥松の欠落《かけおち》に疑いを抱いておられるみたいです」

「どう？」

「仁杉様は代の留吉や六助さんに、欠落するとなると行先はこの江戸ということになるが、奥松が三国道《みくにみち》を中山道《なかせんどう》の方へむかっていったのを見た者がいるとか、信濃川をつたって長野の方へぬけていくのを見た者がいるとか、江戸のどこそこに身を寄せているとささやく者がいるとかの、噂を聞いたことはないかとしきりに糺しておられました」

「二人はなんと？」

「そういう話は聞いておりませんと。さらに仁杉様は、乳飲み子をかかえて欠落したという奥松の女房についてもどうだと聞かれ、やはり聞いておりませんと二人がこたえると、奥松も、乳飲み子をかかえた女房も、忽然《こつぜん》と姿を消したことになるといわれて考えこまれました」

男一人の奥松はともかく、乳飲み子をかかえた奥松の女房が欠落するのは容易なことではない。奥松と示し合わせていてあとを追うように欠落したのであろうと、奥松が連れ戻しにきて手を取り合って欠落したのであろうと、どちらにしろ誰かに姿を見られていても不思議はない。

そういえば、乳飲み子をかかえた女房が、奥松の欠落の五、六日後に欠落するというのも不自然といえば不自然だ。親子三人欠落するのなら、最初からそうしていたろう。

なるほど、仁杉七右衛門は、奥松親子三人は欠落したのでなく、殺されているのではないかと疑っているのだ。それで六助らに奥松親子三人の欠落の様子を聞いた……。

そうだとして、奥松親子三人が殺されているとして、では誰に？　訴訟人の正十郎に？　相手方の庄平に？　いやいや訴訟人正十郎に奥松を紹介《ひきあわ》せた三国屋の番頭徳蔵という男もいる。

他の出入（公事訴訟）は古証文、古帳面譲受けの類であったとしても、これは思ったとおり、出入物（民事）から吟味物（刑事）にかわる、根の深い事件なのかもしれない。それで仁杉七右衛門がこの出入を担当することになった……。

そこまで考えて、カンが鈍くはない六助がどんな反応をしめしたのかが気になった。

「そのことで六助さんは？」

「なんともおっしゃっておられませんでした」

鈍くはない若者なんだが、とまた思案をめぐらしているところへ、

「喜兵衛さん」

亀吉が顔をだした。

嘉助は遠慮して自分の席に戻った。

宿の親父が浪人者に襲われた、などというのは穏やかな話ではない。めったと人には打ち明けられない。打ち明けられるのは、考えてみると亀吉くらいのものだ。長火

鉢の前にすわった亀吉に、

「外にでて一杯どうかね?」

ともちかけた。これという用があってきたのでなく、暇潰《ひまつぶ》しに寄ったらしい亀吉は、

「いいですね」

二つ返事でおうじた。

六

構える相手ではない。一丁目の、旅人を相手にする居酒屋で、ちびりちびりやりながら小声で一部始終をうちあけた。

「ほんとですか」

「信じられねえ」

亀吉は二言目にはそう相槌を打って聞いていたが、話しおわると断定するようにいった。

「わたしはやはり人違いだと思います。わたしが喜兵衛さん、あんたを知っているか

ぎりで、誰かに狙われなければならない理由がない」

「だが当のわたしとしてはやはり気になる。だから花田さんにたのんで調べてもらおうと思っているのだ」

「そいつはやめたがいい」

亀吉は即座にそういい、たしなめるようにつづけた。

「花田さんなんかと関わりをもたねえほうがいいと常々いってるのは、喜兵衛さん、あんたじゃないですか」

「そうなんだが餅は餅屋だ。あの人なら手蔓《てづる》をたどっていけば、わけなく猫背の浪人者を捜し当てられる。それで、きょうくるか、あすくるかとまっているのだが……」

「江戸にはいませんよ、花田さんは」

「江戸にいない？」

「この前もお話しした無尽の崩れ。騙された一人が駆込《かっこみ》（手続をふまないで訴えること）をやると騒ぎだしましてね」

「駆込を？」

「ええ」

「だが無尽は仲ケ間事《なかまごと》だから、駆込《かっこ》んで御訴訟してもお取上げにならない」

「まあとにかくそういって騒ぐものですから、仕方がありません。花田さんの家《うち》に掛合にいったのです」

「かたりでも無尽は無尽だ」

「ですからかたりで訴えると」

「かい、かい、」


「割下水《わりげすい》まで？」

亀吉はうなずきながら、

「ところが、家来にはとうてい見えないが、家来だと自称している男が家にいて、主人《あるじ》は江戸を留守にしておりますと。ですからいまはどこにいるのかも、いつ帰ってくるのかもわからない」

そうとは知らず、きょうくるか、あすくるかとまっていた。とんまな話だった。

「洩れ聞くところによりますと、花田さんの不行跡には頭支配《かしらしはい》も手を焼いているらしく、そのうちよくて甲府勝手、わるくすると改易《かいえき》だろうって」

程のよいところで切り上げ、「花田さんなんかにはくれぐれも頼み事などしないがいい」と念を押す亀吉と別れて恵比寿屋《やど》に戻った。

花田は江戸にいない。手をこまねいてまっているのも能のない話だ。

〈ではどうする〉

身を捨ててこそ浮む瀬もあれ、という。

自分自身がおとりになるというのはどうだ。おとりになって、おなじ道順をおなじ刻限に歩いてみる。猫背の浪人者が人違いでなく、狙いすまして襲ってきたのであれば、また襲ってくるかもしれない。

まさか刀をもってというわけにはいかないが、護身用の棒っ切れくらいなら杖代わりに用意できる。棒っ切れをもって応戦すれば、花田も「真剣勝負は慣れと度胸、めったと斬られるものではない」といっていた。簡単には打ち込ませぬ。逆に一撃をくらわせて顚末《てんまつ》を白状させることだってできる。

喜兵衛はそう考え、杖にしては不当に大きい、握り具合のいい樫《かし》の棒を用意して、その日、外が暗くなってから万年町の家《うち》をでた。

晴れているがあの夜と違って月はない。真っ暗闇の中を片手に提灯をもち、片手に樫の棒をもって杖をつくように、喜兵衛は寺町通りの花屋の前をこれみよがしにとおった。霊巌寺の門前でも立ち止まって身をさらした。万年橋を渡るときも、新大橋にさしかかるところでも、足をとめて誘いをかけた。

人気の少ない、灰会所と御籾蔵《おもみぐら》の間の通りにさしかかった。さすがに血の気が凍り、この前とおなじように膝が震えた。

それでも、我身を奮い立たせ、四方八方に神経をくばりながら、ゆっくり歩いていった。

やがて、通りの片側から明かりの洩れる御旅の町家にさしかかった。

どこからも、何者も襲ってこなかった。

〈人違いではなかったのか。あるいは辻斬りか気まぐれの脅しだったのではなかったのか〉

緊張がほぐれ、凍っていた血が溶けてからだをめぐりはじめるとそう思えてきた。

両国橋にさしかかった。ここ、向両国《むこうりようごく》といわれている盛り場で連日演じられている、くさい百日芝居《おでこ》を一人得々と演じていたようで、

〈笑い話にもならない〉

喜兵衛は口元から洩れでる苦笑いを嚙み殺しながら、まだ人通りの絶えていない両国橋を西両国にむかった。

第五章　囲い込み

一

「いるかい」

花田縫殿助の声だ。

喜兵衛は書類から目をはなさず、無関心をよそおって花田が上がってくるのをまった。

花田はいつものように長火鉢の前にどっかと腰を下ろすと、

「どこもかしこも不景気で、難渋《なんじゅう》、難渋と馬鹿の一つ覚えを耳にたこができるほど聞かされる」

と例によって金の話からきりだした。

「このたびはどちらへ？」

喜兵衛はいつものように、どうでもいい話をするように話しかけた。

花田は愛嬌のある目をぐりっと見開いて、

「誰に聞いた？」

「誰って、いわなくともおわかりでしょう」

「そうか、亀に聞いたか？」

「そんなところです」

「亀はなにかいってたか？」

「無尽の仲間の誰かが駆込《かっこみ》をやるとか」

「駆込でもなんでもやればいい。無尽の崩れなど町方は相手にしないし、丁半の崩れが駆込《かっこ》むようなもんで、怒鳴られるのが関の山だ」

そこらあたりわかっていてのことだからまた相当性質《たち》がわるい。

「どちらへおでかけだったんです？」

喜兵衛はくりかえした。

「上州だ。伊香保《いかほ》で湯治《とうじ》ということにしておこう」

どうせ腕を見込まれての出稼ぎにちがいない。

「儲かりましたか？」

「だからどこもかしこも不景気だといっておる。おまえはどうだ。相変わらず客が立て込んでいて景気よさそうだな」

「まあまあです」

喜兵衛は適当に話を合わせながら、花田が例の科白《せりふ》をはくのをまっていた。しばらくどうでもいい話をしていて花田はいった。

「どうだ。飯でも食わぬか」

「いいですね。お供しましょう」

花田はまた丸い目をぐりっとむいて、

「どういう風の吹きまわしだ？」

「たまにはお供しませんとね」

「いい店があるのか」

「万八《まんぱち》の近くに、気のきいた料理屋が」

「そうか。じゃあでよう」

花田はかりにも御直参《ごじきさん》である。並んでは歩けない。喜兵衛は一、二歩あとを柳橋にむかった。

目指す料理屋は柳橋をわたってまっすぐいった通りの左側、万八の向いをはいっていった奥の突き当たりにある。こぢんまりした店だ。

座敷に上がって適当に料理をたのんだ。酒と料理がはこばれてきた。

真っ昼間だ。仕事ものこっている。酒はひかえめにして、もっぱら花田にすすめながら、

「ときに……」

と喜兵衛はきりだした。

ふむ、ふむ、と花田は聞いていて、

「それでおれにどうしろと？」

「襲ってきた猫背の素性を洗ってもらいたいんです。依頼人がいるのなら、依頼人が誰かをもついでに探っていただきたいのです」

花田はうなずきながら、

「鷹《たか》も朋輩犬《ほうばいいぬ》も朋輩という。おまえとはおなじ釜の飯を食った朋輩だ。困ったときはお互い様。まかせておけ、といいたいところだが……」

どうせ金の話だろう。

「相変わらずの不如意《ふにょい》でな」

「わかっております」

喜兵衛は声を落としていった。

「手付が十、探っていただいて十。二十でいかがです」

花田はあきれたという顔をして、

「たったのか」

「少のうございますか？」

「瘦せても枯れても御直参だ。手足もつかわねばならぬし、御直参に密偵のような仕事をたのむにしては法外ではないか」

これまで年に五、六両、ずっと合力してきた。そのことは念頭にないらしい。しかし相手が相手で事も事だ。

「では二十二十の四十ということで……」

「四十か……」

まだ不足らしい。

「探し当ててどうこうしてくれとはお願いしておりません」

「わかった。引き受けよう」

金次第だとは思っていた。引き受けてもらえるとやはり内心ほっとした。

「手付はいつよこす」

「明日《みようにち》。なんでしたら御屋敷までお届けします」

「いや宿へおれが、そうさなあ、きょうとおなじ九つ半（午後一時）頃とりにいく」

「用意しておまちしてます」

「ではいま一度人相を聞こう。小太りの浪人者のほうもだ」

喜兵衛は思いだすかぎりをつたえて、

「どっちも特徴のある男だからあたりやすいと思うんです」

「江戸に浪人者と御家人は、小高《こだか》の旗本もひっくるめると星の数ほどいる。たやすくはまいらん」

ともったいをつけ、

「だがだてに顔を売ってはおらぬ。糸をたぐっていけばなんとかなるだろう。大船に乗ったつもりでまかせておけ」

「お願いします」

喜兵衛は素直に頭を下げた。

「注意しておくがおとりになるなど、二度と危ない真似はするな。おまえがいくら棒っ切れを振りまわしたところで、腕の立つ奴の真剣には勝てない。下手に深手を負ってみろ。世間の物笑いだ。おれも小っちゃな米櫃《こめびつ》だが米櫃をうしなう」

「わかりました」

そういうと花田は伸びをして、

「ふわあー」

とあくびをした。

「眠そうですね」

「うむ。きのうは安本、といってもおまえは知るまいが小石川の寄合だ、そこの中間部屋で小博奕をやって寝ておらぬのだ」

負けて合力をたのみにやってきたのかもしれない。

「しばらく寝《やす》む」

「そうですか、ではわたしはこれで」

「勘定はすませていけよ」

「もちろんです」

「二十両、ちゃんと用意しておけよ」

「わかっておりますとも」

勘定をすませに帳場へいくと、猫の額ほどの庭に植わっている梅の木の蕾《つぼみ》がふくらんでいて、どこをどうさ迷ってきたのか、根岸の里あたりが栖《すみか》らしいうぐいすが鳴いて春をつげている。

生暖かい日で、「大船に乗ったつもりでまかせておけ」と花田が胸をたたいたことでもあり、喜兵衛は久しぶりにくつろぐ思いで馬喰町にむかった。

二

馬喰町の通りではすでに客引合戦がはじまっていた。このところ表にもあまりでていない。久しぶりに、気合をいれて客の袖を引くかと恵比寿屋《やど》に近づくと、向いの刈《か》田《た》屋《や》の主人、平右衛門《へいえもん》が、

「喜兵衛さん」

と呼びとめる。喜兵衛は足を止めた。

「なんでしょう?」

「この前、お話しましたよね。刈田屋《うち》から越後は十日町村の縮《ちぢみ》問屋の番頭に、南の御番所に出頭せよと御差紙を送達した件」

十日町村の縮問屋三国屋の番頭徳蔵への、御差紙(召喚状)の送達御用は刈田屋が

うけたまわり、刈田屋平右衛門は、恵比寿屋に一件の相手方が泊まっているというのを知っていて、「刈田屋から御差紙をおくったのですよ」と耳打ちしてくれていた。

「それがどうか？」

平右衛門は顔をしかめ、

「例によって馴染みだという百姓宿にさらわれました。さらった百姓宿はどこだと思います？」

わざわざどこだと思います？　と聞くのだ。見当はつく。だがとぼけて、

「さあ……」

喜兵衛は首をひねった。平右衛門はこんどは口元をひんまげ、

「日本橋小網町の大津屋さんですよ」

喜兵衛はわざとびっくりしたような顔をつくって聞き返した。

「大津屋さんがですか？」

平右衛門はつづけてなにかいおうとしたが、平右衛門の頭越しに手代が客の袖を引いてくるのが見える。平右衛門に軽く会釈し、

「いらっしゃいませ」

と客に声をかけ、振分荷物をもって客を恵寿比屋に押し込み、通りに突っ立ってま

っている平右衛門にふたたび近寄っていって、

「大津屋さんがですか？」

とくりかえした。平右衛門はうなずいて、

「百姓宿のなかでも、とりわけ大津屋さんはわたしら旅人宿が御差紙をつけた客を横取りされることが多い。いまではわたしらも常々注意しておりますから、飛脚屋に手をまわしてという線はうすいと思うのですが、大津屋さんはいったいどうやって客をさらわれるんでしょう？　恵比寿屋《おたく》は大津屋さんとご親戚だ。なにか聞いておられませんか？」

刈田屋平右衛門の語調に咎《とが》めるような厳しさがうかがえるのは、喜兵衛が洩らしたのではないかと疑っているからだろう。

喜兵衛と大津屋茂左衛門は親戚である。だが恵比寿屋もしばしば、御差紙を送達した客を大津屋にさらわれている。一番番頭の太兵衛もそれゆえ、話が内部から洩れているのではないかと疑っているほどだ。

しかしそれは、わざわざ打ち明ける話でもないし、三国屋の徳蔵の件には、それとは別にわけがある。

面倒だなあ、とは思ったが誤解は解いておいたほうがいい。

「実はですねえ……」

と喜兵衛は前置して、

「十日町村の縮問屋の番頭が呼びだされた四ツ谷塩町手付金出入一件の、訴訟人が住む塩町の名主長右衛門という人は、もとは四ツ谷御箪笥町《おたんすちよう》に住んで酒やたばこの小商いをしていた人で、二、三年前に亡くなった御箪笥町の家主孫兵衛という人の弟さんなんです」

「なんですって？」

平右衛門は首をひねりながら、

「訴訟人が住む塩町の名主の、死んだ兄というのが御箪笥町の家主で……」

「孫兵衛という人です。その孫兵衛さんと、大津屋さんは生前親しくしていたようなのです。ですからそんなつながりで、大津屋さんは一件の参考人である十日町村の縮問屋の番頭を……」

「さらったというわけですか」

「そんなところだろうと思うのです」

「そうですか」

とうなずいてはいるが、平右衛門は疑いをはらしたふうでない。

また手代が客の袖をひいてくる。

「いらっしゃいませ」

喜兵衛は素早く菅笠と雨合羽をもった。

二度も話をそらされたと思ったのか、気分屋で多分に自分勝手な平右衛門はぷいと踵を返して刈田屋《やど》に姿をけした。

喜兵衛は客を恵比寿屋におくりこみ、もう一度表にでようとして足をとめた。平右衛門が刈田屋の中から睨みつけているように思え、気が重くなり、あとを太兵衛にまかせて仕事部屋にはいっていった。

机の上にはやりかけの仕事がいっぱいたまっている。ちらっと横目で見た。とりかかる気にもなれない。猫板に両肘《りょうひじ》をついて手をかざした。

火の気がない。

火は灰に埋《うず》めてある。火箸で灰をかきわけ、火種をとりだし、ついだ炭の上にのっけて火がおこるのをぼんやりまった。

大津屋茂左衛門が、御差紙を送達した客の横取りなどなにかと旅人宿につっかかってきているのは、旅人宿にとっては不愉快なことかもしれないが、理由のないことでもなかった。喜兵衛自身は、そうする大津屋茂左衛門の心中が十分理解できた。

もともと江戸の旅籠屋は、馬喰町界隈の細長い四町に、元禄頃までにできたおよそ百軒の旅人宿しかなく、堂社物詣（見物）や通りすがりなどの旅人で身寄りや知合のない者は、馬喰町界隈の旅人宿に泊まらなければならないとさだめられていた。犯罪の探索や取締りの便のためである。

元禄以降、江戸の旅籠屋は、馬喰町界隈以外の江戸の各地におよそ百十軒くらいできた。それら、おくれて店開きした旅籠屋は、当然のことながら、堂社物詣や通りすがりの旅人で身寄りや知合のない者を泊めることができなかった。

身寄りや知合はそうそういない。おくれて店開きした旅籠屋は、堂社物詣や通りすがりの旅人の袖を引き、身寄りや知合ということにとりつくろって泊めるようになった。

「御入国以来の旅籠屋」、というのをお上《かみ》にもみとめてもらっていて、自慢にも誇りにもしている旅人宿にとっては、その分客がへる。稼業にさしつかえる。「お差し止めいただきたい」とやがて正式に訴訟をおこした。喜兵衛が生まれる少し前のことで、お上は訴訟を取り上げ、堂社物詣や通りすがりの旅人は、身寄りであろうが知合であろうが、全員旅人宿に泊まらなければならないとさだめられた。

おくれて店開きした旅籠屋は、本当の身寄りや知合しか泊めてはいけないことになった。かわりにお上は、それらの旅籠屋が仲間組合をつくるのをみとめた。それが百姓宿で、以来百姓宿は、そのときの、旅人宿の訴訟を深く怨みに思うようになった。

ほぼ二十年後……。

棒っ切れをふりまわすのにも飽き、宿の仕事に専念するようになった喜兵衛は、下代見習としてあちらの役所こちらの役所と出入しはじめた。

旅人宿と百姓宿との間のしこりはとけていてよさそうなもの、だったが百姓宿の恨みは深くとけていなかった。そのうえ、旅人宿はなにかというと「御入国以来」を鼻にかける。百姓宿にすればおもしろくない。腰掛などで同席していても、両者の間にはいつも冷たい隙間風が吹いていた。

その頃の百姓宿大津屋の当主は絹の実兄だった。実兄は、年も若かったせいか昔のそんなことにこだわりをもたなかった。公事宿としてなら、当時は旅人宿も百姓宿も五分の条件に立っていた。腕次第ではないかという自負もあったようで、旅人宿の者であろうが百姓宿の者であろうが、誰とでもこだわりなく付き合った。

人柄もよかった。気分もよくて気さくで明るい。役所での慣習《しきたり》なども面倒がらずに教えてくれる。喜兵衛ら日頃腰掛につめて御差紙御用をうけたまわっている駆出しには、頼りになる兄貴といった存在で、若い連中は誰もが慕った。喜兵衛も慕った。気軽に声をかけてもらって日本橋小網町の大津屋《うち》にもしばしばおしかけた。

絹と知り合ったのはそのせいで、何度か顔を合わせているうちおたがい憎からず思うようになり、親は双方ともいい顔をしなかったのだが実兄が世話をやき、最後は双方の親がおれて祝言をあげた。

祝言は盛大だった。旅人宿、百姓宿、あわせて百人ばかりも主人《あるじ》や下代が祝いにつめかけ、旅人宿と百姓宿の祝言のようだ、これで両宿は仲直りできる、などと囃《はや》す故老もいた。

祝言をあげて五、六年後、実兄は流行り病で急死した。跡取りはいず、下代として働いていた、いとこの茂左衛門が跡を継いだ。

茂左衛門は、あとで知ったのだがいとこの絹に気があったのだという。絹も、苦みばしった、役者にしてもいいような男ぶりの茂左衛門を憎からず思っていたのだが、老舗の旅人宿の跡取りが出入するようになり、乗り換えたのだという。嘘か真か絹に確かめていないが、そんな噂話を喜兵衛はこれまたあとになって耳にした。

だがだからといって喜兵衛は茂左衛門をとくに意識したこともなく、茂左衛門もそうだったようで、茂左衛門が大津屋の跡を継いでからも二人はごくふつうに親戚付合していた。

そんな茂左衛門が、旅人宿や喜兵衛に急に歯をむきだすようになったのは、十五、六年前の、またまた旅人宿がしかけたことがきっかけだった。

百姓宿は馬喰町以外の山手《やまのて》から下町にまでまんべんなく、いろんな所に散在している。地の利がある。旅人宿は馬喰町界隈の一つ所におよそ百軒がひしめきあっているとさだめたお上の厚い保護はあったものの、地の利がない。やがて江戸の町が四方八方に拡がっていくにつれ、過当競争を強いられるようになった。

そこで十五、六年前、旅人宿はまたまた、南北両御番所への御差紙御用など御用伺いの出入は、「旅人宿のみにかぎっていただきたい」と両御番所に働きかけた。そのときついでに、御差紙を送達した相手が出府してきたとき、その者は「御差紙を送達した宿に泊まらなければならないとおさだめいただきたい」と願った。

さすがについでの願いのほうはみとめてもらえなかったが、両御番所への御用伺いの出入は、「旅人宿のみにかぎっていただきたい」という働きかけはみとめてもらうことができた。

以前、旅人宿に訴訟をおこされ、旅人は身寄りであろうが知合であろうが、すべて旅人宿に泊まらなければならないとされた。百姓宿がこの、「両御番所への御用伺いの出入の排除」というあらたな取決めにまたまた立腹したのはいうまでもなかったが、とりわけ怒りをあらわにしたのが大津屋茂左衛門だった。

旅人宿への憎しみが骨髄にたっしてしまったかのように、それからというもの茂左衛門は旅人宿への敵意をむきだしにした。なにかと旅人宿につっかかり、旅人宿が御差紙を送達した客も隙《すき》あらばと横取りした。

喜兵衛は旅人宿の行事である。喜兵衛自身はしぶしぶだったが腰押《こしおし》され、代表の一人として、横取りしないよう百姓宿に御指図いただきたいと御番所に訴えでた。それがまた茂左衛門のカンにさわったようで、親戚というのに喜兵衛をも目の敵にするようになった。これみよがしに恵比寿屋が御差紙を送達した客もさらった。

旅人宿にとっては不愉快きわまる。喜兵衛にとっても愉快なことではない。

しかし大津屋茂左衛門にいわせると、仕掛けてきたのはそっちで、売られた喧嘩を買っているにすぎない、どこがわるいのだ、ということになる。喜兵衛はそんな茂左衛門の立場や気分が理解できないでもなかった。

そのことと関わりがあるのかどうか――、旅人宿に敵意をむきだしにするようになった頃からと思われる。茂左衛門は公事師《くじし》まがいのことに手を染めるようになった。茂左衛門自身は巧妙に表にでないようにしているが、怪しげな公事訴訟の裏で暗躍し、相応に割前《わりまえ》もとっているようだった。

四ツ谷塩町手付金出入一件に関していえば、名主の長右衛門、訴訟人信濃の正十郎、代の召仕留吉らはぐるのようである。茂左衛門は、名主長右衛門の兄、家主孫兵衛の知合だ。孫兵衛の公事訴訟の陰にもしばしば茂左衛門の影がちらついていた。そんな関係から察するに、茂左衛門もぐるの仲間、それも貫禄や経験からいって、頭分《かしらぶん》のような役割をはたしている仲間、と疑えなくもない。

一件は奥松親子三人の欠落が問題になっていて、吟味方与力仁杉七右衛門は、欠落ではなく殺しではないかと疑っているらしく、奥行はますます深く、怪しくなりそうな雲行である。

大津屋茂左衛門が殺しに関わるなどという馬鹿な真似をするとは思えないが、一件に妙な具合に関わってくれていなければいいが……と、思いは御差紙のことから四ツ谷塩町手付金出入一件へととび、絹の実家《さと》のことでもあり、茂左衛門のことが妙に心にひっかかった。

三

吟味方与力仁杉七右衛門はその頃やっかいな吟味物を抱えていた。

男はたしかに人を殺しているのだが白状しない。強情な男で何度石を抱かせてもしらばっくれる。気絶しても吐かない。牢名主以下がそいつをまた誉めそやし、気絶して牢に戻ってくるときなど、首級《しるし》をいくつもあげた荒武者が力一杯戦い、刀折れ矢つき、しかしそれでも意気揚揚と引き揚げてきたかのような迎え方をする。それゆえ男はまたよけいに踏ん張って吐かない、というような状態がつづいていて、腰掛茶屋あたりでも一件は評判になっていた。

吟味物は白状させて自白書をとり、押印《おういん》させるか爪印《つめいん》をとらないかぎり御奉行におくれない。四ツ谷塩町手付金出入一件は、その一件が片づかないかぎり、詮議はおこなわれないだろうと推測され、六助と吾作にはそっと事情を打ち明けておいたのだが、

「それはわかっているのですが……」

と断りながらも二人は顔を合わせると、

「御番所からまだお呼びだしはありませんか？」

「御差紙はとどきませんか」

と毎日のようにうるさくせっつく。

それは一つには、喜兵衛が宿にじっと閉じこもっているせいでもあった。喜兵衛は花田縫殿助に手付の二十両をわたして以来、ほとんどどこにも出歩かず、きょうくるか、あすくるかと、花田が、吉報というのも変だが、猫背の刺客を突き止めたという報《しらせ》をたずさえてたずねてくるのをまっていた。

半月はたとうというのに、なんともいってこない。

「花田さんにたのんで調べてもらおうと思っている」といったとき、亀吉は即座に、「そいつはやめたがいい」といい、「花田さんなんかと関わりをもたないほうがいいといったのは喜兵衛さん、あなたじゃないですか」とつづけた。

そのとおりだった。いっぱい食わされた。花田は調べる気などなく、口からでまかせをいって手付の二十両をふんだくったのだ。

毎月二分を合力しているうえに二十両――。泥棒に追い銭とはこのことで、まったくとんだお笑い草だ。

そんなことを考えているうち無性に腹が煮えてきた。

仕事部屋には忠助がいた。忠助はこの日一日書物《かきもの》にとりかかるといっていた。

「夕刻には帰ってきます」

喜兵衛はそういって表にでた。

両国橋の手前、両国広小路《ひろこうじ》は江戸随一の盛り場である。広場中央に矢場、寄席、芝居小屋、見世物小屋、川っ縁に葦簀《よしず》掛けの水茶屋、柳橋と元柳橋に船宿、隙間を埋めるように料理屋、床見世、屋台、並び床が櫛比《しっぴ》し、中央芝居小屋の幟《のぼり》は風にひるがえってここが江戸随一の盛り場であることを誇示している。

堂社物詣のお上りさんや一季半季の奉公人、勤番《きんばん》の浅黄裏《あさぎうら》、親にはじめてつれてこられる子供などには目も眩《くら》むような歓楽街であるらしいが、子供の頃から見慣れている喜兵衛には江戸の単なる一風景でしかない。

喜兵衛は、寒さも和らいでようやく人が集まりはじめた広小路をつっきって両国橋にむかった。

広小路は向両国にもあり、そこそこ盛っている。橋をわたり、向両国の広小路をまたまっすぐ東へつっきり、回向院《えこういん》の前にでて、北脇の通りをさらにまっすぐ東へすすみ、亀沢町で左におれた。

おれるとそこは御竹蔵の裏である。

御竹蔵の裏からは東へ一本、堀割が掘られている。南割下水《わりげすい》という、通称を単に割下水といっている堀割で、碁盤の目のような一帯には幕府のおもに下級家臣、御家人がひしめきあって住んでおり、全員が全員そうというのではないが、太平の世を無目的に、けだるく生きている不良御家人が少なくなく、割下水の御家人というと江戸の人たちはなんとなく不良御家人を連想した。

喜兵衛は割下水沿いをさらにまっすぐ東にむかっていって、津軽の殿様の、上屋敷の裏を左におれ、さらに右に左にとおれて、ようやく竹垣を粗く結いまわしてある一軒家にたどりつき、形ばかりある枝折戸《しおりど》をあけて門口で声をかけた。

「ごめんなさいまし」

さして広くもない一軒家は小高《こだか》の旗本の敷地内にある。

花田家は、先代か先々代のときとかに、食うに困って赤坂田町の拝領地を町家の町人に永代貸借、早い話が売り飛ばしてしまったとかで、もともと家なし御家人だった花田は十年くらい前にここへ流れ込んできて借家住まいしていた。

玄関の出庇の上でなにやらごそごそ動いているとみたら、ニャーと猫が鳴いた。

家の中から返事がない。

「ごめんなさいまし」

喜兵衛はいまいちど声をかけた。

花田は妻帯していない。一ツ目の弁天か鐘撞堂《かねつきどう》あたりで泥水をすすっていたような、薄汚れた女が一時《いっとき》女房面して同居していたが、そんな女でさえ、花田のあまりの放埒《ほうらつ》な暮しに驚き呆れはてたとかで、いつの間にか姿をくらましていた。

玄関の格子戸は雑巾掛けなど何年とした跡がなく、土埃《つちぼこり》をかぶっている。手をかけず、勝手口にまわった。片開きの戸には錠がかかっている。

留守らしい。

まとうかとも思ったが、相手《てき》はいつ帰ってくるかわからない。帰ってこないかもしれない。日も傾きかけている。

どうしようもない。喜兵衛は花田の家をあとにした。

〈まんまとしてやられた〉

いまさらながら煮え繰り返る。だが元はといえばたのんだ自身に落度がある。怒りをどこにぶつけることもならず、喜兵衛は腹の中で舌打しながら道を元にとった。

両国橋にさしかかった。ほとんどが仕事をおえて家路を急ぐ人たちだろう、東へ西へとせわしなく行き来している。喜兵衛も人の流れに身をまかせるように西両国にむかった。

足音が追ってくる、ような気がする。

〈人が大勢行き交う橋の上なんかで襲ってくるはずがない〉

そうは思ったもののたしかに追ってくる。

なにも手にしていない。襲われたら……人込みの中に逃げ込めばいい。だんびらをやたらにふりかざしたりできるものではない。

喜兵衛は欄干に身をすり寄せながら、さりげなく振り返った。

「やはり恵比寿屋さんだ」

薄暗がりで、声の主が誰かわからない。

「後ろ姿でわかりましてね、声をおかけしたんですよ」

声が近づいてきてわかった。上総勝浦村の網元四郎右衛門だ。

ほっとしたら、心臓が高鳴っているのに気づいた。神経が過敏になっているのだ。

鼓動が静まるのをまって、

「これはこれは……」

と挨拶をかえした。

朝方はいくぶん暖かく感じていた。昼過ぎから冷え込んできたようで、北風を遮《さえぎ》るもののない橋の上はいちだんと寒く感じる。喜兵衛も四郎右衛門も肩をすぼめて西両国にいそいだ。

「ときに恵比寿屋さん」

橋をわたりきったところで四郎右衛門が足を止めていう。

「山鯨《やまくじら》のうまい鍋を食わせる店があるだが、付き合わねえだか？」

ここ五、六年の間だ。山鯨こと猪など獣肉《ももんじい》を食わせる獣肉店《ももんじゃ》がはやりだし、両国広小路にも二、三軒でき、それがまたけっこう盛っているということだった。

喜兵衛は食わず嫌いというか、機会がなかったというか、山鯨をつっついたことがなかった。

恵比寿屋《やど》にさしせまった用があるというのでもない。話のタネに山鯨とやらをつっついてみるのもわるくない。うなずきながらいった。

「お供しましょう」

四郎右衛門は馬喰町とは逆方向の薬研堀《やげんぼり》の方へむかい、横丁にはいって右に左にとおれた。

魚を煮ているというのでもない、どちらかというと鰻を焼く匂いに似ているがもちろんそれともちがう、胃の腑《ふ》をゆすぶるようなかぐわしい匂いがたちこめている一角にでた。

匂いは軒行灯《のきあんどん》のかかっている仕舞《しも》た屋らしい店からでているらしく、四郎右衛門は店にむかい、中からの明かりが〝山くじら〟としるした墨書を浮かび上がらせている腰高障子を、馴染みの客らしく無造作にあけていった。

「うめえのがへえってるだか？」

「へえってますよ」

暖簾《のれん》で仕切ってある奥から店の親父らしいのが返事をしてつづける。

「さっき秩父からいきのいいのがへえったばかりだ」

「さっそくよばれるだ」

と四郎右衛門はいって、

「馬喰町二丁目の恵比寿屋の旦那をおつれしただから、うめえところをたのむだ」

親父らしいのがまた奥から声をかけてよこす。

「そうですかい。じゃあ今後もご贔屓《ひいき》を願うことにして、腕によりをかけやしょう」

土間の席も空いていたが、

「上がりましょう」

四郎右衛門がさそう。

衝立障子で仕切られている入れ込みの座敷に上がり、向い合ってすわった。

酒がはこばれてきて一献《いっこん》二献と酌み交わしているうち、鍋をのっけた七輪《しちりん》と、葱《ねぎ》と焼き豆腐と肉をもった皿がはこばれてきた。

四郎右衛門は鍋に火がとおるのをまって焼き豆腐に葱、さらに肉をいれ、だしをかけた。シューンと音がして肉の脂がはじける。

「砂糖をいれてだしを甘くしているところがみそらしいんだがね。能書はまああとにして、とにかくつまんだ」

喜兵衛は取り皿にとって口にいれた。

「美味《うま》い」

なんともいえない、こってりした味と香りが口腔《くち》の中一杯にひろがる。

「いやほんとうに美味い」

喜兵衛は繰り返した。

「そうでしょう」

と満足そうにいって四郎右衛門もほおばりながら、

「上総のとれたての魚の味も格別だが、山鯨の味も格別だて」

「ここへはずっと以前から？」

喜兵衛はまた一切れ肉をほおばって聞いた。

「いやいや」

と四郎右衛門は首をふり、

「去年の秋からだ。宿は夕飯が早《はえ》えだから、腹の落ち着かねえ晩はあっちこっち買い食いに出歩いていただが、偶然ここにはいっていまはもっぱらここに決めてるだ」

そんな、どうでもいいことを話題にしながら鍋をつっついていたら、

「いやあほんとに長い間お世話になっただ」

と四郎右衛門はあらたまる。なっているではなく、なっただ。

「といいますと?」

「亀吉さんの扱《あつかい》をのませていただくことにして故郷《くに》に帰《けえ》ることにしただ」

喜兵衛は肩の荷が一つ下りたような気がしていった。

「そうですか。そいつはようございました」

「故郷をたったのが去年の二月。いまは二月だからまる一年江戸にいたことになる。そろそろ故郷に帰《けえ》らねえと浦島太郎になっちまうだで」

喜兵衛はうなずきながら、

「亀吉には?」

「まだだ」

「じゃあさっそくあすにでも連絡しましょう」

「すまねえがそうお願《ねげ》えしますだ」

四郎右衛門は酔いがまわっているようで顔を真っ赤に染めている。その顔に苦い笑《え》みがうかんだかと思ったら、

「さぞ、ものわかりのわるい強突張《ごうつくば》りと思われたでしょうなあ」

なんともこたえようがない。

「人それぞれですから」

適当なことをいった。

「ほんとはおらも嫁御寮《よめごりよう》が上総まで下ってきてくれれば、五十両など差し上げてもいいと思ってただ。茶屋株と茶屋を書入《かきいれ》にとったのは念のためだった。それなのに……」

念がいりすぎていたというのが、この仁《じん》にはまだわかっていないらしい。

「でもおかげでようやっといい嫁御寮を迎えることができただ」

喜兵衛は口元までもっていった杯をとめて聞いた。

「いいお嫁さんを？」

「じつはねえ、恵比寿屋さん。おらはこの一年、嫁御を探してただ」

「ずっとですか」

「うんだ。考えてもみねえ……」

と四郎右衛門はそこで杯をぐいと飲み干し、

「おらは親類縁者だけではねえ、隣近所にも大恥をかいただ。恥をすぐにはかわりの、親類縁者も隣近所も、誰もが目をむくような、かわいい嫁御をつれて帰ってあっといわせるしかねえ。それでこの一年、干鰯《ほしか》問屋の旦那方にたのんで嫁御をさがしまわってただ」

日中のべつ出歩いていたのはそのせいだったのかもしれない。

「もっともおらも歳だし、これという娘っ子は田舎へいくのを嫌がるしで、なかなかいいのに出食わさねえ。出食わしてもまたまとまらねえ。それやこれやで一年がたってしまっただが、それでもこのほどようやくかわいい娘っ子と話がまとまっただ」

「そうでしたか。それはおめでとうございます」

「本当はねえ、茶屋の親父とはとうに手を打っていいと思ってただ。だが、手を打ってしまうと江戸にいる理由がなくなっちまう。それでわざと長引かせてただよ」

意趣晴らしとばかり思っていた。

「そういう次第《しでえ》だ。亀吉さんにはついでに勘弁してくれろと伝えておいてくだせえ」

やることなすことすべてが垢抜けしてない四郎右衛門のことを、腹の中ではひどく蔑《さげす》んでいた。

必死に嫁をさがしていたという心中を察すると、この、指だけでなく造作も節くれだっている男が急にかわいげに見えてきた。

「もう一本、いいだね」

四郎右衛門が聞く。

鍋はとうに底をついている。酒も二合徳利を三本あけている。そろそろ切り上げようと思っていた。先を越されてしまったようで、喜兵衛はうなずいた。

「もう一本」

四郎右衛門は声を張り上げた。銚子がはこばれてきてまた杯をかさねた。

「それはそうと最近耳にした話だが、奥津村《おくつむら》というのは知っておられるだね？」

「知っております」

勝浦村から南に下った漁村だと聞いている。

「勝浦村の四郎右衛門さんからお紹介《ひきあわ》せいただいただ、と奥津村からのお客さんが時々たずねてみえます。いつもいつもあいすみません」

「なんの。それより、この前深川の干鰯問屋で会った奥津村の網元から聞いた話だが、一帯は御三卿の清水様の御領地で、なんでも清水様の御領地の者は、向後《こうご》日本橋小網町の大津屋に泊まるようにと御沙汰がくだされるのだとか」

「本当ですか？」

四郎右衛門はうなずいて、

「奥津村近辺の者はみんなおらの口入《くちいれ》で恵比寿屋さんに世話になってただが、これからは恵比寿屋さんには泊まれなくなるというわけだ」

そういうことになる。

「旅籠屋という商売《しょうべえ》も、ここの客は泊めちゃいけねえだの、かしこの客は泊めていいだの、おらがこういうことをいうのもなんだが、だんだん世知辛《せちがら》くなる……」

といいながら四郎右衛門はまた銚子をふる。

「ここらで」

喜兵衛は機先を制した。

四郎右衛門はもう一本といいたそうだったが手をたたいていった。

「お勘定」

親父らしいのがでてきて、

「いましがた恵比寿屋さんから過分に」

喜兵衛は厠《かわや》に立ったついでに勘定をすませておいた。

「そいつは」

と四郎右衛門はいいかけたが恐縮する体でいった。

「さそっておいて、いいや、かえってご馳走になっただ」

四

表にでた。野良犬が三、四匹鼻を鳴らして獣肉店《ももんじや》のまわりをうろついている。

「きょうは月がねえから見えねえだが、どの野良もあばら骨が一本一本見えるほど痩せこけていて毛も剝《は》げ落ちているだ。嚙みつかれないように気をつけてくだせえ」

野良犬をさけるように表通りにでて、恵比寿屋《やど》にむかった。

「そうだ」

と歩きながら四郎右衛門がまた話しかけてくる。

「宿に越後からきて逗留している若い衆がいるべえ？」

六助のことだろう。

「いますがその人がどうか？」

「二、三日前《めえ》のことだっただが、櫓下《やぐらした》をうろついていただ」

櫓下はまあまあ値のはる岡場所である。

「公事訴訟にきてるだというに、あそこらをうろついているようじゃ」

といって四郎右衛門は断言するようにいった。

「どんな出入かは知らねえだが、まあ負公事になるだな……」

吾作がいうとおり、六助はほんとうに悪所通いをはじめているのかもしれない。であれば、六助の預り金の引出しには、十分気を配っておかなければならないということだが、おふじについてはどうなのだろう。

六助はおふじに関心がないのだろうか。おふじが思いを寄せている相手が六助だとして、おふじの恋は思いが相手にとどいていないのだろうか。

「なにぶんそういうわけだで、亀吉さんによろしく伝えてくだせえ」

戸締りにとりかかっていた恵比寿屋《やど》に近づくと、四郎右衛門は念を押すようにいった。

「承知しました」

「お帰りなさい」

声をかけられて恵比寿屋にはいり、四郎右衛門とは上がり框《かまち》でわかれた。

仕事部屋にはいるとすぐにおふじがやってきた。

「太兵衛さんは急用ができたとかで家《うち》へ帰られ、留守中なにもかわったことはなかったと、お伝えいただきたいとのことです」

喜兵衛はうなずいた。

「では」

と、おふじはこの日もかすかに脂粉の香をのこして部屋をでていった。

喜兵衛は茶をいれ、一口飲んで一服つけた。

〈おふじと六助のこともさることながら……〉

と喜兵衛は、煙をくゆらせながらおふじの父、治郎兵衛のことを思った。

おふじの父治郎兵衛は二十数年前、十三人の宿の主人《あるじ》とともに、とるにたらない罪に冤罪《えんざい》をもひっかぶされて家財取上江戸払という刑に処せられた。それは、取調べにあたった吟味方与力が、多分に、御改革を率先しておこなったお上のさるお偉方の顔を立てるためであった。

吟味方与力が顔を立てたお上のさるお偉方というのは、いまは御老中を退隠している、陸奥《むつ》白河《しらかわ》の、松平楽翁《まつだいらくおう》と名乗る先殿様《せんとのさま》で、この人はなにかに不平不満があったらしく、いろんなことに八つあたりした。宿にも八つあたりし、結果として十四人もの宿の主人《あるじ》が家財取上江戸払という刑に処せられた。

先殿様はそのくせ名君を気取っていて、宿に関することでいうなら、領民のためという名目で、馬喰町一丁目の旅人宿布袋屋《ほていや》を白河松平十一万石の領民の指定宿とし、かわりに料金を割り引かせた。

それはそれで結構なことである。しかしそうすると布袋屋にとって白河松平十一万石の領民は、全員〝身内〟ということになってしまう。

これが意味することにすぐに百姓宿が気づいた。

百姓宿も、どこでもいい、どこかの地頭領主の指定宿になれば、「堂社物詣や通りすがりの旅人は、身寄りであろうが知合であろうがすべて旅人宿に泊まらなければならない」という規定に関わりなく、その地頭領主の、全領民を誰はばかることなく泊めることができる……。

小石川の百姓宿大黒屋と池田屋がさっそく近くに上屋敷を持つ御三家、水戸徳川家にはたらきかけた。水戸徳川家は大黒屋と池田屋の要望をいれた。大黒屋と池田屋は水戸徳川家の指定宿とされた。

最近では四、五年前、「八十二軒組」「三十軒組」とわかれている百姓宿のうちの「三十軒組」が、もともとつながりの深かった、馬喰町御用屋敷の代官三人に話をつけ、三十万石におよぶ三代官の支配所、かつての関東郡代支配地の者の宿を独占して引き受けるようになった。

大津屋が、支配地が十万石におよぶ御三卿清水家の指定宿になろうとする動きも、むろんそれらの動きに刺激されてのことにちがいない。

大津屋だけではない。ほかにも二、三おなじような動きをしている宿があると聞いている。こういう動きは雪崩をうつ。どこかの指定宿になろうと狂奔して、ついには関八州はいうまでもなく、周辺の陸奥、羽前、羽後、越後、信濃、駿河、遠江、伊豆あたりまでが囲い込まれてしまう。

囲い込まれてしまうとどうなるか――。袖を引くことのできる客はいなくなる。手をこまねいていると恵比寿屋は閑古鳥《かんこどり》が鳴く。

お上に働きかけてこのうえの囲い込みを禁じてもらうか。恵比寿屋も負けじと囲い込みをはじめるか。とるべき手立ては二つに一つということになるが、どっちにしろ大津屋茂左衛門が御三卿の清水家に働きかけているというのは驚きだった。

大津屋茂左衛門は、旅人宿が御差紙をつけた客を横取りするとか、公事師めいたことをやって小金を稼ぐとか、どちらかというと程度の低い、けちくさい金儲けにうつつをぬかしていると思っていた。そうではなく、もっと大きなことに手をだしていた。

猫背の刺客に襲われてからというもの、そのことばかりに気をとられていた。

あれはやはりなにかの間違いだったのではないか。なるべく夜は出歩かないようにしているものの、だいいち二の矢三の矢が射かけられてこない。

陸奥白河松平家と布袋屋、御三家水戸徳川家と大黒屋・池田屋、馬喰町御用屋敷三代官と三十軒組、と既成事実が積み重ねられている以上、いまさらお上に働きかけて動きをとめるというのは無理かもしれない。であれば、みずからも〝囲い込み〟に参入し、また公事宿としての仕事にもこれまで以上精をださねばならないということになる。実際これまで公事宿としての仕事にも精をだしてきたから、評判もつたわり、陸奥白河松平家の領分の、布袋屋が指定宿とされている越後の六助にしても、「恵比寿屋さんを」「喜兵衛さんを」とたよってきている。

うかうかしてはおられない。喜助に恵比寿屋を譲りわたす前に恵比寿屋は潰れてしまう。心をもちなおしてあしたから頑張らねば……と褞袍《どてら》を頭からかぶって長火鉢に手をかざし、酔いのまわった頭で考えていたら、ゴーン、ゴーンと四つ（午後十時）の鐘が鳴りはじめた。

第六章　白州留《しらすどめ》

一

喜兵衛は武鑑《ぶかん》（大名・旗本の氏名、居城、知行高、役職などをしるした書）を買いもとめ、暇さえあれば、どこをどう攻めたものかとためつすがめつ眺めた。

商いや公事訴訟に、あるいは堂社物詣にと、江戸にやってくる者は圧倒的に関八州の者が多い。攻めるとすれば関八州の地頭（旗本）領主（大名）ということになる。

しかし地頭は万石以下で、領主は一、二万石から三、四万石と、小大名がほとんどだ。

都合のいい縁故もない。一つ一つ攻略していくのはおそろしく厄介なことに思える。それよりもなによりも、そんなことをはじめると宿は攻略し合うだけでたがいに精根をつかいはたしてしまう。

となると――、大黒屋・池田屋と水戸徳川家、布袋屋と白河松平家など、御三家とか公方《くぼう》様と縁の深い御家が相手の協定には目をつぶり、馬喰町御用屋敷三代官と三十軒組のや、これからできようとしているのを、御訴訟して叩き潰すのが最善最良の策ということになる。

これが何日かかかって得た結論だった。

事がうまくはこべば、大津屋茂左衛門はまた怒りをあらわにしよう。恵比寿屋喜兵衛が中心になってやったこと、と知ればなおだ。

しかし茂左衛門らの動きに対抗するにはそうするしかない。茂左衛門らの動きは一部の者だけが得をする動きだから、旅人宿だけでなく百姓宿の賛同も得られやすい。

喜兵衛は旅人宿仲間の行事（世話役）である。行事として、こっそり根回しに動こうとしていたところへ、「翌日出頭せよ」と六助に御差紙《おさしがみ》がついた。

公事宿の主人《あるじ》としての仕事にも精をださなければならない、と思いをあらたにしたばかりである。

当日も喜兵衛は明け六つ（午前六時）の鐘の音とともにおきだし、恵比寿屋《やど》で腹ごしらえをして、六助、吾作とともに弁当片手に南の御番所をめざした。

御番所の門前には大勢の公事訴訟人がつめかけていて、てんでに筵を敷いてすわっていた。喜兵衛らも腰掛茶屋で筵を借り、門前にひろげてすわった。

それとなく見渡すと、松平伊豆守家の腰掛に、訴訟人の代留吉と名主の長右衛門、家主《いえぬし》など町《ちょう》役人がすわっていて、長右衛門の横に大津屋茂左衛門がいた。

茂左衛門は長右衛門となにやらひそひそ話し込んでいる。

遠目に二人を見ていたら、茂左衛門は奴らとぐる、という推測は、あながち見当はずれではないように思えてきた。

花曇りのやや肌寒い日だったが、日がのぼると気温はぐんぐん上がって汗ばむような陽気になった。筵を敷いてすわっている者の中には睡魔に襲われ、背中をまるくして舟を漕いでいる者もいる。

喜兵衛もいつしかうとうとまどろんだ。

「四ツ谷塩町手付金出入一件の者」

呼出《よびだし》の声がかかった。空を見上げた。日の高さから推し測るに、午《ひる》ももう間近と思える刻限だった。

公事口をはいった公事人溜で、喜兵衛は茂左衛門と顔を合わせた。

かりにも親戚である。挨拶は交わす。しかしたがいにこだわりがある。いつも「やあ」「やあ」と軽く声をかけあう程度だ。

この日も軽く声をかけあったきりで、たがいに近づかなかった。

茂左衛門の横には男が二人いた。三国屋の番頭徳蔵と徳蔵の差添人にちがいない。六助にそっと聞いた。徳蔵には会ったことがないという。どっちの男が徳蔵かはわからないということだった。

ふたたび呼出の声がかかり、参考人徳蔵を真ん中に吟味方与力仁杉《ひとすぎ》七右衛門の前にすわった。

「面《おもて》を上げい」

仁杉七右衛門は声をかけ、

「詮議はどこまですすんでいたっけ？」

とつぶやきながら関連書類をひっくり返しはじめた。

詮議はおよそ一箇月半中断していた。その間厄介な吟味物におわれていた。にわかに思いだせないのだろう。

それは喜兵衛もおなじで、喜兵衛は前夜、あわてて目安や返答書の写しなどに目をとおした。

「そうそう、十日町村の縮問屋三国屋の番頭に御差紙をつけたのだ……」

と仁杉七右衛門は顔を上げていった。

「三国屋の番頭徳蔵と申すは？」

額が禿《は》げ上がっていて髭《ひげ》の濃い、骨組のがっしりした男が両手をついて神妙にこたえた。

「わたしでございます」

「おまえを呼んだのはほかでもない。いま目安と返答書を読んで聞かせる。まず聞け」

仁杉七右衛門はそういって目安と返答書を読み、要旨をざっと語って聞かせて、

「ここにいる庄平の代六助は、庄平が奥松から受け取った五十八両はおまえのところ、三国屋からの前渡し金だと申しておる。相違ないな？」

「いえ」

と徳蔵はかぶりをふる。

徳蔵の聞きちがいか言いちがいだろうと聞き流していると、徳蔵はつづける。

「奥松に前渡し金など渡しておりません」

喜兵衛はびっくりして六助を見た。六助もびっくりして目を白黒させている。素早く目を壇上にうつした。

仁杉七右衛門も驚いた様子で身を乗りだす。

「たしかだな？」

「はい。わたしは奥松が縮《ちぢみ》百五十四反をもってきたから、引き換えにかねて反あたりいくらと取り決めていた代金合計百十四両を支払ったまでのことで、前渡し金など渡しておりません」

「奥松が縮百五十四反をもってきた日に、まとめて全額の百十四両を支払ったと申すのだな？」

「さようでございます」

「帳面と請取りは持参しておるか？」

「仕入帳と請取りを持参してきております」

「見せろ」

仁杉七右衛門は仕入帳と請取りを受け取って点検し、さらに関連書類をひっくりかえしながら、

「庄平が奥松から五十八両を受け取ったのは五月七日だ……。三国屋は奥松に前渡し金など渡しておらず、五月の八日に全額の百十四両を支払っている……。訴訟人正十郎が奥松に手付金六十両をわたしたのは……四月二十九日。すると、庄平が奥松から

受け取った五十八両は、正十郎の金ということになる……」

そういうことになる。

「六助」

仁杉七右衛門は語調をつよめていった。

「そのほう、兄庄平が奥松から受け取った前渡し金五十八両は、三国屋からのものだと言い張っておった。そうだな？」

「は、はい」

六助の顔は、血の気がひいて蒼ざめている。

「徳蔵は前渡し金など渡しておらぬと申しておる」

「ですが……」

と六助は目をひきつらせ、

「奥松は、三国屋さんからの前渡し金だといって五十八両を兄庄平にさしだしたのでごぜえます。それに徳蔵には何度も残金を支払ってもらいたいと掛け合っておりまする」

「そうなのか？　徳蔵」

「庄平はたしかに残金を支払ってもらいたいといっておりましたが、代金は支払いずみだといって取り合いませんでした」

「ということはどういうことだ？」

と仁杉七右衛門が考え込んでいるところへ六助が、

「兄庄平に思い込みがあったということです。迂闊《うかつ》といえば迂闊でした」

「馬鹿者！」

仁杉七右衛門は一喝し、

「迂闊ですまされるか。俗に金に色はついていないと申すが、庄平が奥松から受け取った金は正十郎の金そのものではないか」

一瞬座がシーンとしずまった。

「申し上げてよろしゅうございますか？」

間合をはかっていたかのように留吉が聞く。

「申せ」

「相手方庄平が受け取った金は主人《あるじ》正十郎の金とはっきりしたようです。もう問題はないと思われます。どうか、ただちに返すようお申しつけくださいませ」

「おまちください」

六助が必死の形相で膝をすすめる。

「兄庄平は奥松から、三国屋さんからの前渡し金として五十八両を受け取ったのです。現に縮百五十四反は三国屋さんにわたっております」

「留吉」

仁杉七右衛門は留吉に声をかけた。

「そのほうがこの前評定所で御奉行に申し上げていた、十日町村の煮売酒屋でどうこうしたという話、手短に申してみよ」

「へえ。十日町村の煮売酒屋ふくべで主人《あるじ》正十郎は奥松と庄平を相手に商談して、縮百五十反は庄平が集める、品物や代金の受渡しは奥松が代行すると取り決め、正十郎はいったん信濃に戻り、金を都合してきて奥松と約定証文を取り交わし、手付金六十両を奥松に渡しました。そう申し上げました」

「そして六十両のうち五十八両が庄平に渡っている……」

と仁杉七右衛門がいったところへ、ゴーン、ゴーンと九つ（十二時）の鐘が鳴り響いてきた。並んですわっている吟味方与力は一人また一人と席を立った。

「昼だ。しばし休む」

仁杉七右衛門もそういって席を立った。

二

　腰掛は門内のはおろか門外のもふさがっていた。六助と吾作が御白州から抱えてきた筵を適当なところに敷き、ぶら下げてきた弁当をひろげた。

「おらが嘘をついていたのではねえだ」

　六助が強弁《きようべん》するようにいう。そうかもしれない。

「兄《あん》ちゃんが嘘をついていたのでもねえ。奥松が三国屋さんからの前渡し金だといって五十八両をよこすものだから、兄ちゃんはてっきりそうと思い込んで三国屋さんに残金を請求し、三国屋さんがまた奥松に支払ったというものだから……兄ちゃんは思い込みをしてしまっただ」

「だがそうだと兄《あに》さんは負けます。負公事になります」

「どうして？」

　六助は目をむく。

「三国屋からの前渡し金と思っていたことに思い込みがあったとしても、兄《あに》さんが受け取った金は正十郎からのものと判明したようだし、あなたの兄さんは奥松と一緒に正十郎に会っており、なにか約束事を取り交わしているようだからです」

「兄ちゃんは嘘偽りをいったり隠し事などしねえ。まじめで生《き》一本な男だ」

「弟さんだからそう思いたいのも無理はないかもしれませんが、兄《あに》さんはやはり奥松と一緒に正十郎に会っている」

「兄ちゃんはけっして……」

と六助がいいかけるのを喜兵衛は押さえつけるようにいった。

「正十郎に会っている」

えてして公事訴訟人は油断がならないものだが、六助も急に胡散《うさん》くさく思えてきた。

「負公事になるというと、三国屋さんからは残金をもらえないうえに、見ず知らずの正十郎には六十両を支払わなければならねえだか？」

「くどいようですが、兄さんは正十郎と見ず知らずではない」

喜兵衛はもう一度押さえつけるようにいって冷たくつけくわえた。

「事と次第によっては正十郎に六十両を支払わなければなりません」

六助はうらめしそうに睨《にら》み返したが、やがてガクッと肩をおとした。

「お茶だべ」

腰掛茶屋に茶をもらいにいっていた吾作がそういい、お盆ごと筵の上において、自身も弁当をひろげた。

松平伊豆守の白壁の中は上屋敷の裏庭で、塀ごしに桜の木が三本ばかり頭をのぞかせており、ほぼ満開の桜の花弁《はなびら》が、ときおり微風《そよかぜ》に吹かれて腰掛のほうにも舞い散っている。

「こうやって弁当をひろげていると、まるで花見にきてるみてえだが……」

と吾作が六助に茶をすすめながら聞く。

「おまえにとってはそれどころじゃねえようだ。一体《いってえ》どういうことなんだ？」

六助はうつむいたまま返事をしない。

「どういうことなんだ？」

吾作がかさねて聞く。

席をはずしたほうが話はしいいかもしれない。喜兵衛は空の湯飲を手にして腰掛にむかい、あいている席に腰を下ろして茶をついでもらった。花弁《はなびら》がときどき吹き抜ける風に乗って舞っている。

「たのしみは春の桜に秋の月……」

なにげなく口をついてでた。五代目団十郎、花道のつらねの狂歌だ。不風流《ぶふうりゅう》だが狂歌の一つや二つくらい知っている。喜兵衛はくりかえした。

「たのしみは春の桜に秋の月……」

くりかえして下の句に気づいた。

「夫婦仲よく三度くふめし」

絹とはずっと一緒にめしを食っていない。思いもよらぬ狂歌が口をついてでて、心の中にうそ寒い風が吹き抜けた。

三

呼出《よびだし》の声がかかった。喜兵衛は腰を上げ、六助、吾作とつれだって御詮議所にむかった。

詮議は再開された。

春の午後の、中食《ちゅうじき》の後だ。前の八人の吟味方与力の目も、まわりの御白州にすわっている連中の目も、どの目も重く瞼《まぶた》がたれさがっている。

仁杉七右衛門は眠気を覚ますように扇で頬をぴたぴた叩きながら、

「さてと」

と気合をいれるようにいって、

「金の問題はひとまずおいて徳蔵。おまえは、奥松が欠落《かけおち》する姿を見かけたという者がいるとかの噂を聞いたことがあるか？」

「ありません」

「乳飲み子を抱えた女房が欠落する姿を見かけた者がいるとかの噂は？」

「聞いておりません」

「江戸のどこかにひそんでいるとかの噂は？」

徳蔵は首をひねりながら、

「いいえ」

「おまえは奥松のことをよく知っていよう。奥松はなぜ欠落した？」

「博奕の負けがかさんであちらこちらに不義理が重なっていると聞いたことがございます。それが原因ではなかろうかと」

「そのこと以外に思いあたるふしは？」

「ございません」

「おまえもいくらか貸していたか？」

「いいえ」

「三国屋は？」

「三国屋も貸しておりません」

「そのことでやくざ者《もん》などに追われていたというようなことは？」

「とくに聞いてはおりません。ですが方々に不義理をしていたというのはたしかでございます。三国屋にも何度か、奥松に金を貸しているだが肩代わりしてもらえねえだかと、たずねてきた者がおります」

「しかしそのとおりならおかしい。なぜそんな男に縮の買出しをたのんでいた？」

「もってくるから買っていたまでで、代金の前渡しなどいたしておりません」

「ではなぜ、正十郎に紹介《ひきあわ》せた？　正十郎なら危なっかしい思いをしてもいいと思ったのか？」

「とんでもございません。奥松は縮の仲買人としては年期が入っていて顔もひろい。それでついお紹介せした次第でございます」

「欠落すれば人別を失い無宿になる。おまえの話によると縮の仲買人として腕はいいようで、だったらいずれ心をいれかえれば不義理は片づけられる……」

親子三人人別を失い、無宿になってまで姿をくらまさなければならない動機が希薄だと、仁杉七右衛門はいっているのだ。

仁杉七右衛門は先《せん》のお調べのときも、奥松親子三人は殺されているのではないかと疑って、あれこれ糺していたという。その詮索のつづきにちがいない。

「徳蔵、ところでおまえは奥松が欠落したというのをどうして知った？」

「正十郎さんから聞いて知りました」

「いつだ？」

「あれはたしか……」

と徳蔵が語りはじめた説明は、興味がないわけではないがくどくて長い。

喜兵衛の瞼もいつしか重たくたれさがり、仁杉七右衛門と徳蔵とのやりとりは半ばも耳にはいってこなくなった。

「でたらめでごぜえます」

六助が上げる大声に喜兵衛はうつむいたままはっと目をさました。どうもまどろんでいたようだ。喜兵衛はうつむいたまま目をしばたたかせた。

「留吉の申すことはでたらめでごぜえます。兄庄平は、三国屋さんからの手付金だと奥松がいうのを信じて、奥松から五十八両を受け取ったのです。正十郎からの手付金として五十八両を受け取ったのではごぜえません。だいいち正十郎など会ったことも見たこともない男です。御慈悲でございます。留吉にそのような不埒《ふらち》を申さぬよう、どうかきつくお言い付けくださいませ」

「恐れながら……」

留吉がおうじる。

「六助は事情をよくわきまえていないようです。主人《あるじ》正十郎が庄平に会ったのは比角村に追っかけていったときだけではありません。さっきも申し上げましたように、その一月《ひとつき》ほど前に十日町村の煮売酒屋ふくべでも会っているのです。主人の正十郎は多分そのときのことを店の親父は知っているはずだと申しております。日にちは四月八日です。なんでしたらお問い合わせになってお確かめくださいませ」

十日町村の煮売酒屋ふくべに問い合わせてくれればわかると、日にちまで言い添えて自信たっぷりだ。とても作り話とは思えない。

「嘘だ。留吉が申しているのは、口からでまかせの嘘っぱちでごぜえます」

六助が金切り声をあげる。

「なぜそう言い切れる？」

「兄庄平は正十郎など会ったことも見たこともないといっております。庄平は曲がったことの嫌いなまじめで生一本な男です。庄平が嘘などつくわけがないのです」

「そいつは根拠にならん」

「兄ちゃんは嘘などつかないのです。神かけて申します。兄ちゃんは嘘などつきませ
ん」
「たわけ！」
大音声《だいおんじょう》だった。眠気はいっぺんにふっとんだ。
周囲《まわり》の者もびっくりして仁杉七右衛門を見上げている。
「兄とはいえ他人だ。どうして神かけてなどと申せる。それにだいいち、おまえの兄
庄平はたしかに嘘をついておる」
喜兵衛も、もういいかげんにしたらどうかという気になっている。「恐れながら」
などと割ってはいらなかった。
「六助」
仁杉七右衛門が静かに話しかけた。
「そのほうは、口がたつからと兄にかわってでてきたのであろう。だが、庄平はおま
えに隠し事をしておる。おまえは本当のことを知らない。このうえのおまえへの糺《ただし》は
無駄で無用だ。次回から庄平とかわれ」
六助は返事をしぶっている。おめおめ引き下がると、兄や家《うち》の者に合わせる顔がな
いとでも思っているのだろう。

「わかった。では庄平に駕籠差紙《かごさしがみ》をつける」

「尋儀有之間《たずねのぎこれあるあいだ》、代ニ而者難成《てはなりがたく》、病気ニ候ハヽ、駕籠ニ而成共《てなりとも》早々罷出《まかりいで》云々」とし るされている、〝代〟をゆるさぬ強制召喚状が駕籠差紙である。

観念したのか、六助はしぶしぶいった。

「庄平とかわりますでごぜえます」

「留吉にも申しつくる。相手方は当人がでてくるのに、おまえが代での公事合《くじあい》は聞い ているのがまだるっこい。訴訟人正十郎も煩《わずらい》ということだが、なにどうせ仮病だろ う。本当に病気であったとしても駕籠差紙をつける。帰ったら〝全快代り合願い〟を だして、次回からここへでてくるよう申しつたえよ。わかったか」

「わかりました」

「それから留吉、そのほうはひきつづきでろ。おまえにはまだ確かめたいことがあ る。いいな」

「へへえ」

仁杉七右衛門は一件書類を袋にしまいこみながらいった。

「きょうはこれまで」

四

青葉若葉が目にしみる季節になり、魚河岸から初鰹《はつがつお》の入荷の声が聞かれるようになった頃、六助の兄庄平が江戸にやってきた。

庄平はなるほどおそろしく無口な、地蔵のように無表情な男で、なにを聞いても「うんだ」か「うんにゃ」しかいわない。よくそれで縮の買出しになどでかけられるなあと呆れるばかりなのだが、旅人宿の客引きとちがい、縮の買出しなどというものは手と指さえあれば足りることで、むしろ饒舌《じょうぜつ》でないほうがいいのかもしれない。

そんなことを考えながらようやっと聞きだした話は、六助が語ったことと寸分たがわなかった。しかし、庄平は嘘をついているはずで、それは詮議がはじまればすぐにあばかれる。

庄平への御差紙ははやかった。着届をだした翌日につき、喜兵衛は当日、庄平とともに南の御番所にむかった。

組頭の吾作は長逗留になりすぎたとかで、もと組頭とかの、腰のまがった、これまた無口な老人が吾作にかわる差添人として出府してきていて、老人は庄平のうしろをとぼとぼついてきた。

門前でいつものように呼出をまっていると、男が一人近づいてくる。

「よう、久しぶりだな」

訴訟人の正十郎らしい。

卵のようにつるりとした顔をしているが、左頬に刀疵《かたなきず》があり、目が蛇の目のように底光りしていて、睨《にら》み据える目に人を畏怖させる威圧感があった。留吉がわざわざ召仕で代となったのは、正十郎がそんな顔つきの男だったせいかもしれない。

「おめえはおれに会ったことなどねえって、いってるんだってなあ?」

庄平は巌《いわお》のように押し黙っている。

「どうなんだ?」

正十郎は顎《あご》をしゃくるようにつきだし、伝法《でんぽう》な口調でつづける。

庄平は地蔵のような表情にぴくりとも変化を見せない。

「どうなんだよう!」

そういえば正十郎は訛《なま》りがない。

四ツ谷塩町の弥介店《だな》にふだん住んでいないから故郷《くに》にいるものとばかり思っていた。江戸のどこかでぶらぶらしている遊び人なのかもしれない。

た。

「まあいい。おまえの嘘の皮は御白州ですぐにひっぱがされる」

正十郎はそういってニタリと笑った。笑うと刀疵がひきつり、凄味はいっそうました。

正十郎が去っていく方に目をやると、訴訟人の一行がいて三国屋の番頭徳蔵もいた。徳蔵には大津屋茂左衛門ではなく大津屋の下代が付き添っていた。

五

四つ半（午前十一時）と思える頃呼出の声がかかった。訴答両者に関係者はいつものように仁杉七右衛門の前にすわった。

「四ツ谷塩町弥介店訴訟人正十郎と申すは？」

仁杉七右衛門が聞く。

「わたしでございます」

正十郎は左頰の刀疵をかくすようにうつむいたまま返事をする。

「まず聞いておく。そのほう、公事訴訟をおこすためにわざわざ人別を江戸に移したのではないだろうな？」

「もちろんでございます」

　正十郎は神妙にこたえて、

「御訴訟申し上げているのはすべて江戸に人別を移してからのものでございます」

　仁杉七右衛門はうんうんとうなずいて、

「しかするとなんだ。おまえはわずか一年の間にせわしなく貸金売掛をつくり、また手付金を渡したことになる。懐がよほどゆたかなのか？　それとも商売が下手なのか？　どっちだ？」

　うっと返答につまっていたが正十郎は、

「懐がゆたかなどということはけっしてございません。商売が下手かといわれれば、人がいいものですから、あるいはそうかもしれません」

　口数が多いと揚足《あげあし》をとられてけっして得にはならない。だが正十郎はうつむきかげんにそういって得意気である。

「本題にはいろう。そのほうは奥松の紹介《ひきあわ》せでここにいる比角村の百姓、庄平に縮の買入をたのみ、手付金六十両を支払った。そうだな？」

「さようでございます」

「しかし庄平はおまえに会ったことも、手付金を受け取ったことも、催促を受けたこともないと申しておる。庄平、そうだな？」

　庄平はうつむいたまま、声をだすのをけちるかのように、

「へえ」

　とのみこたえる。

「庄平はああ申しておる。どうだ？　正十郎」

「先《せん》のお調べのとき、代の留吉が申し上げたと思います。四月八日に十日町村の煮売酒屋ふくべで、わたしと奥松と庄平の三人で酒を飲み、縮買入についていろいろ話し合った、なんでしたらお問い合わせになってお確かめくださいと？」

「そうであった」

「お問い合わせいただきましたでしょうか？」

　仁杉七右衛門はそれにはこたえず、

「庄平、正十郎はああ申しておる。おまえはふくべで正十郎といろいろ話し合ったのではないのか。どうなんだ？」

　庄平は口をひらくのも億劫《おっくう》そうに、

「正十郎などという男、きょうまで会ったことも見たこともごぜえません」

「ふくべという煮売酒屋は知っておるか？」

庄平はうつむいたままこたえない。

「知っておるかと聞いておる？」

「はいっております」

「はいったことは？」

「…………」

「どうなのだ？」

「二度奥松と」

「正十郎とは？」

「正十郎などという男は知りません」

「本当に知らぬのか？」

「知りません」

「正十郎。そのほうに聞く。十日町村の煮売酒屋ふくべで、おまえたちのことを知っているとすれば店の誰だ？」

「親父でございます」

「親父なら間違いなく、おまえと奥松と庄平とが一緒に酒を飲んでいたと証言してくれるな」

「証言してくれるはずです」

「よしわかった。では煮売酒屋の親父を呼びだすことにする」

仁杉七右衛門はそういい、

「庄平」

と呼びかけて、

「おまえはそれまで牢にはいってまっておれ」

「なぜでござえます？」

庄平はむっくり顔を上げて聞く。

「おまえは嘘をついておる。だからだ」

「嘘などついておりません」

「もういい。嘘をついているかどうか。煮売酒屋の親父がやってきて証言すればわかる」

そういって仁杉七右衛門は、

「白州同心！」

と声を張り上げた。

「こやつを白州の隅に引っ立てろ」

伝馬町の牢にぶちこむには奉行の承諾がなければならず、承諾が得られるまで白州《しらす》留《どめ》といって白州の隅にひかえさせる。

白州同心は庄平の腕をつかんで白州の隅に引っ立てていった。

喜兵衛は無視した。仁杉七右衛門と庄平の間をとりなさなかった。

仁杉七右衛門は関連書類を袋にしまいこみながらいった。

「他の者はいずれ呼びだす。きょうのところは引き取れ」

伝馬町の囚獄は法の支配のおよばない、牢名主が支配する無法地帯である。

支度金《つる》を満足にもってこない奴、牢名主などと娑婆《しゃば》でまずいひっかかりのある奴、生意気で逆らう奴など誰彼を、牢名主は容赦《ようしゃ》なくあの世におくった。そのうえ牢内は不潔で、収容人員にかかわりなくぎゅうぎゅうに詰め込まれる。取り調べ中に仏になった者など数知れない。

役所もまたいいかげんで、死んでくれれば手間がはぶけていいくらいに考えている。なぜ仏になったかなどの吟味や詮索をまったくしない。「存命に候はば死罪」、「存命に候はば中追放」などというお裁きも日常茶飯事に下されている。牢内では殺され損だった。

それでいて役人はそういう現状を抜け目なく利用した。「牢に叩き込むぞ」としばしば脅した。取り調べられる側も現状をよく知っている。牢にいれられるのをおそれ、牢に叩き込まれるいよいよの段になって白状する者が少なくなく、中には軽い刑だと冤罪でもみとめてしまう者もいた。

庄平はどうか。そういう事情を知っていれば、いずれ「恐れ入りました」と声をかけ、〝かくかくしかじか〟と白状におよぶにちがいない。

公事人溜で、脱いで揃えておいた履物をはこうとしていたらはたして、

「恐れ入りましてございます」

と叫ぶ庄平の大声が聞こえてきた。さきほどまでの低いぶっきら棒な声とはうってかわった、すきとおるような大声だった。

仁杉七右衛門は庄平が兜《かぶと》を脱ぐのをまっていたのだろう、

「訴答両者を引き留めろ」

と白州同心に声をかけている。

喜兵衛らはまた白州に戻るようにいわれ、元の席にすわった。庄平も元の席にすわった。

仁杉七右衛門が庄平に声をかける。

「どう恐れ入ったのだ？」

「はあ、恐れ入りましてございます」

「ありのままを包み隠さず申すのだな」

「はい。すべてを、包み隠さず申し上げますでごぜえます」

「申せ」

「おらはたしかに奥松にさそわれてふくべで、奥松とともにここにいる正十郎と酒を飲み、正十郎から綿を百五十反ばかり集めてくれろとたのまれました。ですが、奥松から、三国屋におさめる綿を百五十反ばかりたのまれた直後でしたので、そのうえの百五十反は無理だとことわりました。正十郎はどうでも集めてくれろといってききません。酒は嫌《きれ》えなほうではごぜえません。そのうち酒がまわってきて気が大きくなり、わかった集めるべえと、ええ、返事をしました。ですが話はそれっきりだったのです。そのあと正十郎からも奥松からもなんともいってきておりません。もちろん約定証文のことも知りません。手付金も受け取っておりません」

「ではなぜ、いまがいままで嘘をつきとおした？」

「おらは奥松から、三国屋さんからの前渡し金としてたしかに五十八両を受け取っただが、番頭の徳蔵によると、徳蔵は奥松に代金百十四両をまとめて支払っており、前渡し金など支払っていねえ。となると、おらが受け取った金は正十郎からの金のようで、お裁きは六十両を正十郎に返せとでるかもしれねえ。それでなくともおらは奥松に五十六両を持ち逃げされている。そのうえに六十両というと田地田畑《でんちでんぱた》を叩き売らなければならねえ。一家は路頭に迷い、全員野垂死にしてしまう。それで弟の六助を御白州にだし、正十郎など知らぬ存ぜぬと言い張らせたのでごぜえます。へえ」

しゃべらせればけっこうしゃべる。人よりは無口かもしれないが、白《しら》を切りとおすため多分によそおっていた無口のようである。

「まったくもって不届きな奴だ」

仁杉七右衛門はそういい、前にある小机を扇子でピシリとたたき、

「嘘をつきとおした礼はいずれゆっくりさせてもらうとして、正十郎」

と正十郎に声をかけた。

「庄平は不届きにもいまがいままで嘘をつきとおしていた。庄平が白状したによって庄平が受け取った金はおまえの金と判明した」

正十郎は頭を下げながらいった。

「ありがとうございます。これも偏《ひとえ》に御威光の賜物《たまもの》でございます」

「礼にはおよばぬ」

仁杉七右衛門はそういい、

「判明はしたが、おまえは手付金六十両を庄平から取り戻せぬ」

「なぜです？」

正十郎は圧し殺した声でするどく切り返す。

「庄平が受け取った金はたしかにおまえの金だ。しかし庄平の申し立てによると、庄平はおまえの金を、三国屋からの前渡し金として奥松から受け取っている。だからおまえは庄平に金を返せと請求できない」

「ご冗談でしょう」

正十郎は吐き捨てるようにいって、

「わたしの金はわたしの金です」

「そうかな？」

と仁杉七右衛門は正十郎の顔を覗き込むようにいい、

「庄平が奥松に引き渡し、奥松が三国屋におさめた縮百五十四反は、もとは庄平の縮だ。間に奥松がはいったため庄平は取り戻せないでいる。おなじ理屈だ。おまえと庄平の間には奥松がはいっている。だから取り戻せない。要はおまえも庄平も奥松に騙されたのよ」

正十郎はしばしば首をひねっていたが、

「三国屋と庄平は証文を取り交わしておりません。わたしは庄平と証文を取り交わしております」

「証文は奥松とだ」

「庄平も納得ずみで奥松が代書したのです」

「そうではない。庄平は商談はみとめたが、約定証文とか手付金の話はみとめておらぬ。そうだな、庄平」

「さようでごぜえます」

見ると庄平の地蔵のような顔に赤みがさしている。庄平なりに必死に闘っていたのだろう。

「それに手跡《て》が奥松のものである以上、争っても無駄だ」

「そんな無体《むたい》な！」

「それともなにか。おまえは奥松を捜しだしてきて証人に立てることができるとでもいうのか」

仁杉七右衛門はそういって正十郎を凝視した。

正十郎は仁杉七右衛門を睨み返して、

「欠落《かけおち》した者などとてもじゃないが捜しだせるものではございません」

「正十郎、おまえに一つ申し聞かせておこう。おまえは庄平に渡っている金は自分の金だから返せ戻せという。しかし間に奥松がはいっている。証文も請取りも奥松の手跡《て》だ。庄平の名さえ奥松の手跡《て》だ。だから、たとえ庄平が承知のうえで奥松が庄平の名を代書したのだとしても、出る所へでて庄平に知らぬ存ぜぬとやられたらおまえは争えぬ。争うには奥松という証人がいる。この理屈、わかるのう？」

正十郎は睨み返したまま返事をしない。

「わかるかと聞いておる？」

正十郎はぶっきら棒に、

「わかります」

「だったらおまえは証人としての奥松を捜しださなければならぬ。捜す努力をしなければならない。全体おまえは奥松を捜したことがあるのか？　欠落した奥松を追っかけたことがあるのか？」

正十郎はこたえない。

横から長右衛門が、

「これ、おこたえしないか」

「奥松を追っかけたことがあるのかといわれても」

と正十郎はいって、

「奥松の女房は手付金を庄平に渡してあるといっておりましたし……」

「だから追っかけなかったのか」

「はい。それに奥松はふだん山道を歩きまわっている男です。山道は歩き慣れております。わたしらにはとても……」

「追っかけられないから追っかけなかったと申すのか？」

「追っかけても無駄だと思ったから追っかけなかったのです」

「乳飲み子を抱えた女房のほうはどうだ。これは追っかけやすいぞ」

「女房は金などもっておりませんし、女房を追っかけるまでは思いがおよびませんでした」

「とにかく奥松親子三人がどこをどう逃げたか捜しまわらなかったのだな？」

「そうです」

「おまえはひょっとして奥松を捜すのが無駄だと知っていたのではないのか？」

仁杉七右衛門はそういってひたと正十郎を見据えた。

「どういう意味です？」

正十郎は睨み返して聞く。

正十郎、もしくは正十郎とその仲間が奥松を殺《あや》めているとすれば、死んでいる者を追っかけたりしない。仁杉七右衛門は暗にそういっているのだ。

ゴーン、ゴーン。九つ（十二時）の鐘の音が鳴り響いてきた。

「午休《ひる》みにする」

仁杉七右衛門はそういって席を立った。

六

ふたたび呼出があって詮議が再開された。

「徳蔵」

と仁杉七右衛門は徳蔵に声をかけ、

「そのほうとそのほうの主人《あるじ》三国屋太郎左衛門も、ここにいる訴訟人正十郎の代留吉から手付金を返せと訴訟され、内済したのであったな？」

「さようでございます」

徳蔵は神妙にこたえる。

「どういう理由で目安をつけられ、どう内済したのか。申してみよ」

「へえ」

徳蔵は四角い頭をペコリと下げ、

「わたしが奉公いたしております十日町村の縮問屋三国屋では、細々ながら小間物の小商いもいたしております。訴訟人、信州水内郡《みのちごおり》の正十郎さんは三国屋に年に一、二度お見えになる小間物の仕入先で、なんでも御当地江戸に縮を売り歩くことのできる、縮の競り売人の株を買われたとかでたずねてこられ、三百反くらい縮をわけてくれろとおっしゃられる。それで大沢村の奥松という、三国屋に出入している縮の仲買人をお紹介《ひきあわ》せし、わたしもまた百五十反ばかりお売りする約束をして、手付金六十両を頂戴しました」

三国屋は江戸に出店をもっている。六助はそういっていた。江戸詰が長かったせいだろうか、徳蔵も訛りを感じさせない。

「実を申しますと正十郎さんとの取引は主人《あるじ》の太郎左衛門には内緒で、わたしが勝手に、小遣銭を稼ごうと正十郎さんと取り決めたことで、三国屋が方々から買い入れる縮の中から、適当に正十郎さんのほうにまわそうと思っておったのでございます。ところが昨年の春は、三国屋自身が江戸や上方の呉服問屋さんにお売りする縮さえ十分集まらず、いつまでたっても正十郎さんにお約束の量をお渡しできない。何度も催促はうけておったのですが、一日のばしにのばしていたら、主人ともども御尊判を突きつけられたような次第で……はい」

といって徳蔵はまたペコリと頭を下げ、

「お店《たな》の恥だ、お前のような男はお祓《はら》い箱《ばこ》だ、とそれはもう主人にきついお叱りを受け、ひたすら頭を下げ、五十年近く奉公しているのに免じてようやくのことおゆるしいただき、少々遣い込んでおりました前渡し金六十両の足らずも、主人に立て替えてもらって正十郎さんにお返しし、内済したような次第でございます」

「遣い込んでいた足らずというのはどのくらいだ？」

「十五両ばかりでございます」

「なにに遣い込んだ？」

「伜に嫁を迎えるにあたって家を建て増ししたのと、婚礼の費用がかさんだのとにでございます」

仁杉七右衛門は一服つけ、

「正十郎。おまえは四月二十九日に奥松に手付金六十両をわたした。おなじ頃また徳蔵にも手付金六十両をわたしている。目安によると……」

と書類を手にとって見て、

「おまえの貸金等の合計はおよそ四百五十両だ。四百五十両から庄平と徳蔵への手付金百二十両を差し引くと三百三十両……」

といいながらもう一度書類を見て、

「目安を点検してみると三百三十両の貸金売掛はすべて昨年の四月二十九日以前に発生している。にもかかわらず、それから奥松と徳蔵に六十両ずつ、大口を二件、百二十両もおまえはあらたに手付金として渡しておる。ずいぶん懐が深いというか……おまえの実家は信濃の赤沼河原新田の名主だ。親から援助でもしてもらったか？」

「お伺いしますが？」

といって正十郎はひらきなおるように、

「奥松と徳蔵さんに手付金を渡していないとでもおっしゃられるので？」

「そんなことは申しておらぬ。おまえは目安にこうしるしておる……」

仁杉七右衛門は書類を手にとり、

「ことに近年は商いがうまくいかず、元手金が少なくなってとても難渋し、右に列挙した貸金売掛等を元手金にしたいと思い云々と……」

〝商いがうまくいかず元手金が少なくなって難渋している〟、というのは貸金売掛等の返済をもとめる目安の常套句なのだが、

「その頃おまえは元手金に不足をきたしていたのであろうし、おまえはさっき人がいいせいか商いはうまいほうではないと申しておった。だから親に援助してもらったかと聞いておる」

「はい。援助してもらいました」

「いくらだ？」

正十郎は顔を伏せた。なにか考え込んでいるようである。

〈そうか〉

仁杉七右衛門は越後や信濃に人をおくってあれこれ調べ上げているのだ。お上はこういうことに人も金もさかない。仁杉七右衛門は多分自腹を切って人をおくり、調べ上げたのだ。それも雪が溶けてからだろうから最近のことで、正十郎も調べ上げられているようだと感づいて考え込んでいるのだ。

正十郎はおもむろに顔を上げていった。

「六十両です」

「百二十両ではないのか？」

「いえ六十両です」

「のこりの六十両はどうした？」

「蓄えがございました」

「どこにどう蓄えておいた？」

「それは申し上げられません」

「なぜだ？」

「他人《ひと》が聞いております」

「そうか。しかしおまえは商いは下手だし、元手にも不足するようになっていたのではないのか？」

「たしかにそうですが六十両くらいはまだもっておりました」

「ということは元手に不足していなかったということか？」

「そういうわけでは……」

「目安に嘘をしるしたのだな？　大切な御裏判をいただく目安をないがしろにしたのだな？」

「けっしてさようなことは……」

「まあいい。ところでここへでてくるにあたっては、いろいろ参考になるものを持参してきたであろうな？」

「もちろんでございます」

「商いの帳面も？」

「はい」

「株も？」

「といいますと？」

「株だ！」

「なんの株でございましょう？」

「越後頸城《くびき》組の者から買ったという株だ。代の留吉も徳蔵も、徳蔵はたったいまそう申しておった」

正十郎はそこでまた考え込んでいたが、

「株などもっておりません」

「もっておらぬ？」

「ええ、徳蔵や留吉が勘違いしてそう申したのでございましょう」

というものの正十郎の声はかすかに震えている。株を買ったかどうかまで調べ上げられるとは思いもよらなかったのだろう。

「なるほど。留吉や徳蔵が勘違いをいたしたか。するとおまえは株をもたずに、縮を抜け売りしようとしたのか」

「いえ、そういうわけでは……」

「徳蔵。そのほう、正十郎から受け取った六十両をどうしたと申した？」

「一部は仕入れにあて、十五両はわたしが遣い込みました」

「それで、正十郎に返す金を主人から立て替えてもらったとかなんとか申しておった……」

　徳蔵もからだに震えがきている。

「そうだな？」

「…………」

「どうなんだ？」

「…………」

「こたえられまい。こたえられるわけがない。主人の太郎左衛門はおまえに六十両など立て替えておらぬ」

　やはりそうだ。洗いざらい調べ上げたうえでの御糺《おただし》なのだ。

「おまえと連名で目安をつけられた件は、目安の手違いとかなんとかいってごまかしたそうではないか。太郎左衛門はそう申しておったそうだ」

　徳蔵は脂汗を流している。

「そうではないのか？」

徳蔵はひれ伏していった。

「恐れ入りましてございます」

「どう恐れ入った？」

「…………」

「縮の手付金六十両など、正十郎から、てんから受け取っていないのだろう」

「さようでございます」

「ならばなぜ目安にそんな細工をした？」

「…………」

「どうしてだ？」

「正十郎が……」

「正十郎がどうした？」

「正十郎がそうしたほうがいいと申しますので」

「なぜだ？」

「正十郎にお聞きくださいませ」

徳蔵はにげる。

「正十郎。どうなのだ？」

「はあ……」

といったきり正十郎も口をつぐむ。

「どうなのだ？」

「徳蔵さんにはいろいろお世話になったことでもあり……」

「なんの世話になった？」

「それは……」

「世話になったから目安をつけるのか？　おかしなことを申す」

「いやお世話になったのではなく、お世話していただいてないように見せかける……」

しどろもどろである。

「世話とは証文帳面買い漁りのことか？」

「そうです。あ、いえ……」

証文帳面買い漁りの実態も調べ上げているのだ。

「その話はまあ後回しにして、正十郎、そのほうは信濃に帰って、親からの六十両と自分の六十両、合計百二十両を都合して十日町村に戻り、徳蔵と奥松に手付金として六十両ずつ渡した。そうであったな？」

「……………」

「だが徳蔵は手付金の六十両など受け取っていないと申しておる」

　正十郎は顔を上げ、

「都合してきたのは六十両で、徳蔵さんに六十両を渡したというのはご明察のとおり間違いでございました」

「嘘をつきましたといいなおせ」

「ははあ。嘘をつきました。しかし奥松に渡したのはたしかでございます。いえ、ですから目安の一例だけ挙げればいい例に挙げているのでございます。証文もございます」

「奥松は欠落している。証文もたしかに奥松がしたためたものかどうかわかったものではない。謀書謀判は引廻之上獄門だ」

「謀書謀判など、とんでもございません」

「おまえたちがあの廻八判《まわりはちはん》を突きつけてやったことはわかっておる。訴訟人が代で召仕というのだ。わからぬほうがおかしい。のう留吉。おまえは正十郎の召仕どころか、いつもは名主長右衛門の家に詰めている、それまではぶらぶらしていた男と申すではないか」

留吉のことも調べ上げている。

「長右衛門。いつもはおまえのところの家に詰めている男が、ふだん弥介店に住んでいない正十郎の召仕とはどういうことだ？」

「ははあ」

とひれ伏したきり長右衛門もこたえない。

「しかもだ。ふだん弥介店に住んでいない正十郎の人別を、そのままにして見過ごしにしておる。なぜだ？」

「………」

「どうしてだ？」

「恐れ入りましてございます」

「正十郎。おまえはいったいどこに住んでいるのだ？」

「………」

「教えてやろうか。おまえは市ケ谷八幡門前に巣くっている破落戸《ごろつき》で、ふだんは八幡門前の矢場の裏二階に住んでおる」

なるほど、そういう素性の男だったのか。

「徳蔵。おまえは、正十郎は年に一、二度三国屋にやってくる、小間物の仕入先だと申した。そうだな」

「はい」

「正十郎は小間物商人なんかであるものか。三国屋の出店は市ケ谷にある。正十郎とは市ケ谷近辺で知り合ったのであろう」

「…………」

「おまえが越後のどこに、貸金や売掛の古証文や古帳面があるかを正十郎や留吉に教え、正十郎と留吉が越後にでかけていって古証文や古帳面を買い漁り、越後の者に同類（共犯）とさとられぬよう、おまえとおまえの主人《あるじ》太郎左衛門を相手のも目安にのせて公事訴訟におよんだ。そんなところだろう」

「…………」

「こういうことは公事慣れた知恵者がいなければできることではない。一件はいったい誰が頭取（主犯）だ？　おまえか、長右衛門！」

「滅相も」

「では誰だ？」

「正十郎がもちかけてきまして」

「正十郎とはどんな仲だ？」

「御箪笥町で小商いをしていた頃に知り合った仲でございます」

「正十郎！　おまえが頭取（主犯）か」

「いえ、わたしは徳蔵さんにどうかともちかけられまして」

「徳蔵、おまえか！」

「正十郎と話をしていたらなんとなくそんな話になったというわけで……。ですが、お伺いしますが、わたしたちがなにかわるいことでもいたしましたので？」

証文帳面の親兄弟以外からの譲受けに関する、天明八申《さる》年の評定所一座の申し合わせは、〝訴〟を受け付けないといっているだけで、わるいことだといっているのではない。徳蔵はそこをついて反論しているのだ。

仁杉七右衛門はしかしそれには相手にならず、

「おまえは正十郎と巧《たく》んで、大切な御裏判をいただく目安にありもしない嘘をしるした。それだけでも重罪だ。中追放《ちゆうついほう》はまぬがれぬ。それにおまえたちにはまだまだ糺さねばならぬことがある」

奥松を殺《あや》めているかもしれないということをだろう。

「正十郎と徳蔵は即刻入牢《じゆろう》を申し付くる。御奉行が帰ってこられるまで二人とも白州の隅に控えていろ」

そういって仁杉七右衛門は声を張り上げた。

「白州同心」

白州同心が仁杉七右衛門の前にひざまずいた。

「禿げ上がった四角い男と頰に刀疵のある男とを、隅に引っ立てていっておたがい口がきけぬよう離れ離れにすわらせろ」

庄平と立場がかわり、正十郎と徳蔵が白州の隅につれていかれた。

「名主の長右衛門と留吉には預《あずけ》を命ずる。どこにあずけるかは追って指示する。それまでは二人も白州の隅で離れ離れに控えていろ」

長右衛門と留吉もまた隅に引っ立てられていった。

「庄平。そのほうは嘘をつきとおしてお上を愚弄した。不届きである。一件が片づくまで宿の恵比寿屋に預を命ずる。恵比寿屋はその旨請書《うけしょ》をしたためてだせ。本日はこれまで。残りの者は引き取れ」

目安を一読しただけで、怪しげな匂いがただよっているとわかる出入（公事訴訟）だった。その出入を、〝名与力〟と名の高い仁杉七右衛門が担当することになったのは、役所も怪しげな一件だというのを先刻承知していてのことであろうと思った。

推測したとおりだった。仁杉七右衛門はおそらく雪が溶けるのをまってだろう、人を越後や信濃におくり、疑わしいことのすべてを虱潰《しらみつぶ》しに、なかんずく奥松の〝欠落〟についても詳しく調べ上げたにちがいない。

乳飲み子をかかえた女という旅人は目につく。三国道《みくにみち》や中山道《なかせんどう》、あるいは甲州街道あたりまで聞きまわって、そんな旅人はいない、江戸にはいっていない、奥松親子三人は殺されている、正十郎らが殺したにちがいない、そして百十四両も巻き上げたにちがいないと睨んで、正十郎らを別件で牢にいれ、これから本格的に調べ上げようとしているのだ。

そんなことを考えながら、鯉のぼりのひるがえっている午下がりの江戸の街を、ぶらぶら歩いて恵比寿屋にたどりついたら、立場が客から預にかわった庄平が頭を下げていった。

「なにぶんよろしくお願《ねげ》えしますだ」

第七章　寺男

一

梅雨の前の、夏になってしまったのではないかと思えるような、暑い日が四、五日つづいていた。

喜助は真っ裸になり、手入れのよく行届いた小さな泉水につかって遊び仲間と水遊びに興じている。半刻《はんとき》（一時間）はたとうというのに、いっこう飽きるふうでなく、縁側から声をかけてもろくろく返事をかえさない。

遊び仲間は喜助より一つ二つ歳下のようで、喜助はいつおぼえたのか、兄貴風を吹かせている。

「近くの子かい？」

喜兵衛は小夜にきいた。

「ええ」

「よく遊びにくるんだ？」

「きょうで三度目かしら。知り合ったのがごく最近ですから」

「ごめんなさいまし」

勝手口で女の声がする。

「千ちゃんのおっかさんだ」

と小夜はいって聞く。

「縁側へお通ししていいでしょう？」

なるべくなら家族水入らずでいたかった。小夜は通したいらしい。

「うん」

喜兵衛は気のない返事をした。

小夜は勝手口から裏木戸をまわり、女を案内してきていった。

「こちら、千ちゃんのおっかさん。なんておっしゃったっけ？」

「おまつです」

「そうそう、おまつさん」

女は姐《あね》さん被《かぶ》りにしていた手拭をとり、腰を低くおっていった。

「おまつでごぜえます。いつもいつも千吉が厄介《やっけえ》をおかけしてあいすみません」

丸くて愛嬌のある顔をしていて歳はまだ三十前と若そうだが、色が浅黒く、きのうまで野良にでて土いじりをしていたような女だった。

「おっかあ」

千吉が気づいたのだろう、おまつにむかって叫ぶ。

おまつは真っ裸で水遊びしている我が子を、庭にまわってきて見た瞬間びっくりしていたようだったが、そうさせているのは喜兵衛や小夜で、驚いた顔をして見せるわけにも叱りつけるわけにもいかないのだろう。

「おいたはしていないだろうね」

と意味もないことをいっている。

「うん」

「ご迷惑をおかけしちゃあいけねえよ」

水遊びに熱中している千吉はもう見向きもしない。

「縁側でなんですがおかけください」

小夜がざぶとんをすすめて、

「いま麦湯をおいれします」

と立ち上がった。

「どうぞおかまいなく」

おまつはそういって、喜兵衛にむかい、

「お午《ひる》になってもいっこう戻ってこねえ。それで、ひょっとしたらこちらさまにお邪魔しているのかもしれねえと、たずねてまいったような次第《しでえ》でございます。お休みのところお邪魔して申しわけござえません」

「まあおかけください」

おまつはざぶとんを押し戻し、遠慮がちにそっと腰を下ろした。

小夜が麦湯をもってきてすすめながらいう。

「お午《ひる》にはおむすびをにぎってあげたの。すみませんねえ、お知らせもしないで」

「なにをおっしぇえます。お世話をおかけするばかりで、こちらこそ本当にあいすみません」

小夜とおまつはどうでもいい世間話をはじめた。喜兵衛は肱枕《ひじまくら》をして寝転んだ。

「冷水《ひやみず》あがらんか冷《ひや》っこい、汲みたてあがらんか冷っこい」

冷水売りの声が聞こえる。喜兵衛は独り言をつぶやくようにいった。

「気の早い冷水売りだ」

「暑い日がつづいておりますでしょう」

と小夜がこちらをむき、

「すると早速出回るようになったのですよ」

「冷水あがらんか……」

声が近づいてきたかと思うと喜助ががばっと立ち上がり、駆けってきて、

「おっかあ、お足」

泥だらけの手をだす。

「だめです」

小夜が叱りつけるようにいう。

「お足といったのかい？」

喜兵衛は聞いた。

「うん」

喜助がうなずく。

「ご近所の子に教わったらしく、冷水売りがくるとこの子はお足、お足、とねだってきかないんですよ」

冷水売りが売る冷水には白糖と白玉がはいっている。こんな暑い日の子供にとって冷水以上の好物はない。

「よしよし、おとっつぁんがあげるから、泥を落として着物をきなさい。真っ裸で冷水売りを追っかけては人に笑われよう」

「おいらも」

母親似で、大福のように丸くて愛嬌のある顔をしている千吉もおまつにねだる。

喜助と千吉はお足を手に表に走っていった。

「わたしもこれで」

おまつも頭を下げて帰っていった。

勝手口までおくってでて戻ってきた小夜に聞いた。

「ご亭主はなにをなさっているお人なのかね？」

「正林寺で寺男をしておられるそうです」

「正林寺というのは？」

「いつか御浪人さんがはいっていかれたという花屋の話をされておられましたね」

「うん」

「あの花屋の前の寺です」

「ここいらのお人じゃなさそうだね」

「信濃だそうです」

「ご亭主も？」

「ええ」

江戸に出稼ぎにくる信濃者は少なくない。十一月から二月にかけての冬期で、江戸の者には大飯食いで知られているが、

「夫婦そろってとは珍しい」

「旦那さんが江戸に出稼ぎにいって帰ってこない。それで、連れ戻しにおまつさんも、二年前にやってきて江戸に住みつくようになり、旦那さんは一年前から正林寺で寺男として働いているんですって。それよりこの前お話ししましたよね、花屋の後家さんと花屋に居つくようになった川越の御隠居さんの話」

「ああ、それがどうか」

小夜はくすっと笑って、

「二人はできちゃったらしくて……」

隠居だろうと後家だろうと男と女だ。一つ屋根の下に住んでいればそうなっても不思議はない。

「たまにお会いすると、寝不足で頭が重くってとか、腰が痛くってとか、おのろけを聞かされるんですよ」

女どうしの色談義はあからさまで、そうとうきわどいと聞いている。あるいはもっと露骨なことを話し合っているのかもしれない。

「五十にとどこうという歳なんですがね。なんだか小皺《こじわ》もとれたようですっかり若返ってしまって」

「最後の一花を咲かせようというのだろう。けっこうなことじゃないか」

「老後の頼りになるのはお金だけだよっていってたのが、手の平を返すようにこの世は金だけじゃないよ、ですって」

そういって小夜はまたくすっと笑い、

「いつかおっしゃってましたよね、御浪人さんのこと」

「うん」

「御隠居さんとは昔からの碁敵《ごがたき》の、もと武州川越松平様の御家中だとかで、時々見えては碁をパチリパチリ打っておられるんだそうです」

喜兵衛は、将棋はさす。碁は打たない。というより打てない。浪人はともかく隠居のほうはなかなか高尚な趣味の持主らしい。

「さてそろそろ帰るとするか」

あれから五箇月になる。猫背に襲われたのはなにかの間違い、といまでは思っている。だが用心はおこたっていない。ここ万年町にも、日の高いうちにやってきて日のあるうちに帰る。

「たまにはゆっくりしていってくださっても……」

と小夜はときどきうらめしそうにこぼす。当分は致し方ない。

「仕事が立て込んでいるのだよ」

この日もそんな口実をいって万年町の家《うち》をあとにし、花屋の前、霊巌寺の前をとおり、御籾蔵《おもみぐら》と灰会所の間のさみしい通りもとおって馬喰町に戻った。むろん猫背は姿をあらわさなかった。殺気も感じなかった。

二

「お邪魔します」

亀吉が声をかけてはいってきた。忠助も嘉助もそれぞれ二、三人の客を相手にしている。十畳の間は込み合っている。

「ご免なさいまし」

亀吉は手刀を切るようにかきわけてきて、

「でられますか？」

喜兵衛は行事仲間から借りた裁許例を筆写していた。

これはという目安や返答書また裁許例などは、面倒なことだが筆写しておけば一つ一つが頭に刻み込まれる。なによりそのことは記録をのこしておくことになり、いろいろ役に立つ――。大津屋の先代、絹の兄のそんな教えを忘れず、喜兵衛は暇をみつけてあれこれ筆写していた。

結果として、「恵比寿屋の喜兵衛さんは公事訴訟事をよく知ってござる」と仲間内でも評判をとっているし、評判がつたわって客を呼ぶことにもなっている。

筆写の作業にとりかかったばかりでもあり、四つ（午前十時）の鐘が鳴ってすぐだ。外へでるには早すぎる。返事をためらっていると亀吉は小声で、

「治郎兵衛さんが、お会いしたいって」

おふじの父治郎兵衛が〝お会いしたい〟などといってきたことは、これまで一度もない。喜兵衛は首を傾げて、

「ここへは……」

「こられない事情がおありだ、といったら察しがつくでしょう？」

喜兵衛も声を落として、

「おふじさんのことで？」

亀吉はうんとばかりにうなずいた。

「わかりました」

喜兵衛は筆をおき、忠助と嘉助に、

「でかけてきます。午過《ひる》ぎには帰ってこれるでしょう」

といって亀吉とともに表にでた。

「刻限が刻限だからこれという店はあいておりませんし、治郎兵衛さんには奴床《やっこどこ》でまってもらってます」

奴床は、横山町の、喜兵衛所有の喜兵衛店《だな》へ、新道をはいっていく角にある。

「治郎兵衛さんはわざわざ……」

肩をならべて歩きながら喜兵衛は聞いた。

「ええ。今朝、大門通りの店《うち》まで見えて、喜兵衛さんに相談したいことがあるんですが、相談事は娘のことなので恵比寿屋さんには顔をだしにくい、お使い立てして申しわけありませんがって」

この刻限にこのあたりで落着けそうなところは、いささか遠いが元柳橋の馴染みの船宿くらいしかない。

奴床でまっていた治郎兵衛をさそい、「用がありますので」と気をきかせる亀吉と別れ、喜兵衛は治郎兵衛と元柳橋の船宿にむかった。

早すぎたが、船宿は気分よく大川を見渡せる二階の座敷に案内してくれた。はこばれてきた茶を飲んで、

「お達者のようでなによりです」

喜兵衛は挨拶がわりに声をかけた。

「達者だけが取り柄で……」

治郎兵衛は苦笑いしながらこたえて一服つけた。

治郎兵衛さんは安気《あんき》な人だから歳をとらない、と人は噂している。年に一、二度、通りで見かけるがたしかにそうで、もう還暦という歳なのにいつ見ても若々しい。そう思っていた。

面とむかうといやでも目にはいる。胡麻塩《ごましお》の鬢《びん》は白いもののほうが多くなっていて、目のまわりの皺も十分に年を刻んで相応に歳をとっている。着実に老人の貌《かお》にかわりつつある。やがて顔にしみもでき口元に縦皺も寄るのだろう。

あと何年かしたら自分もこうなる。老人になる。これはかりはさけることのできない人の宿命《さだめ》なのだと、ぼんやり考えていると、

「こんなことをご相談するのは、お恥ずかしいかぎりなのですが……」

といって治郎兵衛はつづけた。

「おふじに男ができたようで、どんな男かご存じでしたらお教え願おうと思いまして……」

亀吉はおふじのことでといった。おふじのことでなら、縁談のことだろうと思っていた。男のことだとは思いもよらなかった。

「なにか思いあたるふしでもおありなのですか？」

「泊まりはずっと一日交代ですよね？」

「そうですが……」

住込みの女中は六、七人いる。いずれも一季半季の奉公人で、通いの、おふじとおはつという女中が一日交代で恵比寿屋《やど》に泊まり、なにかがあったときの用にそなえていた。

「最近それがかわったということは……ありませんよね」

「といいますと？」

「泊まりが三勤一休というように」

「いいえ」

「半月くらい前からです。おっかさんの具合がわるくなっておはつさんが泊まれなくなった。当分の間わたしが三勤一休で泊まることになったと……」

「二人とも泊まりはずっと一勤一休ですよ」

「やはり」

治郎兵衛はうなずくようにいって、

「ですから帰ってこない一日は男のところにしけこんでいるのだろうと……。いえ、おふじももう歳ですから、男ができていいのわるいのといってるのではございません。でも相手によりけりで……。あ、いや、気にさわったらご免なさい」

糸のことが頭にうかんだのだろう。

「いいのです。そのとおりですから」

「それで恥をしのんで、こう伺いにまいったような次第でございます」

おふじの男、といえば思い当たるのは六助だ。

六助はしかし一月《ひとつき》以上も前に越後に帰っている。もう、二度とふたたび江戸にはやってこないだろう。おふじが六助に思いを寄せていたとして、おふじの恋は束の間の恋におわっていた、はずである。

　すると、おふじが思いを寄せていた相手は六助ではなかった……。おふじは、六助ではない、ほかの誰かに思いを寄せていた、ということになる。そういえば、おふじは相変わらず身の回りをかまっている。化粧っ気もぬけていない。それどころか、いわれてみればこのところ輝いてさえいる。

　そうだとして、ではほかの誰に思いを寄せている？

　これまではたいがい相手を見抜けた。目星をつけた男が相手だった。六助以外となると……思い当たらない。

「うかつなことで思い当たりません」

「そうですか」

　治郎兵衛は目を落とし、肩も落とした。

　おふじの相手は、かくかくしかじかのしっかりした確かな男です、とでもいってもらえると期待していたのかもしれない。

「ご注文をうかがいにまいりました」

　女中がやってきていう。酒と一汁五菜の午《ひる》の膳をたのんで喜兵衛はいった。

「おふじさんがどういう心根《こころね》の娘さんか、親御さんを前にして申し上げるのもなんですが、わたしはまあ知っているつもりです。男に狂うような娘さんではありません。外泊も事情《わけ》があってのことで必ずしも男がらみのこととも思えませんし、間違ってそうであったとしても、お糸の相手のように妙な男ではないでしょう。とにかくわたしにおまかせください。いいように取り計います。ですから、それまでは治郎兵衛さんもどうか、見て見ぬふりをしていてください。事を荒立てないようにしてください」

「お世話をおかけします」

「とんでもありません」

そのあと、軽く杯をかたむけながら午の膳をいただき、連れ立って表にでて、米沢町一丁目の角で、柳橋に用があるという治郎兵衛とわかれた。

午の膳を食べていたときも、米沢町一丁目の角まで歩いているときも、一人になってからも、相手はいったい誰だろう？　と喜兵衛は思いをめぐらせた。

六助以外の顔は思い浮かばなかった。

三

有体《ありてい》にいえば色事だ。見境なく誰彼に確かめると、おふじはかかなくていい恥をかく。さりとて、誰かにあとをつけさせたり、嗅《か》ぎまわらせたりするのも気がすすまない。自身でそうするのはなおのことだ。もちろん本人に聞くのが手っ取り早い。だが、本当のことをいうかどうかわからないし、せっかくの恋路を邪魔するようで、それも気がすすまない。

わたしにおまかせください、いいように取り計います、と治郎兵衛に請け合ったが、意外にいい思案がうかんでこなかった。

まあしかしおふじのことだ。めったと妙な男にひっかかってはいまい。そのうちいい思案もうかんでこよう。

この日も万年町でごろりと横になり、ざぶとんを枕に庭を見ながらそんなことを考えていると、

「似合うと思うのですけど、袖をとおしてみてくださらない？」

隣の部屋でなにかごそごそやっていた小夜が声をかける。

喜兵衛はごろりとからだを反転させた。

小夜は単《ひとえ》をひろげながらいう。

「縮《ちぢみ》です」

珍しくもないが、

「どうしてそんな高価なものを？」

「それが高くなかったんです」

「というと？」

「呉服屋さんでは一反一両くらいするそうですが、元値だとおっしゃる二分と一朱でわけていただいたのです」

「誰に？」

「おまつさんに」

「おまつさん？」

「この前見えたでしょう。信濃の」

「ああ、千吉とかいう坊のおっかさん」

「いつも倅が坊ちゃんにご親切にしていただいております。ご挨拶がわりといってはなんでございますが、この前親戚の者が立ち寄って土産にとおいていったものです。元値で結構でございますので頂いてくださりませんかって」

「おまつさんは信濃のどちらなんだい？」

「飯山《いいやま》の近くですって」

「飯山が、あっても江戸に食いに出る、の飯山だね？」

「そうだそうです」

飯山はたしか、信濃では千曲川といっている信濃川の川沿いで、下っていけば越後の十日町村にでる。十日町村は縮の集散地だ。六助の一件でそうと知った。だから、飯山の者が縮を江戸への手土産にしても不思議はないが、縮は飯山の者にとっても高価なものにちがいない。手土産においていったり、元値とはいえあっさり人にゆずったりするものではないだろうに……と頭をひねっていると小夜はくったくのない様子でつづける。

「おかげさまで手もすっかり治り、針仕事に不自由はしません。それですぐに仕立てたんです。おまつさんも……」

「まった」

喜兵衛は手で制した。

おまつとおすぎ——。似ている。

伜の千吉は……、生まれてまる三年ばかりの子のようだ。乳離れのわるい子なら一年前は乳飲み子であっても不思議はない。

すると、正林寺とかで寺男をしている亭主は、奥松ということにならないか……。

「どうかなさったのですか？」

きつい顔をしていたのだろう、小夜が心配そうに聞く。

「どうもしないが、おまつさんのご亭主の名は？」

「なんという名だったか……」

「奥松とかそんな名では？」

「いえ。でもどうして？」

「いや、なんでもない」

「そんなことより、袖をとおしてみてくださいな」

「うん」

喜兵衛は立ち上がり、単《ひとえ》と襦袢《じゅばん》を脱いで、下帯一つの素肌に縮をまとった。肌に感じる風合は糊をきかせた木綿とかわりない。だがさすがにこしと微妙な光沢があって、品がよく、気分もしゃきっとひきしまる。

「やはり分不相応だ」

「家《ここ》でお召しになればいい」

「かしこまってかい？」

「浴衣をお召しになるおつもりで」

「浴衣はやはり木綿がいちばんだよ」

そういいながら着替えているところへ、

「ごめんなさいまし」

勝手口で声がかかる。

「噂をすればなんとかで、おまつさんだわ。千ちゃんを探しに見えたのよ」

あらためておまつの顔をじっくり見てみたいと思った。小夜と一緒に勝手口に顔をだすのも妙だ。

「礼をいっといておくれ」

小夜の背中に声をかけた。

小夜は勝手口から表にでてしばらくおまつと話し込んでいたようだが戻ってきて、

「千ちゃんはお午を食べて表にでてったきり、一刻半《いっとき》（三時間）も帰ってこないんですって。喜助もそのくらい帰ってきませんから、多分喜助にくっついてのことなんでしょうが、おまつさんが心配してますのでわたしも一緒に探してきます」

「遊びに熱中しているんだよ。子供はみんなそうだ。心配することはない」

「とにかくちょっとその辺をまわってみます」

小夜は勝手口からでていった。喜兵衛はまたざぶとんを枕にごろりと横になった。

おすぎと乳飲み子と奥松、の親子三人が欠落《かけおち》したのはちょうど一年前で、越後の者が欠落するとすれば、欠落する先はまあだいたい江戸ということになり、三人が深川のここらあたりに身を潜めていても不思議はない。

だが、仁杉七右衛門は草の根をわけるように、三人の行方を追ったはずで、欠落の形跡などまるでないと確信できたからこそ、正十郎や徳蔵を牢にぶちこみ、殺しの疑いでいま調べなおしておられるのだ。このところ庄平に御呼出がないから詳しい事情はわからないが、なんでも彼らへのお取調べは峻烈をきわめているのだという。

とは思うものの、
おまつに千吉に寺男――。

おすぎに乳飲み子に奥松――。

重ね合わせると、影はぴったり重なり合いそうである。

おまつが、故郷《くに》からの土産にしては高価な縮をおすそわけしてくれたのも気になる。奥松がことのついでに縮を何反か持ち逃げし、それを故郷《くに》からの土産といつわっておすそわけする、というのは大いにありうるからだ。

故郷がまた飯山で、飯山が信濃でも千曲川沿いの十日町村に近い村というのも気にかかる。故郷はどこだと聞かれるのを想定し、あまりいいかげんなこともいえないから、なんとなく国境《くにざかい》をこした先の村にした、というのもまた大いにありうるからだ。

すると寺男はやはり奥松……。

そうだとしたら……、あの、見るからに一癖も二癖もありそうな信濃の正十郎や、三国屋の番頭徳蔵、また二人とつるんで〝仕事〟をしたらしい名主の長右衛門、青瓢箪の留吉らは、まるで身に覚えのない、〝奥松殺し〟という冤罪をひっかぶされていることになる。

これから伝馬町の囚獄も長い梅雨にはいる。ほとんどの者が湿《しつ》におかされ、皮膚がただれる。吐気をもよおすほど醜くなると、牢名主の気分一つであの世におくられる。

梅雨をこすと、今度は寝苦しい猛暑が襲ってくる。弱っているからだに病魔はしのびより、容赦なく命を奪う。徳蔵のような頑健なからだでも、あっけなく病魔にねじふせられてしまう、ということだってなくはない。

伝馬町の囚獄は目と鼻の先だ。客からたのまれて牢内に付届をおくるなど毎度のことで、囚獄の実体は知りすぎるほど知っている。冤罪をひっかぶされ、死罪を言い渡される前に正十郎と徳蔵が死んでしまわないともかぎらない。

正十郎や徳蔵は、古証文や古帳面を買い漁って詐欺まがいのことをやった碌《ろく》でもない奴らだ。ことに正十郎は市ケ谷八幡門前に巣食っている破落戸《ごろつき》というから、多くの人を泣かしてきた蛆虫《うじむし》のような男にちがいない。だが、だからといって見過ごしにしていいというものでもない。寺男が奥松らしいという疑いがある以上、いちおうは「恐れながら」と訴えでて、助けられるものなら助けるのが人の道というものである。しかし、寺男が奥松であったとして、「恐れながら」と訴えでると、奥松とおまつ、いやおすぎは間違いなく死罪になる。

盗みでも十両以上は死罪だ。奥松のはかゝたりである。かゝたりは一両以上が死罪。たゝちは盗みより一段わるい。ともに欠落したおすぎも同類（共犯）とみなされ、あの丸くて土くさい、愛嬌のある顔も容赦なく首から真っ二つに落とされる。

縁座（連座）は主殺《しゅごろし》、親殺《おやごろし》など重い科《とが》をおかした者の子にかぎられている。かゝたりの子にはおよばない。とはいえ千吉は、親類縁者の誰かに引き取られて越後に帰ることになろうが、親類縁者をはじめ周囲《まわり》の冷たい目にさらされ、両親《ふたおや》が死罪にあった者の子として、一生を罪人のようにおくらされることになる。

喜助はそのことをどう思うか。物心ついてはじめて知り合った弟分が、両親を死罪でうしない、一生を罪人のようにすごす。長じて宿の親父になり、詳しく事情や背景を知ることになるだろうが、知るとそのことをどう思うか……。

それやこれや考えると、「恐れながら」などと訴えでないほうがいい、見て見ぬふりをするのがいい、ということになる。

いやいや、考えすぎだ。仁杉七右衛門に抜かりがあろうはずがない。いらざる思いすごしだ。それよりおふじのことをどうするか。そっちを考えなければいけないのだと、思いなおしたところへぽつりぽつりと雨がおちてきた。

梅雨の前触れのような粒の大きな雨だ。

見ると洗濯物が干してある。取り込みにでたところへ、ざあーと降りはじめ、

「ほらひどい雨になったでしょう」

という、喜助をむりやり連れ帰ったらしい小夜の声が塀の向こうから聞こえてきた。

四

格子戸をがらりとあけた。小夜は、

「お帰りなさい」

といつものように迎えたがそのあと、首をひねりながらつづけた。

「きのうのことです。喜助がいつものように千ちゃんを誘いに源助店にいったら、千

ちゃんもおっかさんもいなかったたって。留守じゃないのって聞くと、留守のようじゃねえって。すぐに駆けつけて、鍵がかかってるものですから隙間から覗いてみると、家の中は片づいてなくてなんだかとてもとりちらかっている。近所の方には信濃の田舎で不幸があったからと、親子三人であわただしく旅立っていったというのですが、それが夕刻なのです。変でしょう」

「親子三人あわただしく旅立っていった？」

喜兵衛は玄関の三和土《たたき》に突っ立ったまままくりかえした。

「ええ」

すると、寺男はやはり奥松。おまつはおすぎで、千吉は乳飲み子だった……。

そうと誰かにさとられて、親子三人はとるものもとりあえず逃げだした……。

「源助店は？」

小夜は首を傾げて、

「なにか関わりがおありなのですか？」

「事情はあとで話す」

「裏からまわるとすぐなんですけど……。ご一緒しましょうか？」

「いや。一人でいく」

「いったん表通りに戻られて冨岡橋のほうへまがり、一つ目の新道をまた中にはいっていった先、木戸門の中です」

喜兵衛は踵を返して源助店《だな》にむかった。

木戸門には姫糊《ひめのり》や八卦見《はっけみ》、本道の医者や祈禱師《きとうし》の木札や看板がにぎやかに並べて掲げてあり、端に「源助店」と木札が釘で打ちつけてあった。

木戸門をくぐるとすぐに井戸があり、井戸端で腰にたっぷり肉《しし》のついた女が一人で洗濯をしていた。

「おまつさんて方の家《うち》はどちらでございましょう？」

喜兵衛は女に聞いた。

「角から二軒目ですがおられませんよ」

女は手を休めずにいう。

「店替《たなが》えでもなさったのですか？」

「いえ不幸があったから故郷に帰ることになったと……」

「つかぬことをうかがいますが、おまつさんのご一家は名主の送り状も寺送りも持参してこられて、こちらにお住まいなので？」

岡っ引の聞き込みだとでも思ったのか、女は怪しむようにちらりと見上げ、

「人別はまだ信濃の故郷においてあるそうです」

岡っ引と思うのならそう思ってもらったほうが都合がいい。喜兵衛は今度は詰問するような口調で聞いた。

「ではどうしてこちらに？」

「角から二軒目の家は、正林寺の御住職が梵妻《だいこく》さんを住まわせておられた家《うち》で、おまつさんのご亭主は正林寺の寺男をされておられます。それでしばらくの間ならとお家《いえ》主《ぬし》さんも大目にみて、おまつさんはあそこに住んでいるんです。でもそれがなにか？」

女は、興味をもったようで、手を休めて聞く。喜兵衛は聞かれたことにはこたえず、

「いやどうもありがとうございました」

と礼をいって、寺町通りのほうに足をむけた。

「ふんっ、なんだい、聞くだけ聞きやがって」

女のそんな科白《せりふ》が背中にひびく。

喜兵衛は無視して源助店を突っ切り、寺町通りにでた。

寺男、奥松のことをさてどう確かめたものかと、思案しながら正林寺にむかってい

ると、辺りをきょろきょろ見まわしている、挙動不審の男が目にはいった。

見覚えのある姿形の男だ。まさかと思って後ろ姿を窺《うかが》った。

間違いない。

喜兵衛は挙動不審の男の肩に手をかけていった。

「しばらくですね」

男はぎくっと肩をすくめ、振り返っていった。

「なんだ、旦那さんじゃないですか」

「なんだ、じゃないでしょう」

喜兵衛はそういって、

「どうしてこんな所に？」

「どうしてというわけでも……」

といいながら男、比角村の六助は用心深く口をへの字にむすんだ。

見ると、右目の回りにどす黒い痣《あざ》をつくっており、口元も切れていて腫《は》れ上がっている。

「どうしたんです。その顔？」

六助はむすんだ口をひらかない。

〈そうか〉

なぜこんな所にいるのか、わかった。

喜兵衛はだんまりをきめこもうとしている六助にいった。

「あなたの探し物をあててみましょうか?」

六助は押し黙っている。

「あなたの探し物は奥松」

六助は目をまるくして、

「どうしてわかっただ?」

まったくこれだから公事訴訟人は本当に油断がならない。とくに在の者がそうだ。在の者を相手にすると、つい在の者となめてかかり、気を緩め、たかを括《くく》ってしまう。あとで気づかされるのだが、六助のように在の者のほうがよほどしぶとい。

「旦那さんは奥松がどこにいるか知っているだか?」

喜兵衛は六助がそう聞くのを無視して、難詰するようにいった。

「それにしても、あなたはひどいお人だ」

「どうして?」

六助は口をとがらせる。

恵比寿屋にやってきてすぐ、六助は何度か口をとがらせた。あのときはかわいげに見えた。いまはむしろ憎々しげに見える。

「あなたは去年の暮頃から奥松を追っかけていた？」

その頃から六助はしきりに出歩くようになった。組頭の吾作はそういっていた。

「そうですね？」

六助は隠しきれないと思ったのか、こくりと首を縦にふる。

「わたしにはなにもいわずに」

六助は悪戯《いたずら》がばれた子供のように首をすくめる。

「とにかくいきさつを詳しく聞こうじゃありませんか？」

「おらは急いでおりますだ」

六助は逃げるようにいう。

「急いでおられる理由も聞きたい」

喜兵衛は行く手に立ちはだかるようにいい、

「ついてきなさい」

六助の肩をむんずとつかみ、引っ張るように霊巌寺門前町の茶屋までつれてきて、腰掛に腰を下ろした。

麦湯と、六助に甘酒をたのんで喜兵衛は聞いた。

「奥松親子が江戸にきているというのを、あなたは最初から知っていたのですか？」

六助は首をふる。

「ではいつ、どうして知ったのです？」

「師走にはいる前の……」

と六助はぼそぼそ口をひらく。

「訴訟人の代留吉が越後からもどってこず、一箇月まてと当番所の御役人様にいわれてまっていたときのことだべ。話のたねにと吉原を覗き、いえ見倒しにするというやつだ、上がったわけではねえ」

たしかに金遣いはあらくなかった。

「つづいて深川七場所も話のたねにと新大橋をわたってここいらを通りかかったとき、子供をおぶった日向《ひなた》くさい女を見かけただ。子供をおぶった日向くさい女など江戸にはごまんといる。そのときは気にならなかった。だがあとになってどうもすぎではないかと思えてきた。おらは自慢じゃねえがカンはいいだ。それで、また行き会わねえだかとここいらをうろうろしはじめ、そのうち評定所で初《はじめて》公事《くじ》合《あい》、御番所で仁杉様の公事合とつづいて故郷《くに》に帳面の清書にもどることになった……」

「あなたが故郷に帰りたがらなかったのは、おすぎを探しつづけたかったからなのですね？」

「うんだ」

六助はうなずいて、

「故郷に帰《けえ》って兄ちゃんに、すぎの姿形や年恰好を詳しく聞いてみると、深川で見かけた女はすぎにそっくり。それで、江戸にまたでてきて、詮議などほとんどなくぶらぶらしているような毎日だっただから、この辺《あた》りを探しはじめ、兄ちゃんとかわっていったんは故郷《くに》に帰っただが、またすぐにでてきて探しはじめただ」

「なら、どうして、そのことをわたしの耳にいれてくれなかったのです？」

「覚えておられるだか？」

六助は顎を突きだし、食ってかかるようにいう。

「なにをです？」

「いっとう最初のことだべ。旦那さんはこういわれた。勝っても金を払わなくてすむということで、おらほうは金にならねえ、おらほうには一銭もへえらねえ、つれえ公事訴訟だ、そういうつれえ公事訴訟をするのだとはっきり自得しろと……」

たしかにそんなふうなことをいった。

「奥松は合計百十六両を懐に欠落している。路用雑用にかなりをかけたとしても五十両や六十両はまだもっているにちげえねえ。奥松をとっ捕まえると未収になっている五十六両を取り戻せる。だがそのことを旦那さんに打ち明けると、奥松は御番所につきだされ、取れるものも取れなくなってしまうかもしれねえ。それで旦那さんには内緒でこっそり奥松を探してただ」

「恵比寿屋で預になっている兄さんにそのことは？」

六助はうつむいてこたえない。

〈なるほど……〉

おふじの相手というのはやはり六助で、身動きのできない庄平とはおふじをつうじて連絡を取り合っているのだ。

「で、すぎは見つかった？」

「五、六日ほど前にやっと。ただ家《うち》に子供はいるが奥松らしい男を見かけねえ。それで、すぎをそれとなく見張っていると、ときどきそこの正林寺に出入りする。梵妻《だいこく》という柄じゃねえ。ひょっとして中に奥松がいるのじゃねえかと、今度は正林寺を見張っていると……」

奥松が正林寺の寺男だったというのを、六助はまだ知らないらしい。

「おとついのことだべ、やにわに男が一人、人気《ひとけ》のないところで襲いかかってきて、おまえがうろうろしはじめたから感づかれた、逃げられてしまった、この野郎、馬鹿野郎と、ぶつ、蹴る、殴るでこんな顔に……」

「男はたしかに、おまえがうろうろしはじめたから感づかれて逃げられてしまった、といったのですね？」

「うんだ」

するとほかにも奥松を見張っていた男たちがいたことになる。一体これはどういうことだ？

「誰に襲われたか。あなたに思いあたるふしは？」

「ねえ」

六助は首をふる。

「どんな様子の男でした？」

「どんな様子といっても……」

「なんでもいい。特徴を思いだしてください」

「三十すぎくらいなのに胡麻《ごま》塩《しお》頭だったような……」

「図体は？」

「でかいほうではねえだが、めっぽうつよくって」

「十手をちらつかせておりませんでしたか？」

「いいえ。でも十手持がそうしているように、蒸し暑いのに紺木綿《こんもめん》のどんぶりを腹にかけてただ」

「とにかく堅気のようには見えない？」

「うんだ。崩れた感じの男だった」

そんな男がなぜ奥松を見張っていた？

「もう一杯《いっぺえ》いただいていいだか？」

喜兵衛はうなずいた。六助は手をたたき、婆さんに声をかけた。

「甘酒をもう一杯」

六助は、二杯目をうまそうにすすって、

「したが旦那さんはきょうまたなぜここへ？」

「近くに用があって」

とだけいい、逆に、

「あなたは？」

気になるのか血糊が固まったばかりの疵口を手で押えながら、

「奥松親子がなにか手掛かりをのこしていねえかと思って……」

奥松をまだ追おうとしているのだ。そこがまあ在の者のしぶといところといおうか、つよいところでもある。

「宿は？」

「故郷の者が霊岸島の湯屋ではたらいているだから、そこに厄介《やっけえ》になっておりますだ」

六助はそういい、

「旦那さん」

とあらたまった。

「なんです？」

「おらを恵比寿屋の下代にしてもらえねえだか？」

喜兵衛は六助の顔を覗き込むようにしていった。

「そんなことより、あなたはわたしに、断っておかなければならないことがあるんじゃないんですか」

六助はみるみる頬を染めて、

「おふじさんに聞いただか？」

「おふじがそんなことというわけがない」

「ではなぜ知っておられるだ？」

喜兵衛はこたえず、

「あなたはどうするつもりなんです？」

「下代として働かせていただいておふじさんと所帯をもとうと……」

「おふじもそれをのぞんでいる？」

「いえ、おふじさんの考えはちがうだ」

「どう？」

「こんなことをいっていいものかどうか……」

六助はためらっている。

「聞かせてください」

「おふじさんは、用がすんだら越後にお帰りなさいって、おらに……」

これがおそらく最後の機会と、腹をくっておふじは六助に身をまかせたが、添いとげられぬ恋と端《はな》からきめてかかっているのだ。哀れといえば哀れな話である。

「でもおらはおふじさんと所帯をもちてえのです」

「四つも五つも歳がはなれている」

「そんなことは問題じゃねえ」

「おふじには治郎兵衛さんという養わなければならないおとっつぁんがいる」

「ですから共働きで下代として働かせていただければと……」

「恵比寿屋《うち》でですか？」

「ええ」

「夫婦《めおと》の一方が女中頭で一方が下代見習として、おなじ宿ではたらくというのはどうでしょう。ほかの使用人へのしめしもあります」

「だったらどこかほかの宿にお世話いただくというのは？」

「もともと下代という仕事が特殊でそうそうあるわけでなし、かりにどこかの宿の見習にお世話することができたとしても、住込みです。通いはゆるされない。給金などというのももらえない」

「おふじさんにまってもらいます」

「七年も八年もですか？」

六助は首をうなだれる。

「おふじは三十をこす大年増になってしまう」

「…………」

「いずれにしろおふじには負担が重くなるだけです」

「おらは自分でこういうのもなんだが下代の仕事が適《む》いていると思うし、おふじさんともうまくやっていけると思うだがやはりだめなのかなあ、この話……」

おふじのためになるなら手をさしのべてやりたい。だがこの話は無理がある。無理な話はこわれやすい。手をさしのべないのが親切ということだってある。

「それより故郷じゃそろそろ田植の時期でしょう。兄さんも江戸で足止めを食っているというのに田植はどうするのです」

「気にはなっているだが、小作がいねえこともねえし、引き続き奥松を探しまわるだ」

さすがにしぶとい。

「念のため聞いておきます。厄介になっておられる湯屋は霊岸島の？」

「川口町です」

「おふじにはきょうのこと内緒にしておいてください。わたしが知ったと知れば気恥ずかしい思いをするでしょうから」

「わかりましただが、下代にしてもらいてえという話は？」

蒸し返されて喜兵衛は、

「考えさせてください」

とにげた。

六助はこのあとも正林寺のまわりをうろうろするつもりでいるようである。喜兵衛はいったん万年町の家《うち》に戻ることにして立ち上がった。

五

つまらぬことは聞かせぬがいい。小夜にはあたりさわりのないことしか話さなかった。

一刻《いっとき》（二時間）くらい時間をつぶして正林寺に直行した。

山門をくぐると、突き当たりに本堂があり、右手に庫裡《くり》がある。

庫裡は戸があけはなたれていた。

「ごめんなさいまし」

喜兵衛は土間に足を踏みいれた。

「どなたかな？」

納所《なっしょ》らしい坊主がでてきた。

「馬喰町二丁目の旅人宿恵比寿屋喜兵衛と申します」

隠さなければならないことでもない。喜兵衛は正直にそういって、

「じつは万年町の源助店にお住まいだったおまつさんと、いささかの関わりがございまして、いえ妙な関わりではございません。おまつさんに、故郷の者からの土産だという高価な縮を安くわけていただいたのです。なのにまだお礼を申しておりません。それで、ご亭主がこちらで働いておられたとか聞いておりましたので、不幸があって帰られた先というのを、ご存じならお教えいただこうとうかがったような次第でございます」

「いやそれが、故郷は信濃の飯山と聞いておるんですが、飯山のどことは聞いておらぬのです」

坊主は頭をかきながらいう。

「人宿《ひとやど》はどちらでございますか？」

「人宿の口入ではないのです」

「と申しますと？」

「当寺に出入りしている舂米屋《つきごめや》の、なんといったか、越後から出稼ぎにきている若い衆の世話で……」

「春米屋はなんという屋号の店で、どこにあるのでございましょう？」

「今川町の仙台堀沿いで、屋号は越後屋です」

「ありがとうございました」

喜兵衛は頭を下げ、

「ところで……」

と聞いた。

「ご亭主の名前はなんと？」

「市蔵です」

さすがに市松とか奥蔵とかの、さとられやすい名はさけていた。

「お世話をおかけしました」

もう一度頭を下げて喜兵衛は正林寺をあとにした。

江戸に出稼ぎにでるには地頭領主の出稼ぎ許可状がいる。奥松のように事情があって許可状を携えていない者は、江戸にいる地縁血縁《ちえんけちえん》をたよる。

越後屋のなんとかという若い衆もきっと奥松の地縁血縁にちがいない。

たずねていって聞くとはたして奥松と同郷の、刈羽郡大沢村の男で、

「奥松がたずねてきて仕事を世話してくれろというだから、かねて寺男をとたのまれ

ていた正林寺に世話しただ」

と口入のいきさつを説明した。

「かたりの欠落者なのです。ご存じでしたか？」

尋問するように聞くとびっくりした様子で、

「知らなかっただ。知っていれば世話などしねえ」

夫婦そろっての欠落者である。怪しいと疑えば疑える。あるいは鼻薬をきかされ、知っていて知らぬふりをしていたのかもしれない。

「またどこかへ逃げたようなのです。心当たりは？」

「とんでもねえ」

同郷の男に調べの手がまわるというのを、奥松は先刻承知だ。世話になったこの男にも内緒で逃げたにちがいない。心当たりがないというのはまあ本当だろう。

「お手間をおかけしました」

喜兵衛は礼をいって春米屋をあとにした。

〈寺男はたしかに奥松だった。そうと知って、さてこのあとどうすればいい……〉

関係のないことだとして、見て見ぬふりをするのがいいのか――。

見て見ぬふりをするのがいい、ということはこの世に数かぎりなくある。これもその類かと思える。

だが、このままにしていると、正十郎に徳蔵、長右衛門に留吉は冤罪をひっかぶされる。牢にいれられている正十郎と徳蔵は、取り調べられている最中に、命を落とすということだってないわけではない。

仁杉七右衛門に「恐れながら」と訴えでると、彼らは少なくとも冤罪からは逃れられる。

仁杉七右衛門はどうする？　奥松が生きているとわかれば、ただのかたりの欠落だ。興味をうしなおう。

奥松親子三人に追っ手は？

かたりの欠落者に親類縁者や町村役人へ〝尋《たずね》〟の申しつけはない。かりに〝尋〟の申しつけがあったとしても面倒なことだ。御公儀から御咎めをうけるわけでもない。親類縁者や町村役人はとぼけて探しまわらない。むろん御公儀が〝尋〟の御触《おふれ》をだすなどということもない。御公儀が人相書でもって〝尋〟を触れることはあるが、それは主殺や親殺など重罪犯にかぎられている。

岡っ引が目の色をかえて追っかける、ということもない。どこからも一銭も謝礼のでない、奥松のようなかたりの欠落者など、たとえお上《かみ》から命ぜられても岡っ引は追つかけたりしない。

奥松を追っかけているのは六助と、正体の知れぬ三十前後の胡麻塩頭だが、正体不明の胡麻塩頭はともかく、六助は、訴えるとか訴えないとかに関わりなく、このあとも追っかける。

であれば、「恐れながら」と訴えでても、得をする者はあっても損をする者はいない、ということになる。

喜兵衛は仁杉七右衛門の屋敷に足をむけた。

いやまて、一晩じっくり考えて、と思いなおして踵をかえした。

第八章　川突き

一

喜兵衛は夕刻、八丁堀にむかった。

年始に何度もたずねている仁杉七右衛門の屋敷は、間口が三十間あまりの、四、五百坪もあろうかと思える、八丁堀では宏大な屋敷だ。冠木門《かぶきもん》をくぐって取次に名を名乗り、

「大事なお話がございます。仁杉様にお会わせください」

と申し入れた。

「ならぬ」

取次の返事はにべもない。

吟味方与力は賄賂《わいろ》などを取り次ぎそうな、宿の親父との接触をきらった。「宿の親父の面会申し入れなどけっして取り次いではならぬ」、とこれは仁杉七右衛門の取次にかぎらない、吟味方与力の取次は全員厳命されているようで取次はにべもなくこばんだ。喜兵衛はねばった。

「手心をくわえていただきたいというような用件ではございません。お取り次ぎを」

と腰をすえた。

薄暗くなって仁杉七右衛門は麻裃《あさかみしも》姿で帰ってきた。

喜兵衛は客間にとおされた。着替えてあらわれた仁杉七右衛門は喜兵衛の話を、あきらかにびっくりした様子で、

「まことか？」

「たしかだな？」

と合いの手をいれながら聞いていたが、喜兵衛が話しおわると、

「うーむ」

と唸って腕をくみ、独り言をつぶやくようにつづけた。

「あれほど調べさせたのに……。どこにどう抜かりがあったのだろう？」

仁杉七右衛門は筆と紙を手にとった。

「書き取っておきたい。奥松が寺男として働いていたのは、深川の寺町通りの正林寺だな？」

「さようでございます」

「同郷の男が働いている春米屋は今川町の？」

「仙台堀沿いです」

「屋号は？」

「越後屋」

「わかった」

そういうと仁杉七右衛門は御白州でとおなじぶっきらぼうな口調でつづけた。

「いずれ挨拶する。ご苦労だった」

帰れということだろうが、

「いま一つ」

と喜兵衛はいってつけくわえた。

「何者かが奥松を見張っておりました」

仁杉七右衛門は眉をしかめて、

「六助以外に？」

「はい」

「どういうことだ？」

喜兵衛は六助が語って聞かせた、六助が襲われた様子と、三十前後の胡麻塩頭の人相風体を詳しく申し立てた。

「たしかに妙な話だ。だが一体誰がなんのために？」

と仁杉七右衛門はまた腕をくんでしばし考え込んでいたが、

「きょうはほかにもさしせまった用がある」

帰れ、といま一度うながされて喜兵衛は仁杉七右衛門の屋敷をあとにした。

二

二日後、庄平に御差紙がついた。

正林寺の寺男が奥松だったなどというのは、一日で確かめられる。素早く確かめたうえでの庄平への呼出のようだった。

仁杉七右衛門はどう対応するか。興味は大いにある。

喜兵衛は当日、霧雨のような冷たい雨がそぼ降る中を、庄平につきそって南の御番所にむかった。

雨の日は筵を敷けない。門内にはいりきれない者は門前広場で傘をさし、突っ立ってまつ。足は棒のようになり、しゃがみこむ者も少なくない。

呼出が遅くなるとつらい一日になる。それも仕方がないと覚悟をきめてまっていると、

「四ツ谷塩町手付金出入一件の者」

思いがけず一番に声がかかった。喜兵衛は庄平と差添人の老人とともに公事人溜にはいっていった。

訴訟人の側は正十郎も徳蔵も名主の長右衛門も顔が見えない。青瓢箪の留吉と家主が呼びだされているだけだった。

ふたたび呼出の声がかかって、訴答両者はいつものように仁杉七右衛門の前にひざまずいた。喜兵衛もひざまずいた。

頬を冷たい雨がうつ。喜兵衛は懐から手拭をとりだし、水滴をそっとぬぐった。

「留吉」

仁杉七右衛門が声をかける。

「おまえの主人《あるじ》と称している正十郎と三国屋の番頭徳蔵が知り合ったのは、徳蔵が市

ケ谷の出店で働いていたときのことで、古証文古帳面の買い漁りは、古証文や古帳面が越後のどこにあるか知っている徳蔵が正十郎にもちかけ、正十郎がまたかねての知合の、公事訴訟にくわしい塩町の名主長右衛門にもちかけてのことだというのは、その後の調べで正十郎も徳蔵もみとめた。それについてだが、おまえはどんな役割をはたしていた？」

留吉への尋問はどうやらこの日がはじめてらしい。

「わたしはなにかと長右衛門の厄介になっておりましたので、長右衛門に命ぜられるまま正十郎とともに越後にでかけ、十日町村を中心におよそ七、八箇月、遠くは越後一の宮弥彦《やひこ》神社の近く、三嶋郡《みしまごおり》吉田村あたりまででかけていって、古証文や古帳面を買い漁りました」

よってたかって目安に嘘をしるした罪は逃れようがない。

もはやこれまでと観念したのか、あるいは罪を軽くしてもらおうという魂胆からか、根っからの悪人でもないらしい留吉は素直にすらすらこたえる。あるいはそのことを見込んで、再尋問の一番手に留吉だけを呼んだということなのかもしれなかった。

「正十郎が、古証文古帳面の買い漁りのほか、慣れない縮の買入にまで手をだしたのが今度の出入のきっかけになっておるが、正十郎が繕の買入に手をだしたのはどうしてなのか？　知っているのなら申せ」

「古証文古帳面の買い漁りが一段落ついて締めてみますと、貸金売掛の金額は合計でおよそ三百三十両になっておりました。目標は五、六百両です。あてはかなり外れたのですが、しょうがない、こんなものかと江戸へ戻る旅支度にとりかかっておりましたら、繕の買出し人が十日町村を中心に右往左往しはじめました」

六助がいっていた八十八夜の頃だろう。

「三国屋の番頭徳蔵は十日町村に戻ってきており、なんの騒ぎです？　と聞くと、繕を江戸に担いでいって売り捌《さば》くと結構な儲け、六十反で十両くらいの儲けになる、それで目端《めはし》のきく奴は繕の買出しに血眼《ちまなこ》になっているのだと申します。一人でどのくらい担げるのかとさらに聞くと、七、八十反は担げる、と。わたしに手伝わせると百五十反は担げる。担げなければ馬を継ぎ立てるまで。儲けは二十五両。こいつはすごい。行き掛けならぬ、帰り掛けの駄賃とばかりに、素人はそんなに繕を買い集められないと徳蔵が諫《いさ》めるのを聞かず、正十郎が欲をかいたのがそもそものきっかけでございます」

「それで徳蔵に奥松を紹介《ひきあわ》せてもらった？」

「それも、相当無理をいいまして……。ところがその頃奥松は、博奕好きがこうじてあちらこちらに不義理ができ、八方塞《ふさが》りで、いずれまとまった金を手にしたら、江戸にずらかろうと機会を狙っていたというからお笑いです。やたら縮を欲しがっている正十郎は、奥松のいいかもになったのです。奥松に体よく嵌《は》められてしまったのです」

正十郎や徳蔵も似たような弁明をしたにちがいない。仁杉七右衛門は、奥松は殺されていると確信している。弁明は仁杉七右衛門の耳にはいらなかったのだろう。

「ですから奥松が欠落したとわかったとき、奥松に騙されたとすぐに気づき、チクショウやられたと正十郎は頭を抱えてくやしがりました」

「手付金は庄平に渡してあるとすぎに聞いて、すぐに庄平に、返せとかけあったのではないのか?」

「念のためです。すぎがいったことなど信じちゃいません。ところが、やがて庄平が三国屋に姿を見せ、残金を支払ってもらいたいと掛合をはじめました。徳蔵によると前渡し金など支払っていないのに妙なことをいっているというわけで、正十郎は気づいたのです。庄平が受け取っているのは自分の金だということに。それで正十郎は、三国屋をたずねてくる庄平に二度ばかり、返せとかけあいました。庄平はとりあいません。わたしどもは、目安を御番所に提出する寸前でした。段取りはすべておえております。それで、自分の金だ、出る所へでても堂々と取り戻せると、正十郎が一件を目安にのせ、一例だけ挙げればいい目安の例にものせたのが……」

といって留吉はがっくり首をたれ、

「そもそもの、抜かりのもとでした」

「庄平」

と仁杉七右衛門は庄平に声をかけて聞く。

「なにか申すことはあるか？」

「なにもござえませんが……」

といって庄平は、

「田植がせまっておりますので、心配といえばそれが心配でござえます」

仁杉七右衛門はそれにはこたえずにいった。

「あいわかった。双方とも引き取れ」

二十日ばかりもたってからだった。また庄平に御差紙がついた。

御差紙には、南の御番所ではなく評定所に出頭せよとある。

出頭する先が評定所というのは、仁杉七右衛門から御奉行に一件書類が上がり、評定所で御奉行から裁断の申し渡しがあるということで、出入物（民事）から吟味物（刑事）にかわった四ツ谷塩町手付金出入一件も、いよいよ裁許の日をむかえたのだ。

その日は式日《しきび》だった。式日はまだ夜の明けぬ、真っ暗な七つ半（午前五時）からひらかれる。呼びだされた者は七つ（午前四時）に差出《さしだし》の手続をとらなければならない。喜兵衛は庄平、差添人の老人とともに、眠い目をこすりながら評定所にむかった。

長い梅雨が明けそうな気配のする日で、うすい雲におおわれている空が明るんだ頃、呼出《よびだし》の声がかかった。

喜兵衛らは公事人溜にむかった。訴訟人の一行もぞろぞろやってくる。

腰縄を打たれて牢からつれてこられた正十郎と徳蔵は、ともにひどくやつれていて、正十郎はいじめにでもあったのか青白く痩せこけ、徳蔵は湿《しつ》を病んで、見ていて気分がわるくなるほど皮膚がただれていた。

「嘘偽りをしるした目安に御裏判を頂戴した」という罪状を先例に照らし合わせると、正十郎ら四人には「中追放《ちゅうついほう》」が、申しわたされるはずである。中追放には付加刑として「闕所《けっしょ》」(田畑家屋敷の取上)も申し渡される。

やがてまた呼出の声がかかった。一同は御白州にはいっていった。

全員、八人の御奉行の前にひざまずいた。岩瀬加賀守が、

「四ツ谷塩町弥介店《だな》正十郎、そのほう……」

「四ツ谷塩町弥介店《だな》正十郎召仕留吉、そのほう……」

と申し渡していった。

刑罰は予想したとおりだった。田畑家屋敷家財のない正十郎と留吉には「敲刑《たたきけい》」が、田畑のない名主の長右衛門には「家屋敷取上」が、田畑のある徳蔵には「田畑家屋敷取上」が付加され、四人全員に「中追放」が申し渡された。

庄平には、嘘をつきとおしたのは「お上を恐れぬ不届きな致し方」だとして、「急度叱り《きっと》」が申し渡された。

世に盗みは多いが、おどろおどろしい犯罪はめったとあるものではない。奥行が深

そうに見えたこの一件も、大山鳴動して鼠が二、三匹というところの、まあまああり
ふれた一件ということに落ち着いた。
古証文古帳面買い漁りの類《たぐい》で、あっさり目安糺を通過しているのに、お裁きではそ
れに一言も触れられていないのがいま一つ腑《ふ》におちなかったが、触れると、手心をく
わえた者や話を取り次いだ者がいて役所内に怪我人をだす。それを避けたのだろうと
思いなおすと、役所が見て見ぬふりをするのはあたりまえ、といえばいえた。
もちろん、庄平に対しての、手付金六十両を返せという訴は却下された。勝ち負け
でいえば庄平は公事訴訟に勝った。だが勝っても一銭にもならない公事訴訟で、喜ぶ
はずもなく、
「田植には間に合わねえだが」
と庄平は愚痴をこぼしながら帰っていった。霊岸島の湯屋に居候《いそうろう》している六助と
は、おふじの仲立《なかだち》で連絡を取り合ったのだろうが、本人はとぼけてなにもいわない。
喜兵衛もなにも聞かなかった。

四

長い梅雨があけ、夏にはいってすぐの、午後のことだった。

「ごめんなさいまし」

と声がかかって仕事部屋の障子があいた。

「恵比寿屋喜兵衛さんに用があってうかがいました」

どこかの御屋敷の下僕といった風体《ふうてい》の男が下代見習の栄次に声をかけている。

栄次はこちらをふりむいて指示をあおぐ。

喜兵衛はうなずいた。

「どうぞ」

栄次は男を長火鉢の前につれてきた。男は丁寧に一礼して、

「これを」

と折り畳んだ文をさしだした。受け取ってひらいた。

「一献《いっこん》献じたい。明後日の夕刻は如何《いかん》。諾否《だくひ》は使いの者に。仁杉七」

とあった。男は仁杉七右衛門からの文使であるらしい。

いずれ挨拶すると仁杉七右衛門はいっていた。用件はその挨拶とやらだろう。ことわることでもない。

「承知しましたとお伝えください」

そういうと使いの男は、

「ではこれを」

とまた文をさしだしていった。

「おいでいただく場所でございます。時刻は暮六つ（午後六時）」

「たしかに」

喜兵衛は手にしている文をひらいた。

場所は小名木《おなぎ》川沿いの西国《さいごく》のさる大名の下屋敷で、「潜《くぐり》をくぐってもらいたい、そこに案内の者がまっている」とあった。

料理茶屋あたりと思った。大名の下屋敷とはまた無粋なと思われたが、あるいはなにか趣向があってのことかもしれない。

当日の朝になって気づいた。

小名木川沿いは両岸の所々に町家があるものの、大名の下屋敷がずらりと並んでいる。さみしい通りだ。小名木川が大川にそそぐところにかかっている万年橋からこっちも、例の、襲われたさみしい通りである。待ち伏せには恰好の場所ばかりといっていい。

猫背に襲われて半年がたつ。以後襲われていない。

とはいうものの、用心に用心をかさねている。人通りのない夜道もさけている。狙われたのではなく人違いであったのか、単なる酔狂であったのか、答えはまだでていない。

たずねる先は小名木川沿いだ。だったら、猪牙舟を借りて行き来するというのはどうか。猪牙舟に乗っての往来だと、待ち伏せのしようがない。

猪牙舟の借賃は、夏場の特別料金になっている。少々の出費はやむをえない。猪牙舟を借りよう、と喜兵衛は元柳橋の馴染みの船宿に足をむけた。

「予約を一杯にとっているんですがなんとかしましょう」

船宿のかみさんは恩着せがましくなく請け合ってくれた。

出直して夕刻、元柳橋から小名木川沿いにむかった。

花火が打ち上げられるのは、五月二十八日の川開きの当日だけではない。数こそ少ないが毎日のように打ち上げられ、一夏の間、大川の上では花火と納涼を〝肴《さかな》〟の祝祭がくりひろげられる。

大川にははや、屋根船、屋形船、猪牙舟などがくりだしている。それらの船の間を縫うように大川を横切って小名木川をはいっていった。

夕日が、東へ西へと帰りを急ぐ行徳船《ぎょうとくぶね》や葛西船《かさいぶね》、茶船《ちゃぶね》や荷足《にたり》を、赤く染め上げている。

小名木川沿いの夕景を楽しむかのような風情で、ゆったりと、しかし油断なく両岸に目をくばった。怪しい影はどこにもない。

霊巌寺のだろう、入相《いりあい》の鐘が鳴り響いている中を猪牙舟はすい、すい、と滑っていった。

「新高橋をくぐった右手の、たしか手前に入堀がほられている屋敷です」

馴染みの船頭はそう声をかけて、

「うん、ここだ」

と猪牙舟をとめた。

「一刻《いっとき》(二時間)はかかると思います。すみませんがまっててください」

喜兵衛は船頭に声をかけ、河岸に上がった。

「ごゆっくり」

船頭の声を背に、屋敷の締め切られている門の潜をくぐった。

くぐると門番の横に、この前の下僕風の男がいた。

「こちらへ」

と男は先に立って入堀沿いの細道を奥へずんずんはいっていく。下屋敷と境界をつくるように呉竹の垣根が張り巡らされている先は、塩入の池になっていて、池のむこうにまた屋敷がある。

「先殿様《せんとのさま》の何番目かの、足が不自由に生れついたお子様を、先殿様が不憫《ふびん》に思って建ててさしあげられたのがこの御屋敷だそうでございます」

男はふりかえっていう。

よく聞く話だが、多分この下屋敷の持主、西国のさる大名も借金で首がまわらず、借金のかたにここをどこかの大店《おおだな》の主人に貸し、大店の主人が仁杉七右衛門にまた貸ししているのだろう。

そういえば池の周囲《まわり》はどことなく大店の寮（別荘）という、くだけた佇《たたず》まいになっている。

玄関には小体《こてい》ながらも唐破風《からはふ》づくりの出庇式台《でびさししきだい》があり、そこに女がひかえていていった。

「お上がりくださいませ」

喜兵衛は上がった。女は先にたった。

女に先導されて廊下を右へ左へと鉤形《かぎがた》にまがった。

屋敷は夜目にも見事なとわかる普請で、もう一度右に左にとまがると、百目蠟燭《ひゃくめろうそく》かなにかを何本も立てて不夜城のように明るくしている一角が見えた。塩入の池はそこらあたりまで引いてあるとみえ、汀《みぎわ》とおぼしきあたりに、ゆらゆら揺れる蠟燭の明かりを映しだしている。

女は廊下に蚊遣香《かやりこう》がいぶっている、明るい部屋の手前でひざまずいて声をかけた。

「ご案内いたしました」

「通せ」

「どうぞ」

「失礼いたします」

喜兵衛は腰をかがめながら部屋にはいっていった。

付書院のある部屋で、五、六本も立てられている百目蠟燭が、床の間と違い棚を背にしている仁杉七右衛門の、鑿《のみ》でえぐったような彫りの深い貌《かお》を浮かび上がらせている。

「まあ、すわれ」

いわれて喜兵衛は、仁杉七右衛門の向かいに敷かれている座布団にすわり、一礼していった。

「お言葉に甘えて参上いたしました」

仁杉七右衛門は団扇《うちわ》で蚊を追いながら、

「料理茶屋でもと思わないでもなかったが、吟味方与力と宿の親父だとなにかと誤解される。ここはおれがまた借りしている寮だ。いささか遠いが、そんなわけでここまで足をはこんでもらった」

仕出し屋からとりよせたらしい料理と酒がはこばれてきた。

「酌をする女はおらぬ。手酌でやってくれ」

仁杉七右衛門はそういい、

「一件はおまえも聞いていたとおりに落着した。とうに察しがついていたろうが、おれは奴らが奥松を殺したと推測をつけて詮議をすすめていた。すんでのところで命を奪うところだった。誤裁というのは後味のわるいものでのう。人を死に追いやる誤裁はなおのことで、そうならずにすんでよかった。礼をいう。このとおりだ」

と軽く頭を下げる。

高慢が通り相場の吟味方与力に頭を下げられるなど思いがけないことで、

「恐縮します」

ちぢこまっていると、

「堅くならず、とにかくまあ一杯やれ」

仁杉七右衛門はそういい、杯に手酌でついでぐいと飲み干し、

「知ってのとおりおれらの仕事は実につまらぬ仕事でのう……」

とくだけた調子でつづける。

「吟味物（刑事）でいえば三廻り（定廻り、臨時廻り、隠密廻り）の同心が上げてくる一件の容疑を詮議し、白状させると吟味詰りの口書をとり、押印させるか爪印をとって吟味詰りの口書とともに一件書類を御奉行に上げる。だが、同心の調べでたいがいかたはついている。同心の調べを追認して自白書をとるだけだ。ときに手落ちを見つけたりすることもあるが、腕を存分にふるうというようなことはまずない」

そこでまたぐいと飲み干し、

「出入物（民事）のほうはほとんどが金銭貸借のもつれの仲裁だ。これまたほとんどが欲の皮の突っ張り合いの仲裁で、毎日毎日おなじことをやっているとうんざりしてしまうという仕事だ。たしかに御用頼《ごようだのみ》の御大名をはじめ方々から付届《つけとどけ》があり、実入りには不自由しない。しかし仕事そのものは面白くもおかしくもない」

喜兵衛も杯に手酌でつぎ、口をしめしながら考えた。

この前が無愛想だったからと考えられなくもないが、付合のまったくない、宿の親父を相手の酒飲み話にしては打ち解けすぎる。

「だがたまに吟味物でも調べなおさなければならないもの、また出入物でも単なる金銭の貸し借りでなく、背後に謀書謀判とか、巧事《たくみごと》とか、かたり事、重きねだり事、はたまた殺しとかが隠されていそうな一件がある。今度の四ツ谷塩町手付金出入一件のようにだ」

といって仁杉七右衛門は苦笑いしながら、

「とはいえおれら吟味方与力と三廻りの同心は上役下役の関係にない」

町方の平均二百石取りの与力と三十俵二人扶持の同心は終身上役下役の関係にあるが、〝探索捕亡《たんさくほぼう》〟——怪しい奴を探しだして逮捕する警察的権限は三廻りの同心にしかなく、三廻りの職制上の身分は与力から独立していた。

「もちろん探索を三廻りにたのんでたのめなくもない。だがたのむと借りをつくるし、手抜きされても手落ちがあっても文句をいえない。といってほかに探索をたのめる者はいない。それゆえおれらはついつい探索をなおざりにしてしまう。探索をなおざりにしても誰もなにもいわないし、余計なことをするより、しないほうがいいのだとする事なかれの風潮もある」

うすうす洩れ聞いている。だがなぜそんなことまで宿の親父に打ち明ける？

「三廻りの同心もそれぞれが自身で探索したり捕まえたりしているのではない。目明かしとか岡っ引とかいわれている手先をつかっている。そのような者はつかわないようにとずいぶん昔から何度も御触《おふれ》がでているがいまだにつかっている。定廻りと臨時廻りが南北で二十人。隠密廻りをいれても二十四人。手がまわりかねるからそうしているのだが、それがまあ探索捕亡には大いに役立っている。そこでだ。かなり前からになるが、おれも、おれが宰領の岡っ引のような探索の手をもち、捕亡はともかくなにかと探索するようになった」

今度の一件でもそうだったのだろう。

「別に出世しようと思ってそんなことをしているのではない。根岸肥前守様がそうだったが、留役《とめやく》のように場合によっては御勘定奉行から御町奉行にまで出世できるというような道は、不浄役人と蔑まれているおれら町方の与力にはない。また留役のように営中（城内）に席もなければ、武鑑に名ものっていない。おれらは出世したくとも吟味方与力がいきどまり。だが、評判を高めることはできる。少しは大きな顔をしたいからのう」

なにか魂胆があってのことか？

「結果としてそこそこ成果を挙げることができた。自分の口からいうのもなんだが、〝名与力〟と評判もとっている。あちらこちらからの付届もふえている。ここも日本橋のさる大店から、ぜひにと女つきで提供されている別墅《べっしょ》（別荘）だ」

それとも、やきがまわっていてただの手柄話をしている？

「ところが今度の四ツ谷塩町手付金出入一件。これにはまいった。目安はいかにもいかがわしい。また六助や留吉、参考人として呼びだした徳蔵の口ぶりによると、奥松親子三人欠落の様子を知っている者は誰もいない。だとすると、奥松は殺されているのではないかといちおうは疑ってかかるのが筋だ。雪が溶ける頃を見計って手の者二人を越後におくった。信濃にもだ」

あるいはなにかの仲間にひきずりこもうとしているのか？

「なんだ、ちっともすすまないではないか。飲《い》けないほうなのか？」

「いえ」

仁杉七右衛門の心中を推し測ってばかりいて、酒に手がのびなかった。

「飲《い》けるのなら飲《や》れ」

「はあ」

またしめらす程度に口をつけた。

「乳飲み子を抱えた親子三人だ。奥松と女房が別々に江戸にむかったとしても、奥松はともかく女房は乳飲み子を抱えた女だ。道中目立たぬはずがない。一年前のこととはいえ、道中の旅籠屋とか茶店とかをあたれば、一人や二人は記憶していよう」

まあそうだ。

「越後から江戸への道順は三つある」

二つはわかる。

「十日町村から塩沢へでて、三国道を湯沢経由三国峠《みくにとうげ》、沼田、渋川、前橋とへて高崎で中山道に合流し、板橋宿から江戸にはいるのが一つ。信濃川を上っていって長野、その先は追分で中山道に合流するか、もしくは犀川《さいかわ》筋を上るか、青木峠か和田峠を越えて松本か諏訪《すわ》にでて、南下して甲府、甲府から甲州街道を上っていって内藤新宿から江戸にはいる。これが一つ」

いま一つは？

「信濃川を下って新津あたりを経由、なんとかという川を遡《さかのぼ》り、会津若松から猪苗《いなわ》代湖《しろこ》の南を下って、奥州街道は白河にでて千住の宿から江戸にはいるというのが一つ。こちらは日数が十日ほど余分にかかるが念のためあたらせた」

なるほど、周到に調べたのだ。

「手の者二人は帰ってきて、奥松親子三人の影はどこにもなかったという。だから確信をもって奥松親子三人は殺されていると断定し、殺しの疑いで詮議にとりかかったのよ」

　だが奥松親子三人は殺されていず、江戸にはいっていた。

「仮に脇往還《わきおうかん》、脇往還と、脇往還ばかりをとおって江戸にはいっていたとしても、少なくとも出口と入口のどこかで姿を見つけていなければならない。また地頭領主の出稼ぎ許可状などもっていないはずなのだから、大沢村に出向いて、江戸に出稼ぎにでている同郷の男を洗いだし、そいつらをもあたってみるくらいの機転もきかせなければならない。手の者には一人腕のいいのがいたのだが寄る年波で動けなくなった。それでもう一人、どうかと思えるのがいて、それと新米をおくったらこの始末だ」

　愚痴をこぼすのならお門違いのはずだが……、

「ときに、六助とやらはどうしておる？」

「六助ですか？」

　話がえらく唐突にそれたと思ったが、すぐにあっ、と気づいた。

　打ち解けたのも、必要以上に内情を洩らしたのも、すべてが話をここへもってくる伏線だったのだ。

「六助とは、以来会っておりません」

「引き続き奥松親子三人を追っておるのか？」

「そうと思われます」

「六助は、評定所の初公事合《はじめてくじあい》で顔を合わせたときから見所のある奴だと思っていた。頭の回転は早そうだし、機転もきく。カンもはたらく。動きも軽そうだ。それに百姓の二男坊か三男坊。跡取り息子でもない」

下代でもしていたかと、あのとき六助にいったのは皮肉だと思っていた。あるいは感心していっていたのかもしれない。

「おれの手の者になりたい奴は、自薦も他薦もいれていっぱいいる。だがなりたい奴にかぎって碌なのはいない。そこへいくと六助はぴったりだ。ああいうのはいそうでなかなかいない」

たしかにそうだが。

「どうだ、恵比寿屋。六助にかけあってくれぬか。なに、ふだんは小者として屋敷に詰めていてくれさえすればいい」

吟味方与力の小者は、六助がなりたいといっている下代などより、世間的な立場もずっと格上で実入りもいい。

ただ、仕事の内容が内容だ。虎の威を借る薄汚れた感じを身辺にただよわせていなくもない。

おふじのことがなければどうでもいい。六助次第だ。おふじと一緒になるのなら、避けてもらいたい職種のようにも思える。

返答をためらっていると、

「長年《ちようねん》勤め上げれば、御家人《ごけにん》の株くらい買ってやってもいい。武士《さむれえ》がいやだというのなら、湯屋株でも買ってやろう」

湯屋株はぴんからきりまである。平均は五、六百両。五、六百両のとして、株を貸すだけで年に二、三十両の実入りになる。わるい条件ではない。

「この前おまえは、ほかに奥松を見張っていた男がいたといっておった。そうだな」

「ええ」

「その男のことはおれも気になる。しかし気のきいた奴がいない。調べさせたいのだがひかえておる。六助なら、その男が何者かもきっと探し当ててくれよう」

「ですが六助は、いまは奥松を追っかけるのに夢中です」

「いいではないか。そのくらいの奴でないと、おれの手の者はつとまらん」

六助が仁杉七右衛門の小者を勤めれば、吟味方与力仁杉七右衛門と太い繋《つな》がりができる。なにかと仕事の役に立つ。

そんな打算が一瞬頭をよぎった。

「わかりました。当人次第ですが話をしてみましょう」

「たのむ」

といって仁杉七右衛門は話もすんで気がゆるんだか、口に手をあてた。

「お疲れのご様子でございますね」

「あ、いや」

といって、またあくびを嚙み殺し、

「このところ根をつめているのでのう」

「ではわたしはこのへんで」

「まあいいではないか。ゆっくりしていけ」

とはいうものの、つよく引き止めるふうでない。

「猪牙舟をまたせていることでもありますし」

「猪牙舟できたのか？」

「ええ、帰りは納涼としゃれようと思いまして」

「そうか、では六助の件、たのむ」

「承知いたしました」

喜兵衛は頭を下げて部屋をあとにした。

五

小名木川を大川にでると左右に視界がひらけ、行く手川上の新大橋は、新月の月明かりにくっきり照らしだされている。

元柳橋はその向こうの、両国橋の手前だ。猪牙舟はゆっくり滑っていって新大橋をくぐった。

くぐるとそこは夜ごとに祝祭がくりひろげられている別世界である。

屋形船、屋根船に猪牙舟はもちろんのこと、茶船に荷足《にたり》までが駆りだされていて所《ところ》塞《せ》くばかりに川面をおおい、物売りのうろうろ舟が、舟間を縫うように忙しく往き来している。絃歌《げんか》はさんざめき、船までもが酔客の酔いに合わせるかのように、気持よさそうに揺れている。

猪牙舟は、舷々相摩《あいま》す雑踏の中へ舳《へさき》をむけていった。目ざとく見つけたのだろう、い、い、あたりやと赤行灯《あかあんどん》に白抜きの字を浮かび上がらせたうろうろ舟が近づいてきて声をかける。

「田楽あがらんかね。蒲焼あがらんかね」

渋団扇《しぶうちわ》でばたばたあおぎ、匂いをこちらにむけながらだ。さっきは飲むのも食うのもひかえていた。たまらず馴染みの船頭に声をかけた。

「太助さん。しばらく手を休めて一杯やりませんか」

「結構ですね」

船頭はそういって櫓《ろ》をやすめる。

「蒲焼《かばやき》でいいですか」

「ええ」

喜兵衛はうろうろ舟の売り子に、

「蒲焼と酒をそうだな、二合徳利を二本」

「燗《かん》はどうします？」

「太助さんは？」

「つけてくだせえ」

「ではつけたのを二本」

「蒲焼は何人前？」

「三人前もいただこう」

売り子は、素焼きの二合徳利二本をしばらくあったためていて、蒲焼とともによこした。

船頭は櫓を上げた。狭い胴の間に船頭と向かい合うようにすわり、蒲焼をつっつきながら、これも素焼きのぐい飲みで差しつ差されつとしゃれた。

時折両国橋のほうに閃光《せんこう》がひらめき、

「玉屋！」

「鍵屋！」

と声がかかる。

旅人宿の仲間組合の寄合で屋形船を借り切り、橘町あたりの江戸芸者を同乗させて納涼としゃれることはあるが、船頭と二人っきりの、殺風景な納涼はこれがはじめてだ。

だがこんな納涼もわるくない。張っていた気の疲れをいやしながら差しつ差されつしていると、船頭は世間話をするようにささやいた。

「旦那には後ろ向きになる方角、うろうろ舟の向こうの猪牙舟ですがね……」

喜兵衛はふりかえろうとした。

「ふりかえらねえでくだせえ」

船頭は制する。

「なぜ?」

「このところ船縁《ふなべり》をぶつけてきて、なんだかんだといいがかりをつけて金をせびる、とんでもねえ連中がいるんです。その類かもしれねえ。顔を合わせられないほうがいい」

「世知辛《せちがら》い世の中になったもんですねえ」

「まったくです」

「どんな奴らです?」

「二人連れの浪人者で、陰気な酒を飲みながらこちらの様子をうかがっているんですが、頭一つ抜きでたのっぽが……」

「のっぽ?」

喜兵衛はそういって、

「ひょっとしてそいつは猫背?」

「のような感じがしねえでもねえ」

「こっちにむかってくる様子は?」

「そういえば少しずつ近づいてくるような。いけねえ、本気だ。本気で近づいてくる」

喜兵衛はふりかえって夜目にすかした。紛れもない。奴だ。猫背だ。

「櫓をもとにもどして……」

「合点《がってん》」

船頭は立ち上がった。

「急いで」

という間もなく、近づいてきた猪牙舟からあのときの猫背が音もなく槍《やり》をすうーっとくりだした。

なんとかかわした。

猫背は引いた槍にしごきをくれていまいちど気合をいれ、

「えい」

とくりだす。

腹にぐさり。

突き刺さるのを覚悟した瞬間、船頭は猪牙舟をひっくりかえさんばかりに船首を大きく左に傾けた。

猫背はつんのめった。川面に落ちようとするのを、いま一人の浪人者が背後からささえている。

船頭はひしめきあっている船と船の間に、懸命に猪牙舟をもぐりこませていく。猪背をのせた猪牙舟は人込みを嫌うように、逆に遠ざかっていって暗闇に姿を消した。

「なんだい、あいつら。いいがかりどころか、いきなり槍を突っかけてきやがって。辻斬りじゃあるめえし」

喜兵衛は震えを押えながら相槌を打つようにいった。

「座興にもほどがある」

「お怪我《けが》は？」

「いや」

腹を穂先がいくらか突いたようで痛みを感じるが、とぼけた。

「そいつはよござんした」

船頭は舟間を縫うように櫓をあやつりながら、

「猫背がどうとかおっしゃっておられましたが、ご存じなので？」

妙な噂は立てられたくない。

「とんでもない」

否定して、

「辻斬りは聞いたことがある。川突きなどというのは聞いたことがない」

と平静をよそおいながらいったが、顔が糊付けしたようにこわばっているのが自分でもわかった。

六

人違いで狙われたのでも、酔狂で狙われたのでもなかった。この前のも、今度のもだ。間違いなく恵比寿屋喜兵衛と狙いをつけての襲撃だった。

今度のはそれも、猪牙舟で行き来するというのを知っていて猪牙舟で待ち伏せしていた。そうとう手が込んでいる。

しかし猪牙舟で行き来するのをどうして知った。

船頭から聞いた？　いや、船頭はむしろ助けてくれた。

仁杉七右衛門から？　まさか！　仁杉七右衛門に、狙わなければならない理由はない。

すると猫背は、夕刻猪牙舟でくりだすのを見ていて、おなじように猪牙舟を借り、深川のほうにでかけたと推測をつけ、帰りを待ち伏せした……。そんなところだろう。

〈しかし一体誰が？　なんのために？〉

考えると寝つけず、朝方ようやくうとうとしたばかりのところをお種婆さんに起こされ、いつものように恵比寿屋にむかい、その日の仕事の段取りをつけると、喜兵衛は通りにでて、両国広小路にむかった。

日はとうに高くなっていて、熱射がジリジリ江戸の町を焼き焦がしている。暑い夏がはじまったのだ。

まさか昼日中に襲ってくるようなこともあるまい。喜兵衛は日よけの島笠を目深《まぶか》にかぶって広小路をつっきり、両国橋を向両国にむかった。

目指すは割下水の花田縫殿助の屋敷である。

花田からはとうとうなんの音沙汰もなかった。二十両は取られ損になっていた。

しかしその後無心に立ち寄らない。二十両は手切金だと思えばあきらめもつく、と花田のことは頭から消えかかっていたが、こうなるとやはり頼れる者は花田しかいない。

「ごめんなさいまし」

家の中からの返事はない。

「ごめんなさいまし」

いまいちど声をかけて、夏草が生い茂っている勝手口にまわった。鍵はかかっていない。片開きの戸にそっと手をかけた。なんなくあく。留守でもないらしい。

「おいでなさいますか？」

声をかけながら土間をはいっていくと、板の間のむこうの居間に横たわっている、とどのようなのがごろりと寝返りをうってむっくり起きあがった。

「無用心なことですね」

花田は眠気をさますように顔をふって、

「きていたのか」

といいながら台所の土間に下りていき、水甕《みずがめ》の水を柄杓《ひしやく》一杯に汲んで、ごくごくと喉に流し込んでふりむき、

「何用だ？」

喜兵衛は板縁《いたべり》に腰を下ろし、

「何用だじゃありません」

咎めるようにいって、

「やがて半年になります。おたのみした例の一件、まだわかりませんか？」

「ああ、あの一件か」

花田はそういって、

「まあ上がれ」

とすすめる。

居間には一升徳利が二本ごろりと転がっていて、酒臭い臭《にお》いが充満していた。

花田も気づいたのだろう、立ち上がって雨戸をあけ、

「事情《わけ》あってあれからまた利根川沿いにでかけたのだ」

「どのくらい？」

「あれからずっとだ」

「御直参《ごじきさん》でございましょう。そう再々、しかも長期にわたって、江戸を離れるなどということができるんですか？」

暗に、嘘だろうといった。

「おれは特別だ。頭支配殿も四の五のは申されぬ」

そういい、髪月代《かみさかやき》していないから痒《かゆ》いのか、五分《ごぶ》月代の頭をかいた。

「お帰りになられたのは？」

「一月《ひとつき》ほど前だったか……」

「帰ってこられてからでも調べる時間は十分あったのではございませんか」

「出歩くにも金はかかるし、持ち合わせはまったくないし……。まことに、かかりたくないのは貧の病。貧乏ほど辛いものはない」

どうせもう少し寄こせ、でなければ腰は上がらぬということなのだろう。この際それもやむをえない。

「実はきのうまた襲われましてねえ」

花田は身を乗りだし、

「どこで？」

「大川の上で」

「大川の上？」

「猪牙舟に乗って花火見物をしていたら、おなじような猪牙舟が近づいてきて、この前もお話しした猫背が槍をすうーと」

「槍で？」

「ええ、一突き目は躱《かわ》しましたが二突き目がすんでのところで腹を」

「貫いたか？」

「まさか。しかしここをチクリと」

喜兵衛は、疵のまわりが赤く腫れ上がっている腹をひらいて見せた。

「わかった。探すのはのっぽで猫背の男であったな?」

「そうです」

「槍もつかうのだな?」

「はい」

「すぐに調べよう」

花田はそういって、転がっている一升徳利をつかんでふった。一本目のは空で二本目のにいくらかのこっていた。のこりを喉に流し込もうとしていると、

「花田さん」

客が勝手口からはいってきた。

「ぷふっ」

花田は飲みかけた酒を、霧を吹くように吐きだした。喜兵衛は懐から手拭をとりだし、顔にかかったのをぬぐった。

「どうかしたんですか、花田さん」

明るい外からはいってきたから中が見えにくいのだろう、喜兵衛がいることに気づ

かないようで、客はそう声をかけてずかずか上がってくる。

見上げると背が高い。背中もいくらかまがっている。

「お指図どおりきのう大川で……」

客は近づいてきていう。

「あわわ、あわ」

花田は訳のわからぬ声を発しながら客を制している。

からだからすうーっと血の気がひいてあとずさりした。

「そうか。そういうことだったのですか？」

身構えながら喜兵衛はいった。

「そういうことだ。はっはっは」

と花田は笑う。

「狙わせたのは花田さん。あなただったのですね？」

「そうだ。しかしのォ、ここにおられるお方は石神氏《いしがみうじ》といって、おれとおなじくらいの遣い手だ。手加減はできるし、だから怪我だってたいしたことはなかったろう？」

「というと？」

「狂言だったのだよ」

「狂言？」

「まあな」

「なぜ狂言を？」

「それをいわせるな」

「金に困ってのことだとでも？」

「そうだ。現にあのあとおまえはすぐに二十両都合してくれた。きょうも手ぶらじゃないだろう。十両や二十両はもってきているだろう？」

十両もってきているが、

「なにも人殺しの真似までされることはない」

「そうしないとおまえはまとまった金をださぬ。おまえの合力はきまって二分だ」

「年にすれば五両や六両になります」

「そうかもしれぬが、まとまってはくれぬ」

「まとまった金を差し上げる義理はございません」

「だから石神氏にたのんで……」

「人殺しの真似をさせた？」

「そう人殺し、人殺しと人聞きのわるいことをいうな」

「人殺しは人殺しです。ねえ、のっぽの旦那」

喜兵衛は突っ立っている猫背に声をかけた。

「それがしはいささか用がござるので」

猫背は逃げだしにかかる。

「こられたばかりじゃありませんか。まあお座りなさい」

喜兵衛は自分がすわっている座布団を、裏返してすすめながら大急ぎで考えた。

花田と接点のある男はいないか……。

思い浮かぶのは亀吉くらいである。亀吉が妙なことをするなど天地がひっくりかえってもない。するとやはり狂言。

「それにしても、よりによってわたしを相手にそんな狂言を思いつくなんて。花田さん。いやまったくあなたの悪知恵には恐れ……」

「入谷《いりや》の鬼子母神《きしぼじん》か」

「きょうも十両ばかりおいていくつもりでしたが、もうおたのみすることもないようです」

「石神氏」

花田は猫背に声をかけ、

「おぬしはほんと、とんだ所へ北村大膳《きたむらだいぜん》。せっかくの十両、儲けそこねたではないか」

「そういわれても……」

「猪牙舟の借り賃だっておれが負担。ちっとは頭を働かせてもらわねば……」

どうやら内輪揉《も》めがはじまるらしい。

「わたしはこれで」

喜兵衛は立ち上がった。

「まあまて、喜助」

花田は町道場時代の幼名で呼び止める。

喜兵衛はふりかえらずに勝手口をでた。

第九章　迷い蛍

一

花田縫殿助は狂言だといった。

なにかすっきりしない。頭にもやもやとした霧のようなものが立ち込めていて晴れない。

ここにおられるお方は石神氏といっておれとおなじくらいの遣い手だ。手加減はできるし、だから怪我だってたいしたことなかったろう、とも花田はいった。

なるほど、一度目は胸をかすかにかすっただけだ。二度目は腹をわずかに突いただけだ。狙ってのことだとしたら、たしかに舌を巻くような遣い手だ。

しかし一度目は、八双に構えなおした。二度目は、しごきなおして二の槍をくりだした。あまつさえつんのめって川面に落ちようとした。あれが手加減といえるだろうか。

たいした腕ではない、というのが一度目、いきなり斬りかかられたときの印象だ。あの印象が正しいのではないか。手加減などではなく、石神は、ただ失敗しただけではないのか？

ではなぜ花田は石神をつかって襲ってきた？

花田に怨みを買っているようなことは……。どう思いをめぐらせてもない。花田には恩を売っていこそすれ、怨みなど買っていない。

すると……、花田が誰かにたのまれて襲わせたということになるが、誰が花田にたのんだ？　誰が恵比寿屋喜兵衛の命を狙ってもらいたいと花田にたのんだ？　花田と接点のある男というのをいまは度外において、恵比寿屋喜兵衛を殺したいと思っているのは誰だ？　殺して得をするのは誰だ？

かすかながら動機があるのは絹だ。絹は花田との接点もある。まだ恵比寿屋《やど》の仕事を手伝っていた頃、何度も花田と顔を合わせている。

絹はしかし病床にあえいでいる。この夏、もつかもたぬかわからないと医者もいっている。一度目のときはともかく、いまの絹にありうる話ではない。

伜の重吉は？　喜助のことは知らないはずだが、知っていたとして、遺産が先々《さきざき》喜助のものになるのを重吉が危ぶんで……。

いやいや重吉はそんな子ではない。錠前屋に養子にはいっているかのような、いまがいちばん幸せだと思っている子だ。

糸は？　糸に遺産は一銭もはいらない。なんの得にもならない。またいくら貧してもそんなことを考える子ではない。

親戚は……というと真っ先に思いあたるのは大津屋茂左衛門だが、茂左衛門は、仕事のことで怨根《えんこん》を抱いていても、殺そうと思うまでの怨根は抱いていない、はずだ。それに損か得かでいうなら茂左衛門はなんの得もしない。

太兵衛やおふじなど番頭や女中に使用人は？　ありえない。

六助や四郎右衛門など恵比寿屋に泊まる訴訟関係者は？　考えられない。

するとやはり花田の狂言……。

まとまった金をせびってやろうと仕組んだ狂言……。

堂々めぐりして考えはそこにもどった。しかし、やはりすっきりしない。

花田に聞けばいい、というものでもない。花田はしゃべるかもしれないししゃべらないかもしれない。しゃべっても嘘を並べ立てるかもしれない。花田のいうことはとにかく一つとして信用できない。結局はこの前のときとおなじように、もっともらしいことを言い立てられて金をふんだくられるのが関の山だ。

となると……花田がいったことを鵜呑《うの》みになどせず、鬱陶《うっとう》しいことだが、ふたたび襲われる可能性が消えてしまったのではないのだから、夜出歩くなどというのもこれまでとおなじように避けなければならないということになる。

暑い日盛りを恵比寿屋まで帰りつくまでに得た、それが結論だった。

二

霊岸島川口町の湯屋まで恵比寿屋の誰かを使いに走らせてもいい。だが恵比寿屋の者は長逗留していた六助をおぼえている。おふじとのことがあからさまになってしまう虞《おそれ》がないでもない。

仕方がない。自身足をはこぼう。はこぶからには二度足を踏まぬようにと、湯屋は朝が早い、喜兵衛は翌早朝、川口町の湯屋にむかった。

湯屋は開いたばかりで、表で水をまいていた番頭に聞くと、裏で水汲みをしてもらっているという。

ことわりをいって裏にまわった。水は汲みおわったのか、焚《た》き口で薪《たきぎ》をくべていた。

「六助さん」

声をかけるとふりかえり、一瞬びっくりした様子だったが頰被りした手拭をとりながら、

「居候も楽ではねえ。こうやって、宿代がわりに一日おきに手伝わされているだ」

と小声でいって苦笑いする。

「けっこう似合います。そのまま働かせてもらったらどうです」

からかうようにいうと、

「旦那さんは下代としてつかってくれる気がねえようだから、おらもそうするべえかと思わねえでもねえんだ」

相変わらず口は達者だ。

「それより……」

ここでは落ち着かない。

「ちょっとでられませんか」

誘いをかけた。

「おふじさんのことで？」

「いや、あなたの仕事のことで」

「おらを下代として使ってくださるだか」

「そうではないんですが仕事のことです」

「わかりましただ。ちょっくらまっててくだせえ」

六助は裏口から湯屋の中にはいっていき、かわりの男をつれてきていった。

「どこへでもでられます」

「時刻が早い。店はどこもあいていないようですから」

といってぶらぶら歩き、目についた稲荷《いなり》社の境内にはいり、おいてあった縁台に腰を下ろして、仁杉七右衛門がもちかけた話をつたえた。

「下代でもしていたかと皮肉をいわれたり、かたりを申しているのではあるまいな、かたりを申していると罪は深いぞ、死罪だ、おまえも加担してのことなら同罪だ、と脅かされたり、最後はたわけと怒鳴られたり、おらは仁杉様に嫌われていると思ってただ。いや思いがけねえ。願ったり叶ったり、とはこのことだ。ぜひ、仁杉様に口をきいてくだせえ」

六助はそう一気にいって、

「おふじさんにもこれでやっと胸を張って会える。堂々と所帯をもてる」

「それじゃ、仁杉様に御目見《おめみえ》の都合をうかがって、またあなたに連絡します」

「なにぶんよろしくお願《ねげ》えしますだ」

そういい、何度も頭を下げる六助と別れて、喜兵衛は永代橋のほうへ足をむけた。

三

浴衣に着替えて縁側でくつろいでいると、

「またまた妙な話なのですけどねえ」

と脱いだ単《ひとえ》をたたみながら小夜は話しかける。

「なにがだい？」

「寺町通りの花屋に厄介になっていた御隠居さんのこと、いつかお話ししましたよね」

「うん」

「二十日ほど前、ふいと姿を消したらそれっきりなんですって」

「芝のどこそこかに、御隠居さんの知合がいるんじゃなかったのかい？」

「ええ、それでおよねさんは、お使いさんに走ってもらった、身元のたしかな知合という人の芝の家をたずねたそうなんですが、そこは空家だったって……」

「でも、以前誰が借りていたかは家主さんに聞けばわかるだろう」

「家主さんは、ここ一年くらい人には貸していないと……」

「半年前のそのときも空き家？」

「だったそうです」

「空き家をつかっての狂言？」

「そうだったらしいのです。念のためっておよねさんは、川越の、どことは聞いていなかったから、うろ覚えに聞いていた屋号の造り酒屋あてに便りをだしたのだそうです。そんな造り酒屋はなかったたって、飛脚が。それでおよねさん、すっかりしょげかえってしまって」

「なるほど、たしかに妙な話だ」

「妙でしょう」

「被害は？」

「とおっしゃいますと？」

「金を持ち逃げされたとかのだよ」

「被害にはあっていないそうです。それどころか、一両ばかりのこっていた胴巻はそのまのこしていったんですって」

「あずかった胴巻には十両ばかりはいっていたのではなかったのかい」

「なんだかんだと引きだされて、あとは一両と小銭くらいだったそうです」

「しかしまあ被害がなかったのだから、それにこしたことはない」

「でもねえ。おまつさん親子が突然、それも夕刻あわただしく故郷に帰ったことといい、御隠居さんが突然姿を消したことといい、なにか妙なことばかりつづいて」

〈そうか〉

奥松親子三人が逃げだしたことと、隠居が姿を消したこととは関係があるのだ。

隠居や浪人者は、奥松を見張っていたのだ。奥松を見張るため正林寺の前の花屋に口実をかまえてはいりこみ、後家を欲と色とでたらしこんで居候をきめこみ、ひそかに奥松の様子をうかがっていたのだ。

しかしなぜ奥松を見張る必要がある。奥松がもっている金が狙いならさっさとふんだくればいい。手間暇かけて見張る必要などない。

まてよ。六助を襲った、奥松を見張っていたらしい三十前後の胡麻塩頭はどうなのだ。隠居や浪人者と関係はないのか。ぐるではないのか。

二組もが奥松を見張るわけがない。奴らはぐるだ。すると、奴らは相当大がかりに奥松を見張っていたことになる。

「どうかなさったんですか？」

怪訝《けげん》そうに小夜が聞く。

「いや」

ごろりと横になり、小夜に背をむけて肘枕をついた。

隠居と浪人者と胡麻塩頭——。この三人を追い使うだけでもかなりの金がかかる。金は誰が負担している？　金主は誰だ？　誰が金をかけて奥松を見張らせていた？

猫背の石神は霊巌寺の門前あたりからつけてきた。石神も花田も奴らと関わりがあるのか？

どっちにしろなにか容易ならざる巧《たくみ》が背後にあるようで、巧に花田が関係しているのなら、おのれが狙われたのもそれに関係がある？

花田は……信用できない。花田に聞いたりするのは藪蛇だ。

こうなれば、六助を仁杉七右衛門の手の者にして、仁杉七右衛門の庇護のもとに六助に探らせるのがいい。六助の仁杉七右衛門への御目見《おめみえ》はできるだけ早めたほうがいい。

「用を思いついたので帰る」

喜兵衛は立ち上がった。

「お昼の支度にとりかかっておりますのに、召し上がってからでいいじゃないですか？」

小夜はうらめしそうにいう。

「せっかくだが」

喜兵衛はそそくさと万年町の家をあとにした。

四

「恵比寿屋さんでは？」

丸太橋をわたり、油堀沿いを永代橋の方へむかっていると声をかける者がいてふりかえった。

声は油問屋の中からかかったらしく、節くれだった真っ黒な男が暖簾《のれん》をかきわけてできた。上総勝浦村の網元四郎右衛門である。

「江戸へはいつ？」

熱射をさけるように日陰にはいりながら聞いた。

「三、四日前《めえ》に」

どうして恵比寿屋《うち》に草鞋《わらじ》を脱がないのだろうと、一瞬考えているのを見すかしたように、

「嫁御と一緒で、嫁御の家が泊まれ泊まれとうるさいもので」

四郎右衛門は弁解するようにいう。

「それはなによりでございます」

喜兵衛は適当にあわせた。

「時分どきです」

四郎右衛門は日の高い空を見上げてさそう。

「飯でも食いませんか」

仁杉七右衛門は役所にいる。屋敷には言伝《ことづて》にいくだけだ。なにかひどく気が急《せ》いて表にでたものの、一刻を争っているのでもない。喜兵衛はうなずいていった。

「ご一緒しましょう」

四郎右衛門のあとにくっついていって上がったのは、近くのありふれた茶漬飯屋だった。

「嫁御が帰りたいとしきりにせがむものだから……」

すわると四郎右衛門は口元はゆるめながらいう。

「最初のうちはそんなものです」

また適当に話をあわせた。

「忙しい盛りだが、それで一緒にやってきただ。恵比寿屋《おたく》には近いうちに寄らせてもらうつもりだった。嫁御と一緒に」

「気をつかわないでください。恵比寿屋《うち》はただの旅人宿ですから」

膳がはこばれてきた。膳の上のものがあらかた片づいた頃、

「そういえばこの前、また大津屋さんのことで妙な話を聞き込んだだ」

四郎右衛門は茶を飲みながらきりだす。

「大津屋さんと御三卿清水様との協定に関してですか?」

大津屋の囲い込みのことや囲い込みに関する問題は、行事仲間にはかったものの意見はまとまらず、先送りされかけていた。

「そうじゃねえ」

といい、一服つけてから、

「小伝馬町三丁目の旅人宿島田屋さんが売りにだされているという話だったので、手を上げておき、やってくるとすぐ売主に会っただ。売主、つまり持主はご存じだ

べ？」

「下谷広小路の、生薬《きぐすり》屋の御隠居さん」

「そう。話はまとまって手付もうったたが、まあ一杯《いっぺえ》ということになり、雑談をしていたら御隠居さんのおっしゃるのに、島田屋の前の持主は大津屋さんらしかったたって……」

「たしかですか？」

「ではなかろうかって」

「牛込の呉服屋さんだったはずですが？」

「牛込の呉服屋さんと取引したんだが、沽券《こけん》状とお金を交換する最後の段になったら、どういうわけか大津屋さんが同席され、金は大津屋さんがもって帰られるようなご様子だった。だからひょっとするとあれは大津屋さんのじゃなかっただかって、御隠居さんは……」

「牛込の呉服屋さんはただの名義貸し……」

「かもしれねえって」

そうだとしたらどういうことになる？

「島田屋は以前糀《こうじや》屋という、おたくにいるおふじさんのおとっつぁんの、なんという名だったか……」

「治郎兵衛さん」

「そうそう治郎兵衛さん。治郎兵衛さんの宿だった」

「そうです」

「治郎兵衛さんの宿糀屋は、治郎兵衛さんが江戸払にあって江戸を留守にしていた間に番頭が不始末をしでかし、牛込の呉服屋の手に渡ったということだった」

「ええ」

「しかし番頭が不始末をしでかしたというのはわざとのようで、牛込の呉服屋が背後から操って糀屋を立ち行かなくなるようにし、糀屋を乗っ取った……。そんな噂が当時からひそひそささやかれていた。そうだべ？」

「よく知っておられる」

「地面の取引に関することならたいていのことは……」

と四郎右衛門は鼻をうごめかすようにいって、

「だがもし島田屋の本当の持主が大津屋茂左衛門さんだったのなら、大津屋さんが糀屋を乗っ取った張本人ということに……ならねえだか？」

そういうことになる。

「恵比寿屋さんは事情を知っておられて、治郎兵衛さん親子に救いの手を？」

「まさか」

「すると乗っ取った大津屋さんの親戚の恵比寿屋さんが、そうとは知らずに、乗っ取られた糀屋さん親子に救いの手をさしのべていたということになり、こいつはとんだ因縁《いんねん》話ということになる」

そうなる。

「下げてよろしいでしょうか」

店の者が膳を片づけにきた。

「さてと」

と四郎右衛門は立ち上がり、

「いずれ近いうちに嫁御をつれてお邪魔しますだ」

といってつけくわえた。

「でも、憶測だ。確証があるわけではねえ。そこのところはお間違《まちげ》えのないように」

四郎右衛門とは茶漬飯屋をでて右と左にわかれた。

大津屋茂左衛門は、ある時期からなにかとつっかかってくるようになった。それは、自分が旅人宿の行事として、旅人宿に有利になるように動いたせいだと思っていた。

　そうではなかったのかもしれない。治郎兵衛おふじの親子に、救いの手をさしのべたのがきっかけになっていたのかもしれない。

　あるときたまたま治郎兵衛おふじの親子に救いの手をさしのべた。それを茂左衛門は、喜兵衛がおのれの糀屋乗っ取りを知り、おのれにあてつけるようにやったことだと勝手に思い込み、ひらきなおってなにかとつっかかるようになった……。

　考えられなくもない。時期も符合する。

　まてよ。

　茂左衛門がそんな、番頭を背後からあやつって糀屋を乗っ取るような男だったのなら、恵比寿屋喜兵衛を亡き者にして恵比寿屋を乗っ取ろうと巧《たく》んだとしても不思議はない、ということにならないか……。

　いや、しかしそれはおかしい。自分を亡き者にしたところで遺産は倅の重吉が相続する。茂左衛門には一銭もはいらない。そんな馬鹿な真似を茂左衛門がするはずがない。

　あれこれ考えているといささか混乱してきた。

　仁杉七右衛門の風変わりな別墅《べっしょ》に招かれたのは一昨日《おとつい》の晩である。猫背の石神に襲われたのはその帰り。花田の家をたずねたのは昨日の午前。そして今朝六助に仁杉七右衛門の伝言をつたえ、そのあと小夜のところへ顔をだしてまた妙な話を聞かされ、直後にいま上総の四郎右衛門に出会ってまたまた妙な話を聞かされた。

混沌とした話や出来事が偶然集中したのかもしれない。だがそれらは、太い一本の糸でつながっているから集中したのかもしれない。

身の危険がからんでいることでもある。少しじっくり考えてみよう。言伝《ことづて》にしろ仁杉七右衛門の屋敷へいくのはそれからにしようと、喜兵衛は足の向きをかえ、恵比寿屋にむかった。

五

「御新造《ごしんぞ》さんが亡くなられました。八方お探ししたのですが……」

恵比寿屋《やど》に帰りつくと、太兵衛が框《かまち》でまちかまえていていう。

朝方、でかける前、寸刻だが見舞った。危険だとかそんな様子はうかがえなかった。

「何刻頃《なんどき》ですか？」

「四つ半（午前十一時）頃とうかがってます」

深川の家《うち》にいた頃だ。

「恵比寿屋を閉めるわけにはいきません。恵比寿屋のほう、お願いします」

喜兵衛は太兵衛にそういって、家へいそいだ。

酷暑がつづいたり、酷寒がつづいたりすると、年寄りや病人はからだが耐えきれないのだろう、ぽっくりいく。街角や裏長屋では、そんな頃葬儀をよくみかける。

他人事《ひとごと》のように見ていた。病人は身のまわりにいた。気をつけなければいけなかった。

太兵衛は八方探したといっていた。深川にもいったのだろうか。深川のことを誰かが知っていてたずねたとして、小夜はどう応対したろう。

近所の人や親戚もすでに駆けつけているにちがいない。大津屋茂左衛門もだ。みんないま頃になって駆けつける亭主のことをどう思うか。妾宅で鼻毛をぬかれていたらしい、などとひそひそ噂でもしているのだろうか。

家へ急ぎながらそんなことを考えていて、絹を哀れむ気持がまるでないことに気づいた。

薄情な男なのだろうか。

そうだ。心はとうにはなれている。

正直なところ、肩の荷が下りたような気がしている。

玄関の三和土《たたき》には隙間もないほど履物がならんでいた。

重吉も、糸も綾も、重吉の嫁も親方も、亀吉も、治郎兵衛もおふじも、旅人宿の仲間も、近所の者も、茂左衛門も、……大勢が駆けつけていた。

ばつのわるい思いはする。しかしことさら、なにげないふりをよそおい、誰に挨拶するともなく頭を下げながら絹の枕辺にすわった。

かけられている白布をそっとめくってうかがった。死顔は安らかでない。病に苦しんで死んだせいか、苦悶《くもん》のあとがうかがえる。

またそっと白布をかけ、目をつぶって手を合わせた。

しばらく黙然とすわっていると、大津屋茂左衛門が立ち上がって玄関のほうへむかおうとする。追っかけていって声をかけた。

「お忙しいところを」

「いったん帰ってでなおします」

茂左衛門はそういい、独り言をつぶやくようにいった。

「そうとう苦しんで死なれたようですね」

六

人手に不足していない。家持でもある。通夜や葬式《とむらい》は町内の人が総出で手伝ってくれ、とどこおりなくおわった。

お種婆さんと娘の糸は葬式《とむらい》がおわって一段落すると、絹が寝ていた部屋の片づけをはじめた。絹の寝具を片づけたあとの畳は、そこだけが外気にあたっていなかったせいで、青々としている。

糸はとみると、さっきがさっきまで目を腫《は》らして泣いていたのだが、そんなことにお構いなく目を輝かせている。遺品《かたみ》分けがはじまるらしい。糸の心根がどうのこうのというのではない。女はみんなそうなのだ。

喜兵衛は邪魔にならないよう縁側にでて、風が吹いてひらひら舞い上がっている紙の燃止《もえさし》を見るともなく見ていた。

「虫の知らせというのでしょう、亡くなられる寸前、御新造様は身のまわりの不要なものを燃してもらいたいといわれました」

お種婆さんはそういっていた。その燃止《もえさし》にちがいない。

る。

「おや！」

「あら！」

簞笥《たんす》や長持をあける音がすると、そのたびに糸は意外だといわんばかりの声を発す
絹は衣装道楽の女だった。毎年夏冬合わせて二、三枚は余所行《よそゆ》きを新調していた。

衣装道楽の女にありがちなのだが、そのくせ手放したがらなかった。簞笥、長持、長
持がわりの茶箱には七、八十枚くらいの、新品同様の着物と、その半分くらいの数の
帯が納まっているはずなのだが……。

「お種さん。どうしてなの？」

糸はいきりたち、お種婆さんに食ってかかっている。

遺品《かたみ》の品をとりっこしているようで、みっともない。

「糸、そんな物言いをするものではない」

喜兵衛は縁側からたしなめた。

「だって、帯も着物も碌《ろく》なのがないんだもの」

「そんなはずはない」

「本当よ。どの棹《さお》にも、着古した襦袢《じゆばん》のようなのしかはいってないのよ」

喜兵衛は立ち上がって二人がいる絹の寝間を覗いた。箪笥の引出しはすべて引きだされていて、長持も茶箱もどれもこれも蓋があけられており、覗くとたしかに着古した襦袢にしごきくらいしかはいっていなかった。

「どうしたってわけ？」

糸は金切り声を上げげんばかりにお種婆さんにせまる。

「櫛《くし》、笄《こうがい》、簪《かんざし》だってなにもない。おっかさんがお足をいれている手箱にだって、はいっているのは一文銭がたったの三枚。本当にどうしたの、お種さん」

家に帰ってきてえらそうなことをいえた義理ではないのに、糸はとりのぼせてお種婆さんを責め立てる。

「なんとかおいいよ」

「わたしはなんにも存じません。はい」

お種婆さんは一言そういい、あとは糸がなにをいっても、御白州での庄平のように知らぬ存ぜぬでとおした。糸は執拗《しつよう》に責めていたが、

「そのくらいにしなさい」

頃合をみて喜兵衛はとめた。

「あの帯もあの着物もと、欲しいのがいっぱいあったのに」

糸は無念の情をからだ一杯にこめ、身をよじらせて悔しがる。

お種婆さんは、恵比寿屋に住み込みで下働きをしていたのを、絹が寝込むようになってから家《うち》に居ついてもらった婆さんで、これといったたよる先はないように聞いていたから、通夜から葬式にかけて喜兵衛は何度も、

「遠慮はいらないよ。ずっとここにいてくれていいんだよ」

と声をかけた。お種婆さんはそのつど、

「ありがとうございます。でも高田馬場の先に嫁いでおります娘が、といってももういいおばさんですが、前々から、きてくれろきてくれろとうるさくいってくれてるものですから……。ええ、そちらへ厄介になろうと思っております」

といった。高田馬場の娘とは折合がよくないというように聞いていた。

「娘さんに迷惑じゃないんですか？」

というと、

「いえいえ、とっても喜んでおります」

お種婆さんはそうもいった。

お種婆さんは忠義な婆さんだった。二心《ふたごころ》も裏表もなかった。五、六年一つ屋根の下に住んでいる。そのくらい見抜く目はある。

しかし絹の持物も、いくらかはあったろう持金も、そっくりなくなっていて、当人がそれについて一言も釈明しない以上引き止めるわけにはいかない。

「糸、なにが欲しいのかしらないが、欲しいものは買ってあげる。それ以上ガミガミいうものではない」

話を打ち切るようにそういうと、糸はよほど口惜しいのだろう、うつぶせになって、

「うおーん」

恥も外聞もなく声をだして泣きはじめた。

お種婆さんは泣いている糸を無表情に見つめている。

喜兵衛はふたたび縁側にでた。

夕刻の、大川から吹く風が吹き寄せてきて、燃止《もえさし》がまた舞い上がった。

七

「いってらっしゃいませ」とおくりだす者は誰もいない。

格子戸を閉め、買ったばかりの鍵をかけ、恵比寿屋に出向いて朝ご飯を食べ、ふた

たび喜兵衛は家に戻った。

絹の思いが家中に立ち込めているようでなんとなく陰気臭い。唐紙に畳くらいは張り替えて気分を一新しようとこの日、畳屋と経師屋を呼んでいた。

畳屋は職人を二人つれて五つ（午前八時）すぎにやってきた。経師屋も四つ時（午前十時）頃やってきた。畳を張り替えるだけだ。すぐに作業をはじめた。どんな唐紙にするか、模様の見本を見せてもらっているところへ、

「御免よ」

大儀そうに声をかけて男がはいってきた。

花田縫殿助である。花田はいつも恵比寿屋に顔をだす。

「どうしてここへ？」

喜兵衛は聞いた。

「あ、いや、恵比寿屋の者がここだと申すので」

花田はそうこたえたが、喜兵衛は花田が一瞬たじろいだのを見逃さなかった。

「何用でございます？」

「うん、その後おまえはどうしているかと思って」

「おかげさまでこのようにピンピンしております」

喜兵衛が皮肉をこめていうのにかまわず、花田は家の中を覗き込むようにして、

「ときに、御内儀《おないぎ》は？」

「数日前に亡くなりました」

「亡くなられた？」

花田は一瞬困ったような顔をした。それも喜兵衛は見逃さなかった。

「そうだったか。いやそれは気の毒いたした。ならば線香の一本でも手向《たむ》けさせていただこう」

花田は、そこはまだ畳をはがしていない仏壇の間にはいっていって手を合わせた。しばらくの間手を合わせていてこちらに向きなおった花田は、悔みをのべたあとぬけぬけといった。

「少しお足を借用できぬか？」

喜兵衛はわざとしぶい顔をつくってこたえた。

「取り込み中です」

「それもそうだ。では出直すとしよう」

いやにあっさりひきさがり、

「南無阿弥陀仏、南無阿弥陀仏」

念仏を唱えながら履物をはいてでていった。

喜兵衛は、経師屋と急いで唐紙の柄をきめると、

「あとはよろしく」

といって急ぎ恵比寿屋にむかい、花田縫殿助がたずねてきたかどうか恵比寿屋の者に聞いてまわった。誰一人として花田の姿を見た者はいなかった。

八

高田馬場の先へは、水戸家の上屋敷の向う、牛込をつっきっていくのがいちばんの近道である。だが牛込のその一帯は割下水や番町、あるいは下谷のように旗本御家人の屋敷が密集していて道に迷う恐れがある。さして遠まわりでもなしと、喜兵衛は牛込御門下から神楽坂《かぐらざか》を上がっていった。

迷う虞《おそれ》のない一本道で、右に左にと変わりばえのしない組屋敷が延々とつづき、組屋敷がきれると馬場下町にでる。

その先、左手に穴八幡《あなはちまん》があるところから道はまた上り坂になる。喜兵衛は時折島笠を持ち上げ、額の汗をぬぐいながら坂道を上っていった。

上がると平坦な道が少しつづき、高田馬場に突き当たる。

お種婆さんが世話になるといっていた娘の嫁ぎ先は、高田馬場の向こう、姿見橋とも俤《おもかげ》橋ともいわれている橋の手前にある。近くにこられることがあったらぜひお寄りくださいと、婆さんは別れの挨拶がわりにいっていた。

出向くことはあるまいと思っていた。こうやって出向くなど思いもよらなかった。

江戸随一の馬場、高田馬場には真ん中に細長い土手が築いてあって、その周囲をぐるぐるまわって馬を責めるようになっている。

馬場の向う側にでるには、馬場をぐるりとまわらなければならない。

見るともなく見ていると、馬場で馬を責めているのはたった一人。馬場の横では弓も引けるようになっているのだが、そこには人っ子一人いなかった。
二十七、八年も過去《むかし》のこと、松平楽翁こと越中守という御老中が御改革ということをはじめた。
きのうまで、腰に一振《ひとふ》り落し差しに差し、着流しの懐手で小唄端唄《こうたはうた》をくちずさみ、雪駄《せった》をひきずるようにしどけなく往来を歩いていた御武家の倅が、突然背筋をのばし、二本差すばかりでなく、野袴《のばかま》をはいて股立《ももだち》をとり、両手に弓矢をもって、往来を馬場へ道場へと通うようになったのは御改革のせいだったが、それももう遠い過去《むかし》のことになっていた。

山吹の里とかいわれている、由緒あるらしい名称の里を右手に見ながら、今度は下りになる坂を喜兵衛は下りていった。

ほどなく橋が見えてきた。姿見橋だ。橋の手前の右手に、あまり手がはいっていないらしい屋敷が見える。どこぞの大名の下屋敷にちがいない。

その門前、通りの左手に数軒の百姓家がある。

地の人らしい通りすがりの人に聞くと、お種婆さんが厄介になっているという百姓家はすぐにわかった。

教えられたその百姓家は田圃《たんぼ》道を背に、南向きに建てられていた。

黄色く熟れたきゅうりがぶら下がっている畑と家の間の道をはいっていくと庭先にでた。

見ると大小の子供の着物にまじって襁褓《むつき》まで干してある。子沢山の家らしい。あの年齢でこんな家にはいりこむのだ。お種婆さんは、ああはいったが肩身の狭い思いをして暮しているにちがいない。

鶏が五、六羽、飼い放しにしてある庭を横切り、開け放しの縁側から声をかけた。

「ごめんなさいまし」

「どなた様でございましょう？」

といってでてきたのは四十半ばの、顔の皺に子沢山の苦労が刻まれている女で、お種婆さんの娘に違いなかった。

「馬喰町の恵比寿屋喜兵衛と申します」

喜兵衛は名を名乗った。

「お種さんにお会いしたいんですが？」

「子守りがてら高田町に買物にいっております」

娘らしい女はぶっきらぼうにいった。なぜそのまま抱えてくれなかったのだという恨みがましい気分が、きつい表情にありありとうかがえる。

ここでまつのは気が重い。

「近くに茶屋なんぞはありませんか？」

聞くと、

「姿見橋をわたった先、右手が南蔵院で左手が氷川様の先に一軒あります」

「そこでまっておりますから、帰られたらそうお伝えください」

喜兵衛は踵を返した。

蟬《せみ》が四方八方で鳴いていた。

「おやかましゅうございましょう」

　という茶屋のかみさんに、菜飯をたのみ、一室しかない六畳の間に上がってまった。

　菜飯がはこばれてきた。食べおわってもまだお種婆さんは姿をみせない。

　ぼんやりまっていたら、およそ一刻（二時間）もたってからようやくお種婆さんは姿をみせた。

「旦那様」

　声をかけて懐かしそうに顔をくしゃくしゃにほころばせたかと思うと、急に涙ぐみ、声をつまらせた。

　喜兵衛は懐から手拭をとりだして渡した。お種婆さんは手拭でしばらく顔をおおっておもむろに顔を上げた。

　見ると、あの遺品分けの日の無表情な容貌《かお》にもどっていて、覚悟をきめるようにいった。

「いずれ早晩お見えになると思っておりました」

「なにかいただきませんか？」

　喜兵衛は聞いた。

お種婆さんは首をふる。喜兵衛は唐紙越しに、

「お茶と、なにか菓子でも」

と声をかけていった。

「だいたいのところは察しがついております」

「お察しに多分違いはないでしょう」

「絹は花田縫殿助にゆすられていたのですね？」

お種婆さんはうなずく。

「絹がいくら金をもっていたかは知りませんが、花田はそれを残らず巻き上げたうえ、金目の物もすべて巻き上げてしまった？」

「はい」

「なぜ、そんなことに？」

喜兵衛は煙管《きせる》にきざみをつめながら聞いた。

「…………」

お種婆さんはうつむいていてこたえない。喜兵衛は火種に顔を近づけ、一服吹かしていった。

「なぜなのです？」

「なにをいっても、わたしにとっての主人《だんな》様である御新造様の悪口をいうことになります。ご勘弁ください」

「それをいうならわたしもあんたの主人だ。絹同様わたしにも忠義をつくし、ありのままをいってもらわねばこまる」

　喜兵衛はそういい、

「わたしはこの一月と夏の二度、花田に命を狙われた」

とつづけて間をおいた。

驚く気配がない。知っていたのかもしれない。

知っていたとして、やはり絹が花田にたのんだ？

　茶と菓子がはこばれてきた。喜兵衛はすすめて、

「花田は絹をゆする一方でわたしの命を狙っていた。だからなぜ花田が絹をゆすっていたか、わたしはどうしても真相を知らねばならない」

「旦那様がもう少し御新造様にご親切にしてあげていたら、あんなことにはならなかったとわたしは思うのでございます」

　お種婆さんはまた声をつまらせた。

「絹は万年町のことを知っていたのだね？」

こくりと首をおる。

「どうやって知ったんだろう？」

「大津屋茂左衛門さんにお頼みになったのです。調べていただきたいと……」

「大津屋茂左衛門に調べを？」

信じられないことをいう。

「いつ頃？」

「一年半ほども前になりましょうか。でも感づいておられたのはもっと前、五、六年前からです」

小夜を囲ってすぐだ。やはり女はカンがするどい。

「旦那様がお囲いなされたご婦人のことは、知りたいけれど知りたくない気持もおありだったようなのですが、御新造様はとうとう我慢できず、大津屋さんに文をつかわされてお調べいただきたいと……。使いにはわたしがたちました。いま考えると使いになどたたず、お諫《いさ》めしていればよかったと思い悔やむことしきりなのですが……」

お種婆さんはそういうと深々と手をついていった。

「ですからわたしは、旦那様には顔向けのできない不忠な召仕だったのでございます」

ひきつづき居てくれるようにとすすめたのに、ふりきるように家をでていったのは、やましいところがあると、自分なりに気に病んでいたせいだったのだ。

そういえば遺品分けの日、縁側で見るともなく見ていると紙の燃止《もえさし》が風に舞っていた。あれは茂左衛門からの文ではなかったのか。

「お種さん、この前あんたが庭先で燃したあの紙。あれは？」

お種婆さんはうつむいたまま返事をしない。

「あれは茂左衛門からの文だったんだね？」

隠しとおせないと思ったか顔を上げて、

「そうです。茂左衛門さんからの文です。亡くなられる寸前、燃してもらいたいと御新造さんがおっしゃられるので、ええ、燃したのです」

「すると絹はその後、茂左衛門と文を何度も遣《や》り取りしていた？」

お種婆さんはうつむいたまま、こくりとうなずく。

「なにが書かれているのか見なかった？」

「見たい気持もあったのですが、御新造様が背中から睨みつけておられるような気がいたしましたので……、はい、見ませんでした」

そういうと突然あとずさりして、畳に額をこすりつけた。

「なにをするのだね？」

「旦那様には知らぬ顔して隠しとおし、本当に申しわけございませんでした。どうかおゆるしくださりませ」

「お種さんにはお種さんの立場がある。ゆるすもゆるさないもない。それより茂左衛門はすぐに万年町の家《うち》をつきとめた？」

「ええ。それで御新造様は、このままわたしが死んでしまうと、恵比寿屋の身代《しんだい》はそっくり万年町の女と女の子供のものになってしまう。それが口惜《くちお》しいと口走るようになられ……」

気持はわからぬでもない。

「いつだったかなあ、最初は去年のお月見の頃だった。お種さん。あんた、御新造様の具合がおわるいと宿にわたしを迎えにきた。あれは狂言だと思っていたのだが？」

お種婆さんはうなずいて、

「そうです」

「つぎのも？」

「ええ。あの頃は旦那様のお帰りが遅いと、口癖のように万年町にいってるにちがいないと、狂ったようにいわれ……」

「だがどうして花田なんかにゆすられる羽目になったのです？」

「それはもう本当に思いがけないことで……」

とお種婆さんはいい、

「正月を越してほどなくでした。ふらりと花田様がたずねてこられ、御新造様に、大津屋茂左衛門にたのまれて、おまえの亭主を殺そうとして殺しそこねた。おまえも同罪だ。ばらされたくなかったら口封じに金をだせと……」

瞬時に様々な思いが脳裏をよぎり、柱に背をもたれさせて目をつむった。

大津屋茂左衛門はたしかにこの恵比寿屋喜兵衛の命を奪おうとした……。なぜか。いまわかった。狙いはやはり恵比寿屋の乗っ取りにあった。

お種婆さんによると、絹は、自分が死ぬと恵比寿屋の身代はそっくり小夜と喜助のものになってしまうとこぼしていたのだという。ということは、その頃文を遣り取りしていた大津屋茂左衛門にも、文をおくっておなじようにこぼしていたにちがいなく、茂左衛門はそれに暗示をうけたのだ……。

恵比寿屋喜兵衛の命を奪えば、喜兵衛の妾親子と恵比寿屋とを繋ぐ糸はぷっつり切れる。倅は養子のようになって外へでている。娘も家に帰ってこられるような立場ではない。だから、病床にある絹の後見人となって恵比寿屋にはいりこめる。結果的に恵比寿屋を乗っ取ることができる……。

大津屋茂左衛門はそう計算して花田を抱き込み、この、恵比寿屋喜兵衛の命を奪おうとした。狙いは恵比寿屋の乗っ取りにあった。乗っ取りにはしかも前科がある。

花田がまたたいした男で、底無しに悪知恵がはたらく。

一度目、猫背の石神は失敗した。ふつうなら素早く二の矢三の矢を射かける。花田はそうせず、失敗したのをこれ幸いとばかり、あろうことか〝おまえも同罪だ〟といって狙った男の女房をゆすりにかかった。

そんな男に、「のっぽで猫背の浪人者と、依頼人を探していただきたい」、とたのんで手付金二十両を渡した男も、考えてみるとよほどおめでたい男ということになる。

茂左衛門のほうは、絹が死んでしまうと後見人になれない。そんな花田にやきもきしながら、絹が死ぬ前にとせかせた。そしてこの前再度襲わせた……。

しかし……。喜兵衛は腕をくみ、独り言をつぶやくようにいった。

「茂左衛門はなぜ花田のことを知った？」

「昔、御新造さんが茂左衛門さんに語って聞かせたことがあるんだそうです。旦那様と花田様のことを……」

「昔っていつ頃？」

「あっ」

お種婆さんは口に手をあてた。

「絹は昔、茂左衛門と浮気していた？」

お種婆さんはうつむいたままこたえない。

絹と所帯をもってまもなく、旅人宿仲間と伊勢参りにでかけ、ついでだからと上方、京大坂まで足をのばし、一箇月以上家《うち》をあけたことがあった。あのときだ。あのとき、帰ってきてしばらくの間、絹はなにか落ち着かぬ様子でそわそわしていた。

「こうなればなにもかもお話し申し上げますが……」

とお種婆さんは顔を上げて、

「御新造様のおっしゃるのには、昔、旦那様がお伊勢参りにでかけられたとき、ご無事をと明神様に願懸《がんか》けにでかけられた帰り道、茂左衛門さんにばったり出会われたのがきっかけだったそうでございます。ですが間違いはただの一度だけだったと……」

一度も二度も、五度も十度も間違いは間違いだ。

「そのとき、四方《よも》山《やま》話のついでに花田様のことがでて、茂左衛門さんはそれを覚えておられて……ということだったらしゅうございます」

花田は金にさえなればなんでもする男だ。二つ返事で請け合ったのだろう。

「ともかく花田様は浮気の一件もからめ、亭主にばらすぞ、と脅して御新造様を責められる。御新造様は、旦那様にばれてしまうのを恐れられ、また茂左衛門さんがそんなことまで花田様にばらされてしまったことに絶望され……、でもわたしは、浮気の一件まで茂左衛門さんが花田様に洩らされたとは思えません。茂左衛門さんはそこまで愚かではない。おそらく花田様は当て推量に、口からでまかせをいわれたのでしょう。ですが御新造様は胸に覚えがある。ただおろおろと、せびられるまま金をさしだされ、手箱にあった五十両ばかりの金はたちまちなくなり、着物に帯、櫛笄簪など金目の物もこれまたすぐになくなり、それはもう生きた心地もしなかったようで、死にたい死にたい、死ねばこんな生き地獄から逃れられると、毎日毎日嘆いておられ、息をひきとられるとき……、旦那様はおられませんでしたよね」

万年町にいた。

「息をひきとられるとき、これでやっと生き地獄から逃れられると、ほっとしたようなご様子で眠りにつかれたのです。身からでた錆とはいえ、本当におかわいそうなお最期でございました」

なむいうれい、じょおとおしょおがくぅう、しゅつりしょおじとんしょおぼぉだぁい。

やっとうの先生の奥方様が、ときどきうなっておられた謡《うたい》の一節が耳にひびいてきた。

なんとなく耳で覚えてしまい、「どういう意味なのですか？」とおたずねしたら、

「迷わず成仏してくださいという意味です」とおっしゃって、

南無幽霊成等正覚、出離生死頓証菩提

と半紙に水茎《みずくき》の跡うるわしく書かれた文字を見せてくださり、「謡はね、こんなお話なのですよ」と粗筋をかたってくださった。

「昔、津（摂津）の国は生田の里に菟名日少女《うないおとめ》という年頃の美しい乙女がおりました。その乙女に小竹田男《ささだおとこ》と血沼《ちぬ》の丈夫《ますらお》という、喜助さんと亀吉さんのような凛々《りり》しい二人の男が思いをかけ……」

たしか亀吉も一緒にいて、奥方様はそんな冗談をまじえられながら、

「おなじ日のおなじ時に付文《つけぶみ》をしました。一人になびくと、一人の怨みをかいます。ですからと、乙女はどちらにもなびかなかったのですが、断りきれずにあるとき、生田川に鴛鴦《おしどり》が遊んでいるのを見て、あの鴛鴦を射てみてください、当たったほうになびきますというと、二人は同時に矢を射かけ、二つの矢先はもろともに一つの翼にあたりました。もはやどうすることもできません。乙女は罪もない鴛鴦を無慚《むざん》な目にあ

わせてしまったことをも悔い、生田川に身を投げました。そのあと、乙女は引き上げられて塚に埋められたのですが、二人の男は塚の前で刺し違えて死んでしまいました」

そういって奥方様はこうもつけくわえられた。

「わたしには必ずしも乙女がわるいとは思えないのですが、謡のお話では、乙女は死後、等活《とうかつ》、黒縄《こくじょう》、衆合《しゅうごう》、叫喚《きょうかん》、大叫喚《だいきょうかん》、炎熱《えんねつ》、極熱《ごくねつ》、無間《むげん》の八大地獄をさまようことになったそうです。その乙女を弔う経文が南無幽霊成等正覚出離生死頓証菩提なのです」

蟬がいっせいに鳴きやんだ。

鳴きやんで、やかましく鳴いていたのに気づかされた。

日は陰っていて、夕立でも降るのか重い雲が垂れ込めており、暗闇の奥深くになにもかも吸い込んでしまいそうな静寂が辺りを支配した。

長く思えたがほんの一瞬の間だった。蟬はまたけたたましく鳴きはじめた。

「お種さん。いま幸せですか？」

喜兵衛は話頭を転じた。

「娘がよくしてくれますので」

お種婆さんは気丈にいう。

「娘さんによくしていただくのもいいのですが、どうです、家にもどってきてこれまでどおり、身のまわりの世話をやいてくれませんか？　お種さんがいなくなって困っているんです。糸には、もっともらしい理由《わけ》を考えて話しておきます。ねえ、そうしてください」

「うっ」

と嗚咽《おえつ》がもれた。

共犯のような立場にいたからだろう、一言も事情を弁解できずに奉公先を去り、娘の嫁ぎ先で肩身の狭い思いをしている……。

よほど辛いようで、お種婆さんはつづけて肩をゆすりはじめた。

夕立が天水桶をひっくりかえしたかのように降ってきて障子をしめた。

四半刻（三十分）もまった。夕立は走り去って空は明るくなり、障子が赤く染まった。

喜兵衛は立ち上がって勘定をすませ、提灯を譲り受けてお種婆さんと茶店をあとにした。

「あす、太兵衛を迎えによこします。支度をしてまってててください」

そういってお種婆さんとわかれ、高田馬場のほうへ坂をのぼっていった。

仲間に迷ってしまったかのような蛍が一匹、行く手をよぎった。目を追うと、蛍は神田川河畔の草叢《くさむら》とおぼしきあたりに姿を消した。

第十章　六十六部《ろくじゆうろくぶ》

一

真相はわかった。しかしわかってどうなるというものでもなかった。

花田縫殿助は、正直いって手におえない。腕がどうのこうのというのではない。頭のできがちがっているのだ。

金のためなら、長い付合の弟弟子でも殺しにかかる。失敗したら、たのまれたことはそっちのけにして、狙った弟弟子の女房をゆすりにかかる。

並の頭では思いつかない。

そんな男に、下手につっかかると必ず意想外の揺り戻しをうける。間違いなく大怪我をする。

だが花田も、さすがにもう恵比寿屋《やど》には顔をださないだろう。女房の死をきっかけに、婆さんがこれまでのことを喜兵衛に話さないわけがない、と思えばいかに花田でも顔はだせない。

無断でしばしば江戸を離れるなどの、花田の不行跡には頭支配も手を焼いているらしく、そのうちよくて甲府勝手、わるくすると改易ではないかと亀吉もいっていた。改易で江戸に居残られると困るが、改易には遠島とか追放がつきものだ。花田はそのうちきっと江戸を追われる。

問題は大津屋茂左衛門である。

大津屋茂左衛門は恵比寿屋の乗っ取りを巧んで恵比寿屋喜兵衛の命をねらった。これはもう間違いない。上総勝浦村の四郎右衛門によれば、茂左衛門には糀屋《こうじや》を乗っ取ったという前科もある。

茂左衛門の乗っ取りの前提は、〝絹が生きていること〟だった。絹は死んだ。死んでしまえば喜兵衛の命を狙う意味がない。

茂左衛門がこう思いなおすのならいい。

重吉は養子のような形で外にでている。遺産はたとえ重吉が相続しようと、知恵を働かせれば乗っ取れないこともない。

今度はそう思い、また花田か誰かに襲わせるかもしれない。あきらめのいい気質《たち》ではない。襲ってこないという保証はない。

だったらいっそ、茂左衛門とおなじように人をたのみ、逆に茂左衛門の命を奪う……ような真似はとてもできない。考えるだけで恐ろしい。

であれば、これからも不用意に夜道を出歩けず、枕も高くして寝られず、際限なく警戒しつづけなければならないということになる。

それは困る。気が変になってしまう。

〈ではどうすればいい〉

「ごめんください」

おふじの声だ。

御武家の世界ほどやかましくないが、形ばかりにしろ忌《き》はある。くだくだしいことをいう者がいないでもない。忌があけるまで恵比寿屋に顔をだすのはひかえ、畳も障子も唐紙も一新した部屋で、絹の位牌を前にあれこれ考え込んでいたところだった。

「お上がんなさい」

喜兵衛は声をかえし、ざぶとんをもって縁側にでた。

「お邪魔します」

おふじは上がってきて、

「お種さんは？」

と膝をついて聞く。喜兵衛はざぶとんをすすめながら、

「長い間絹につきっきりだったからね。しばらくのんびりしてもらおうと、きょうは朝から芝居見物に。いやそれも無理矢理すすめたのだよ」

「ではかわりにお茶を」

「火をおこすのが面倒だから」

と喜兵衛は制して、

「それよりなにか？」

おふじはあらたまった。

「話はすべて六助さんから聞きました」

仁杉七右衛門の小者になるという話だけではない。六助とおふじとのことを知っているというのも聞いたにちがいない。どうこたえたものか、言葉を探していると、

「ふしだらな女とお思いでしょう」

「そんな……」

「いいのです。たしかにふしだらなことですから」

「わたしはふしだらだなんて思っていない」

「わたしにはこれが最後のように思えたのです」

気持はよくわかる。

「でも、所詮かなわぬことですから、用がすんだらお帰りなさいと、六助さんにはすすめておりました」

「聞いております」

「仁杉様の小者にお世話いただくという件ですが、すでにご返事を？」

「まだです。仁杉様のところには忌があけてからうかがおうと思っておりました」

「よかったぁ」

なぜかおふじは安堵《あんど》するようにいって、

「申しわけありませんが、断っていただくわけにはまいりませんでしょうか」

六助は喜んでいた。

「どうして？」

「ご存じでございましょう。おとっつぁんが家財取上江戸払を申しわたされたときのこと……」

「知っております。それがどうか？」

「お調べにあたられた吟味方与力の旦那は吉田八百介《やおすけ》という方だったそうでございます。おとっつぁんは旅人宿としての仕事も公事宿としての仕事もすべて手代、下代、番頭まかせで、なにも知らない、わからない。ですから容疑に触れるようなこともなに一つしていない。そう申し上げたのに、吉田八百介とおっしゃる吟味方与力の旦那は、主人《あるじ》でありながら、知らない、わからない、などと申すは不届きであると、理不尽な、まるでいいがかりのようなことをいわれて、おとっつぁんにも家財取上江戸払を申し渡されました」

喜兵衛も行事という立場上、御白州に顔をだしていた。おふじがいうとおりだった。

「おとっつぁんはそのときのことが本当に悔しかったようで、物心ついた頃から、寝物語するようにわたしに語って聞かせました。ですからそのときの光景は、まるで自分が体験したことのように、わたしの頭の中にこびりついているのです。夢にまで見ます。うなされることさえあります。いまでもそうです」

人はなにかしら幼い頃の体験をひきずっている。おふじは父親の体験を、幼い頃の自分の体験のようにひきずっていたのだ。

「ですからわたしにとって吟味方与力の旦那方は、不倶戴天《ふぐたいてん》というのですか、ともに天をいただきたくないとまで思っている方々です。そんな方々の小者になど、他人のままでいるならともかく、亭主としてつれそうのならなってもらいたくないのです」

おふじはまるでいまは亡き吟味方与力、吉田八百介を相手にしているかのように、喜兵衛を睨みすえた。

「六助さんはどうなのです？」

喜兵衛は視線をそらして聞いた。

「なりたいようです。なれば所帯をもてる。あなたに苦労をかけなくてすむといって。それでわたしも、腹をくくって聞きました。本当にこんなおばあちゃんでいいの。後悔しないの、って。いいっていいってくれました。だったらなおのこと、吟味方与力の小者になるなどやめてちょうだいと……」

「治郎兵衛さんもおいでなさる。暮しはどうやって立てるのです？」

「本人は下代になりたがっているようですが、下代になるなどただでさえむずかしいのに、仁杉様の件をお断りするのですからなおのことむずかしい。あきらめさせます。といってどこかに奉公するにしても、住み込みから通いにかわれるまで十年やそこらはらくにかかります。それでいっそのこと……」

といってみずからにいい聞かせるかのように、

「天秤を担ぎなさいって……」

さらに唇をきっと引き結んで、

「なんならわたしも一緒に担ぎますからって……」

天秤を担ぐ……。棒手振《ぼてふ》りだ。棒手振りなどという仕事は、その日暮しのきつい仕事である。夫婦共稼ぎでも、暮しは楽でない。だが口先だけのこととも思えない。おふじなりに覚悟をきめているようだ。

だったら、仁杉七右衛門のことはそれ以上すすめられないし、すすめることでもない。

「わかりました。仁杉様の件はお断りしましょう」

「すみません。わざわざお世話くださったことなのに勝手ばかり申して」

「あなたと六助さんのことですが……」

そっちで断るのだからあとのことは知らない、とはいいたくない。おふじは十年以上も恵比寿屋で働いてくれている。

「天秤を担ぐなどと結論は急がないがいい。わたしも六助さんのことは考えておきますから」

「ありがとうございます。でも勝手な言い分ですので、どうかご心配はなさらないでください」

「それよりこの前、あなたのことでおとっつぁんが見えてね」

喜兵衛は話題をかえた。

「そんなことではなかろうかと、なんとなく気づいておりました」

「治郎兵衛さんにとってあなたはやはりかわいい娘さんだ」

「もう大年増に近い娘ですが……」

と苦笑しながら、

「でも心配はかけないようにします」

おふじは一礼して帰っていった。

二

世が世なら糀屋の一人娘として、とっくに似合いの花婿をむかえていて幸せにくらしていなければならない。

それが、所帯をもつために、〝わたしも一緒に天秤を担ぐ〟とまでおふじは思いつめている。哀れな話である。

糀屋を乗っ取ったのは大津屋茂左衛門ということだ。茂左衛門はまた恵比寿屋を乗っ取りにかかった。あきらめずに、これからも乗っ取りを仕掛けてくるかもしれない。命も狙ってくるかもしれない。

〈ではどうすればいい〉

喜兵衛はごろりと横になり、ざぶとんを丸めて頭の下にしいた。

軽追放《けいついほう》の付加刑である闕所《けっしょ》は家財の取上である。中追放以上の付加刑である闕所は家屋敷の取上で、取り上げられた家屋敷は御番所で入札払に付される。

茂左衛門がその中追放を申し渡されたとする。商売道具の大津屋《やど》だけではない。あちこちにもっているらしい家屋敷も闕所になる。当分戻ってこれないし、ゆるされて戻ってきても、商売道具の宿も、住む家もない。恵比寿屋を乗っ取るどころか、おふじの父治郎兵衛のように食うのがやっとという状態になる。

そうだ。入札払に付される大津屋を、旅人宿仲間など要所要所に根回しし、親戚風を吹かせて落札するというのはどうだ。

金は、喜兵衛店《だな》などこれまでにこつこつ買っていた地面を引当（抵当）に借りればいい。売ってもいい。

日本橋小網町にある大津屋は立地もいいし規模もかなりのものだ。いまは島田屋という屋号の小伝馬町三丁目の糀屋は、馬喰町界隈では第一といっていい規模の旅人宿だが、大津屋もひけはとらない。値打ちは糀屋と五分五分だ。大津屋を落札して四郎右衛門に糀屋との交換を申しいれる。損な取引ではない。四郎右衛門もいやとはいうまい。

それを、元の持主の子であるおふじに年賦で譲る。おふじはおとっつぁんとちがって働き者だ。六助も働き者のようだ。二人で力を合わせれば、丸焼けになるような火事に何度も遭うようなことさえなければ、利息もいれて十数年で返せる。おふじは六助と所帯をもてるし、糀屋も取り戻せる……。勘定高いことをいうなら、喜助はまだ五歳だ。一人前になるのに二十年はかかる。喜助が一人前になるまでできるだけ長生きするといっても、あと二十年長生きできるという保証はない。いまおふじや六助に恩をうっておけば、万一のとき六助やおふじは喜助の力になってくれよう。

ではどうすれば茂左衛門を中追放に追い込める?

六助がさしだした目安の写しを見たとき、訴訟人の代召仕の留吉は新顔の公事師かもしれないと思った。当の留吉は年の若い青瓢簞のような顔をした印象のうすい男だった。それがなんとなく気になり、知合の十手持に留吉の素性を洗ってもらって、留吉と塩町の名主長右衛門、長右衛門と四ツ谷御箪笥町の家主孫兵衛、孫兵衛と茂左衛門というつながりがわかり、背後に茂左衛門がいそうな気がしてそれが気になった。

さらにその後、茂左衛門は留吉や長右衛門らの仲間で、それも貫禄や経験からいって頭分《かしらぶん》のような役割をはたしている仲間ではないかと思い、絹の実家《さと》のことでもあり、妙な具合に関係してくれていなければいいがと心にひっかかった。

あの直感はどうだったのだろう。当たっていたのではないか。

たしかに茂左衛門は例の一件でなんのお咎《とが》めもうけていない。しかしそれには理由があるとしたらどうだ。

四ツ谷塩町手付金出入一件には、お裁きでふれられなかった嫌疑が一つある。古証文古帳面買い漁りの類で、本来門前払いのはずの目安が、あっさり目安糺をくぐりぬけ、御奉行の御裏判を頂戴しているという嫌疑だ。

一件の目安が御奉行の御裏判を頂戴できたのは、目安方が手心をくわえたからだろう。目安方が手心をくわえたのは、袖の下をつかわれたからにちがいない。賄賂を取り込んだのだ。それ以外考えられない。

では誰が賄賂をつかって目安方に働きかけたのか。

市ケ谷八幡門前に巣くう破落戸《ごろつき》正十郎か。三国屋の番頭徳蔵か。ぶらぶらしていた指物師《さしものし》の三男坊留吉か。そうではなかろう。

塩町の名主長右衛門か。長右衛門はきのうやきょう名主になりましたという男だ。きかせるほど顔は広くない。すると、茂左衛門しかいない。

長右衛門が兄孫兵衛の知合である茂左衛門をたより、茂左衛門が二人いる目安方のどちらかに話をつけた。そう考えるのがいちばん素直だ。

町方はとかく内々のことをかばいあう。今度の件もきっとそうだ。目安糺のことをつっこむと、根岸肥前守の死によりトコロテン式に役所を追いだされ、いまは浪人しているらしい目安方の役人や、茂左衛門を目安方の役人に紹介《ひきあわ》せただろう役人を処分しなければならない。役所内に少なからぬ怪我人をだす。

だから、役所内に怪我人をださぬよう、正十郎や徳蔵らの処分だけですませ、目安糺にはあえて目をつぶった。見て見ぬふりをした。茂左衛門のこともそれゆえわかっていて見逃した……。そういうことではないだろうか。

そうだとして、かくかくしかじかと役所に訴える。むろん役所は容易に訴えを受けつけない。非常手段をとって御番所に駆込《かっこ》む。あるいは御老中や御奉行に駕籠《かご》訴《そ》する。町方の役人も知らぬふりをしとおせない。

一件は調べなおされて茂左衛門は中追放《ちゅうついほう》になる。家屋敷は闕所《けっしょ》になり、入札払になってそれを落札する。おふじは糀屋を取り戻す。六助と所帯もてる。自分は、枕を高くして寝ることができる。

〈うむ、これはいい〉

野良猫が鳴いた。お種婆さんが餌でもやっていたのかもしれない。垣根をくぐってきて餌をせがむ。

喜兵衛は台所にたち、かけた皿に朝ご飯の残りを盛ってお汁《つけ》をかけ、蹲踞《つくばい》の横においた。

猫は音を立てながら食べはじめた。

〈なにを考えていたのだろう？〉

そうだ。おふじは糀屋を取り戻せる。六助と所帯ももてる。自分は枕を高くして寝ることができる。そう考えていた。

かい、いいかもしれないという話ではないか。かい、いいかもしれないという話をもちだし、ですから大津屋茂左衛門を処分していただきたいと、かりに御役所にせまることができたとして、御役所がまともに相手にするとでも思うのか。

〈暑さに頭がおかしくなったのではないか〉

それに、宿の主人だ。駆込《かっこみ》や駕籠訴などという手段に訴えると、役所に出入りしての仕事は二度とふたたびできなくなる。自分で自分の首をしめることになる。

〈どうかしている！〉

喜兵衛は頭をふってまたごろりと横になった。

三

小夜は絹の死を知らなかった。驚いて悔みをのべたが、小夜にとって絹の死は遠い関わりのない世界の他人事のようで、慎み深いのか、関心がないのか、それとも鈍感なのか、立ち入ってあれこれ聞いたりしなかった。

「一周忌がすぎたらおまえのことも喜助のこともなんらかの形で披露する」

喜ぶだろうと思ってそういっても、

「お気持はありがたいのですが、江戸は……」

本所深川の者が大川のむこうを江戸という古風な言い方をして、

「生き馬の目を抜くようなところですから、わたしも喜助もこのままここに居させていただいたほうが……」

となんの反応もしめさない。

もっともそんな女だから気も休まるのだと、服忌《ぶつき》の最後のこの日も、小夜が古道具屋で買ってきたという籐の枕をひきよせ、縁側近くにごろりと横になって聞いた。

「その後およねさんとかいう後家さんはどうしてる？」

「あきらめたようで、なにかまた急に老けこんだみたい」

「たよりになるのは金だけという生活に戻るのだ」

「そのようです。でも神隠しというのでもなし、突然あらわれて突然消える。一体なんだったんでしょうねえ、あの御隠居さん」

小夜はそういい、

「あら姫糊がないわ。ちょっと買ってきます」

とこれから洗い張りでもはじめようというのか、表にでていった。

隠居と小太りの浪人者が奥松を見張っていた。それに三十前後の胡麻塩頭も関係していた――。

この前はたとそう気づき、誰かが大がかりに奥松を見張らせていたと思いをめぐらし、花田も関係しているのではないか、関係しているのなら自分が狙われたのもそれに関係があるかもしれないと疑惑をふかめ、六助を仁杉七右衛門の手の者にして調べさせようと、あわただしくここをでた。

花田が自分を狙ったのは大津屋茂左衛門にたのまれてのことだった。

隠居らが奥松を見張っていた件は、どうやら花田とは関係のない別件のようである。では、

〈誰が、なんのために、大がかりに奥松を見張っていた？〉

いいなおすなら、

〈奥松を見張って誰がなんの得をする？〉

六助は——。六助は奥松を追っかけていた。見張ってなどいない。

正十郎や徳蔵や長右衛門らは——。奥松とわかればすぐにとっ捕まえて金をもぎとる。見張ったりしない。

仲間かもしれない大津屋茂左衛門は——。

なにかにおう。

茂左衛門は、目安方の役人に手心をくわえていただきたいと働きかけたかもしれない男で、働きかけは多分成功した。そのことが関係していないか。

根岸肥前守が亡くなったあと、後任には岩瀬加賀守が公事方勘定奉行から転じてきた。

加賀守は俊秀できこえている。前任は公事方勘定奉行で、経験も豊富だ。南町奉行に転じて、当然南の御番所でとりかかっている、またとりかかろうとしている吟味物および出入物について、八人の吟味方与力に報告させる。

その一つに四ツ谷塩町手付金出入一件があった。

一件は、多少とも公事訴訟に関わりのある者なら、一目見て怪しげな公事訴訟とわかる。加賀守が気づかぬわけがない。そこで、〝名与力〟と評判の高い、公事方勘定奉行所にまで名がとどろいてただろう仁杉七右衛門に、「おまえが担当しろ」と名指しで指名する。

南の御番所内に、茂左衛門と目安方の役人とをとりもった役人がいたとして、その役人某は、仁杉七右衛門が一件を担当するのをどう思うか。

とりもったのがあばかれるのではないかと懸念する。

仁杉七右衛門は……と様子をうかがっていると、一件の目安を見て、奥松は殺されているのではないかと疑っているようである。

仁杉七右衛門が疑っているように、もし奥松が殺されているのなら、奥松を殺したかもしれない連中の仲間である、大津屋茂左衛門を目安方にとりもったことにもなる。

役人某は不安になって茂左衛門にたしかめる。茂左衛門は名主の長右衛門にたしかめる。長右衛門は正十郎や留吉、さらに十日町村に帰っている徳蔵にたしかめる。殺してなどいないと彼らは否定する。

役人某は信用しない。奥松は欠落したというが、ではどの道を、どうやって、どこへ欠落した、といま一度茂左衛門にたしかめさせる。茂左衛門はまた長右衛門に、長右衛門は正十郎や留吉、さらに徳蔵に問い合わせる。彼らは知らないという。

そこで役人某は、仁杉七右衛門とおなじように、正十郎か徳蔵あたりが奥松を殺《や》ったのではないかといよいよ疑惑をふかめ、人殺しに関わってしまったことに恐れおののき、不安を解消しようと人をつかって奥松の行方を追う。これがどういうわけかあつさりわかる。

そこで役人某はあることを思いつく……。

仁杉七右衛門は、〝奥松は殺されている〟と確信すると、正十郎や徳蔵らをきっと牢にぶちこむ。牢にぶちこまれれば正十郎や徳蔵は死ぬかもしれない。死ななければ手をまわして殺すまでだと思ったかもしれない。そして、死んだらとぼけて、見張っていた奥松をひっくくって御番所につきだす……。

すると、仁杉七右衛門は誤裁して人を殺したことになる。新任早々で張り切っている岩瀬加賀守じきじきのお声がかりだっただけに、面目は丸潰れになる。失脚とまではいかなくとも、年に二、三千両も役得があって、大名並みの暮しをおくっている者も少なくないといわれている吟味方与力の座を追われる。

　町方の、並の与力と吟味方与力は、権限に、とりわけ役得に、月とすっぽんほどの違いがある。仁杉七右衛門はすっぽんのほうの与力になりさがる。役人某はそういう穽《おとしあな》を用意していて奥松を見張っていた……。どうだろう。これで、筋はとおらないか。

「お昼はあっさりしたものをおとりしようと思うのですが、鰻とか天麩羅とかのこってりしたもののほうがよろしゅうございますか？」

　小夜が聞く。

「あっさりしたものでいい」

「ではお蕎麦で？」

「ああ」

「もりにしましょうか、かけにしましょうか」

　うるさく感じ、

「どっちでもいい」

つっけんどんにいって、また馬鹿なことを考えていたことに気づいた。

〈ほとんど妄想にちかい〉

「やっぱりもりにしてもらおう」

そういうと、なぜか茗荷《みょうが》が頭にうかんだ。

「庭に植えつけている茗荷は？」

「芽をだしているかもしれません。ちょっと見てくださらない」

「うん」

喜兵衛は下駄をつっかけて庭に下りた。

四

仁杉七右衛門の屋敷にいって取次に用件をのべると取次は心得顔に、

「後日連絡する」

といった。その後また下僕らしいのがやってきて場所と日時を知らせた。

場所はこの前とおなじ西国の大名の下屋敷で、指定された日時に、この前とおなじように猪牙舟をたのんででかけた。

「毎日毎日、暑い日がつづくのう」

仁杉七右衛門は団扇《うちわ》をつかいながら、機嫌よくむかえて手をたたいた。

酒と仕出しの料理がはこばれてきた。

「手酌でわるいがまあ飲《や》れ」

仁杉七右衛門はすすめる。喜兵衛は手をつける前にと軽く会釈していった。

「六助の返事ですが、六助はお断りしたいと……」

予想外だったのだろう。仁杉七右衛門の顔はみるみるこわばり、

「またなぜ？」

おふじのことは、話して聞かせることでもない。

「地道に商売をやりたいからだと申しておりました」

「そうか」

と仁杉七右衛門はいって、

「おれはてっきり六助が承知するものときめこみ、承知すればおまえの耳にすぐにはいってしまうことだからと、この前どうやら口をすべらしすぎたようだ」

この前口数が多かったのを気にはしていたのだ。

「でも、大事はおっしゃっておられません」

安心させるようにいうと、

「そうだったかなあ」

思いをめぐらすようにしばらく目をつむっていて、

「あいわかった」

うなずくようにいい、

「用を思いだした。つまらぬものだがのこって食っていってくれ」

一人で食っていけとつづける。歓迎されるとは思っていなかったが、相当無礼な言い草だ。

「ありがとうございます」

喜兵衛はそういって席を立とうとし、思いなおして聞いた。

「一つだけ。一つだけお教えください」

「一つだけ?」

くりかえして仁杉七右衛門はしたり顔に、

「そうか、おまえには借りがあった。奥松は生きていると知らせてくれた。借りは返さねばならぬ。申してみよ」

「四ツ谷塩町手付金出入一件の目安糺についてです。手心をくわえていただきたいと、目安方の御役人に働きかけたのは大津屋茂左衛門でございますか？」

落ち窪んだ眼窩《がんか》の奥にある目が百目蠟燭の光をうけてきらりとひかった。

「おまえはなにが聞きたいのだ？」

「目安は、仁杉様もご存じのように、古証文古帳面買い漁りの類のいいかげんなものでございます。それが御奉行様の大切な御裏判を頂戴できたのはなぜなのか。不思議でならないからおうかがいしているのでございます」

「知ってどうする？」

「どうといって……、後学のためです」

仁杉七右衛門はなにか考えているふうだったが、

「御番所は公事諸願《くじしよがん》について、誰からのいかなる働きかけもうけぬ。それが答えだ」

と腰をうかしかけた。

「ではわたしもお礼に、大事を一つ申し上げておきます」

喜兵衛は、自分でも思いがけないことを口にしていた。

「なにをだ？」

仁杉七右衛門は腰をうかしたまま聞く。

「この前奥松を見張っている男がいたと申し上げました」

「聞いた」

「その男のほかにも二人、奥松を見張っている男がおりました」

仁杉七右衛門は眉間に皺をよせて、

「ほかにも二人？」

「ええ、川越の造り酒屋の隠居と申す男と、小太りの浪人者の二人です」

仁杉七右衛門はすわりなおして、

「そのこと、どうして知った？」

「奥松が寺男をしていた正林寺の門前に、線香なども売っている花屋がございます。川越の造り酒屋の隠居と申す男は、疝気《せんき》持ちだとかで、腹が痛みだして苦しいと言葉たくみに花屋に上がり込み、花屋の後家を色と欲でつって居候をきめこみ、そこへ碁敵とかの浪人者もしばしばたずねていたということです」

「だからといって奥松を見張っていたということにはなるまい」

「花屋にはいりこんだのは去年の暮、姿をくらましたのは奥松が逃げた直後です」

「期間が符合すると申すか」

「だけではありません。隠居は後家に内緒で姿をくらましたので、後家が、身元のたしかな男だと請け合ってくれた芝の証人（保証人）の家をたずねたところ、その家は一年以上も前から空き家だったというのです」

「隠居らは花屋にはいりこむため、空き家を舞台に一芝居うったと？」

「はい」

「でも隠居は、川越の造り酒屋の隠居なのだろう？」

「後家は川越の、うろ覚えに覚えていた屋号の造り酒屋に文をおくったそうです。そんな造り酒屋はなかったと、帰ってきて飛脚が……」

「被害は？」

「一銭も」

「物盗りではない？」

「はい」

「三十前後の胡麻塩頭とか申した男と隠居や浪人者の関係は？」

「わかりません。しかしまったく関係のない二組もが別々に奥松を見張っていたとも思えません。胡麻塩頭と隠居と浪人者は仲間と見るのが自然で、芝の空き家を舞台にした証人などのことも考えますと、奴らはかなり大がかりに奥松を見張っていたことになります」

「そうだとして、一体誰がなんのために？」

「推測はできます」

この前ほとんど妄想ではないかと思った推測だ。

「おまえの推測か？」

「ええ」

仁杉七右衛門はいぶかりながらも、

「申してみよ」

「根岸肥前守様が亡くなられ、南の御番所をトコロテン式に追いだされた肥前守様の御家来である目安方の御役人様は二人おられます。四ツ谷塩町手付金出入一件の目安を糺されたのはそのうちのどちらかの御役人様で、その御役人様をかりに甲さんとお呼びしておきます。大津屋茂左衛門は甲さんに多分賄賂をつかってでしょう、お願いして目安をとおしていただいた」

喜兵衛はそういって仁杉七右衛門の反応をうかがった。

仁杉七右衛門の眼窩の奥の目はまたきらりとひかったが、さっきとちがって否定はしなかった。

「目安方の御役人様は吟味方与力の旦那様方以上にわたしたち宿の者との付合を警戒されます。ですからわたしは、大津屋茂左衛門と目安方甲さんがかねて知り合っていたのではなく、茂左衛門を目安方甲さんにとりもった御役人様がほかにおられたと思っております。その御役人様を乙さんとお呼びしておきます」

ブーンと蚊の羽音がした。仁杉七右衛門は団扇を手にとって蚊をおった。

「四ツ谷塩町手付金出入一件の目安が目安糺をとおったのは、根岸肥前守様が亡くなられる寸前のことです。目安方甲さんが、肥前守様の老衰かなにかの隙を突いて目安を通過させたと思うのでございますが、茂左衛門と目安方甲さん、それに間をとりもった御役人乙さんとの最初の約束では、御裏判はあたえる、そのかわり、すべて内済ですませ、一件は御白州にもちださない、ということではなかったろうかと思われます。ところが、正十郎が、自分の金だ、だから取り戻せると、たしかに正十郎の金には違いなかったのですが、一件を目安にのせたため、それだけが内済できずに一件は御白州にもちだされてしまった……」

仁杉七右衛門は団扇をゆっくりあおいで懐に風をおくっている。

「御役人乙さんは、話がちがうとあわてられた。そこへ肥前守様がお亡くなりになり、かわって公事方勘定奉行の岩瀬加賀守様が転じてこられた。加賀守様は吟味方与力の旦那方を集め、いまとりかかっている、またとりかかろうとしている吟味物および出入物をすべて申せといわれた。みなさんそれぞれ報告された。その中に見るからに怪しげな四ツ谷塩町手付金出入一件もあった」

仁杉七右衛門は団扇をとめ、息を殺すように聞き耳を立てている。

「吟味物にしろ出入物にしろ誰が担当するかは、不正防止のため籤引《くじびき》できめられるそうで、四ツ谷塩町手付金出入一件を担当される方が、そのときすでにきまっていたかいなかったか、それは知りません。ですがひととおり報告を聞かれて加賀守様は、四ツ谷塩町手付金出入一件は、仁杉、そのほうが担当しろといわれた。御役人乙さんはびっくりされた。茂左衛門を目安方甲さんに紹介《ひきあわ》せたのが、仁杉様、あなたによってあばかれるかもしれないからです」

「まて」

と仁杉七右衛門は話の腰をおる。

「御役人乙さんというが、おまえはどのような御役人を頭に描いておる？」

「仁杉様とおなじ吟味方与力の旦那」

いいかげんにそう口走ったら、どうも本当にそうではないかと思えてきた。

「それも、互いに権力争いで鎬《しのぎ》をけずっておられるお方」

図にのってそうつづけた。

「ふ、ふ」

と仁杉七右衛門は笑った。目は笑っていない。

「仁杉様は目安を見て、すぐに奥松は殺されているのではないかと疑いをかけられた。同僚で競争相手ですから御役人乙さんにそれはわかる。仁杉様が疑いをかけられたとおり奥松が殺されているとしたら、奥松を殺しているかもしれない正十郎や徳蔵らの仲間である茂左衛門を、目安方甲さんにとりついだことになる。またまたびっくりして御役人乙さんは真偽を茂左衛門にたしかめる。茂左衛門は話をもってきた名主の長右衛門にたしかめる。長右衛門は正十郎や留吉、また十日町村に帰っている徳蔵にたしかめる。彼らは殺してなんかいないと否定する」

「事実殺していなかった」

「乙さんは信用しない。奥松は欠落したというが、ではどの道を、どうやって、どこへ欠落したといま一度確かめさせる。正十郎らにいわせれば、わかっていれば苦労はしないというところでしょう、茂左衛門にそういったかもしれません、とにかく彼らは知らないという。そこで乙さんは仁杉様、あなた様とおなじように正十郎か徳蔵あたりが奥松を殺《や》ったのではないかといよいよ疑惑を深め、それに関わってしまったことに恐れおののき、不安を解消しようとするかのように奥松の行方を追う。これが、どういうわけかあっさり見つかる」

仁杉七右衛門はつめたくなっている酒を杯についだ。

「そこで乙さんはあることを思いつく。仁杉七右衛門は、奥松は殺されているという推測のもとに詮議をすすめている。すると、いずれ正十郎や徳蔵らを牢にぶちこむ。ぶちこめば、ぶちこまれた者はまま死ぬ。やがて正十郎か徳蔵、あるいは両人ともに死ぬ。死ななければ手をまわして殺すまでだ、と思われたかもしれません。伝馬町の牢はこう申しちゃなんですが、手をまわして殺すなどわけもないことです。そして、奴らが死んだら、見張らせていた奥松を御番所に突きだす……」

仁杉七右衛門は杯をぐいとあおるように飲み干した。

「すると仁杉様、あなた様は誤裁して人を殺したことになる。一件の担当は、新任の岩瀬加賀守様じきじきのお声がかりだっただけに、あなた様の面目は丸潰れになる。力量も疑われる。失脚とまではいかなくとも、吟味方与力の座は追われる。つまりあなた様を穽《おとしあな》に嵌《は》めるため乙さんは奥松を見張らせていた……」

妄想でもなんでももうどうでもいいと思っている。喜兵衛はそういいきってつづけた。

「どうです。筋はとおっておりましょう?」

仁杉七右衛門は目をつむりしばらく考えていて、

「話としてはおもしろい。だがのう」

と身を乗りだし、

「おれら町方は、内々で揉《も》めるような愚かな真似などしない。外からの敵には、たとえ御奉行といえども力を合わせて戦うことはあってもだ」

といって、

「ところで、おまえはなにを期待しておれにそんな話をした？」

「期待といって、なにもございません。ただ、そうではなかろうかと推測を申し上げたまでのことでございます」

「大津屋茂左衛門に意趣があってのことのようだな？」

「いいえ」

とぼけた。

「茂左衛門は親戚だろう。死んだ……、そうだ悔みをいうのを忘れていた、このたびはまことに御愁傷である」

といって仁杉七右衛門はしばし瞑目《めいもく》し、

「大津屋は死んだおまえのかみさんの実家《さと》で、茂左衛門はかみさんのいとこだろう」

「よくご存じで」

「そのくらいのこと、知らずに吟味方与力はつとまらぬ。そんな関係なのに、なぜ茂左衛門を陥れるような讒《ざん》を申す」

こうなればついでだ。喜兵衛はぬけぬけといった。

「仁杉様のためになればと思ってのことでございます」

「それはまことに有難いことだ」

仁杉七右衛門は冷笑するようにいい、

「くりかえし申しておく。町方はけっして内々で揉めるようなことはしない。また公事諸願などで手心をくわえたりもしない」

と断言して立ち上がり、

「とにかく用を思いだした。おまえはのこって、目の前のものを食っていけ。酒が足りなければ手をたたけばいい。女がもってきてくれる」

冷たくなっている料理を一人ぽつねんとよばれる気などない。喜兵衛もあとを追うように立ち上がった。

五

ひんやりした風が通りを吹き抜けて馬喰町にも秋の気配がしのびよってきた。夏はどうやらおわったらしい。

いつものように、きょうの塒《ねぐら》をもとめる旅人の袖を引いていた。堂社物詣とおぼしき五、六人の男たちが、お国訛りまるだしで御城の方角から声高にやってくる。きょろきょろ周囲《まわり》を見回しているところをみると宿はまだきまっていないらしい。

袖を引こうとまちかまえていると、どこかの役所に出向いていたのだろう、向いの宿刈田屋の平右衛門が男たちを追い越すようにやってきて、

「喜兵衛さんちょっと」

と声をかける。せっかくの客を目の前にしながらと思わないでもなかった。

だが平右衛門は気難しい。袖を引くのをあきらめ、

「なんでしょう？」

喜兵衛は平右衛門に近づいていった。

「こちらへ」

平右衛門は人気のない刈田屋の裏口にはいる路地にさそう。

刈田屋の雪隠《せっちん》の臭いが鼻をつく。平右衛門は平気なようで、声を落としていう。

「大津屋さんがきょう南の御番所に」

大津屋も宿の主人だ。南だろうが北だろうが、御番所に顔をだして不思議はない。

それがどうかしましたかとばかり首をかしげていると、

「お取調べでですよ」

「大津屋さん自身が御白州で」

「そうです。いつかあなたに苦情をいいましたよね。御差紙をつけた越後十日町村の縮問屋の番頭を大津屋さんに横取りされたと。あの一件はなんといいましたっけ?」

「四ツ谷塩町手付金出入一件」

「そうそう、その一件がお調べなおしになったとかで、大津屋さんは仁杉様に呼びだされたのです」

仁杉七右衛門は、一件の目安糺に関する茂左衛門の働きかけをはっきり否定した。町方は、公事諸願について手心をくわえたりしないと断言もした。半月ほど前のことである。

「わたしらが赤鼻と呼んでいる鼻の赤い下番がおりましょう?」

懐にいくらか突っ込めば口が軽くなることで知られている下番だ。

「赤鼻のいうのに、大津屋さんは仁杉様からきびしい詮議をうけ、そのまま白州留になっているということです」

「嫌疑は？」

「四ツ谷塩町手付金出入一件の目安糺について、目安方のお役人に賄賂をつかったとかの……」

仁杉七右衛門は、奥松を見張っていた男たちを追って、推測したとおりかどうかはともかく、なにかがわかり、茂左衛門の件も追及せざるを得なくなったということか……。

「大津屋さんは、知らぬ存ぜぬと突っ張られたそうですが、亡くなられた根岸肥前守様の目安方で、都築清兵衛《つづきせいべえ》という干物のように痩せこけた方がおられましたよね」

「ええ」

「仁杉様はそんなに突っ張るのならと、あらかじめ呼んでおられたらしいんです。都築様を御詮議所に呼びだして糺された。都築様はたしかに大津屋から賄賂を受け取ったと、あっさり。なんでもその頃都築様は突然病人二人を抱えることになり、薬石代《やくせき》がかさんでやむにやまれず、ということだったらしいです。目安方は与力とはいえ、御奉行が独自に抱えておられる内与力《ない》で扶持《ふち》はわずかに五十石。余禄もない。それでついつい話にのってしまわれたのでしょうが、受け取られたのはたったの十両だったとか。哀れな話です」

十両でもしかし、なければどうにもならないこともある。

「ただですね。都築様のほうは事前にお取調べがあって、すでに白状しておられたようだったと、赤鼻は……」

先に屋敷にでも呼んで取り調べ、病人のことは面倒を見るとかなんとか因果をふくめてのことかもしれない。でなければそうやすやす白状したりはしない。

「それで大津屋さんも、もはや逃れぬところと観念したらしく、賄賂をおくった件はみとめたそうですが、仁杉様はさらに、そのほうが一件の頭取（主犯）であろうと厳しく追及をはじめられたとか。『御定書《おさだめがき》』の何条かにありましたよね。公事諸願、そのほか請負《うけおい》等で、賄賂を差しだした者、ならびに取り持った者は軽追放と……」

二十六条にある。

「喜兵衛さんにこんなことをいうのは釈迦に説法でしょうが、御武家はともかく、わたしら百姓町人に対する追放刑は、いまでは重、中、軽ともに江戸十里四方、日本橋から五里以内、および住居地と犯罪地の国がお構い場所とされていて、実質上の差異はない」

「ええ」

「ただし付加刑の闕所《けっしょ》で差異がつけられており、重追放《じゅうついほう》は田畑・家屋敷・家財、中追放は田畑・家屋敷、軽追放は田畑の取上となっており、田畑、家屋敷がない者は家財の取上となっています。したがって田畑などない江戸者の軽追放は家財の取上だけですみ、江戸者の場合軽追放と中追放とでは、一方が家財の取上なのに一方が家屋敷の取上と大きな差がついてしまう」

「そう」

「四ツ谷塩町手付金出入一件で、すでに処分をうけている者はほとんどが中追放だそうです。そうですね？」

「ええ」

「ですからかりに、四ツ谷塩町手付金出入一件の頭取（主犯）でなくとも、同類（一味）ということにされれば、大津屋茂左衛門さんは中追放で家屋敷を取り上げられる。商売道具でもある宿も取り上げられる。それで大津屋さんは、軽追放ですむよう賄賂を取り次いだだけと頑張られたようなのですが、仁杉様は相当の意気込みだったといいますから、まず中追放はまぬがれないだろうとも赤鼻は……」

平右衛門は通りへむかいながら、

「大津屋さんにはわたしらもずいぶん不愉快な思いをさせられました。いい気味だと思うのですが、さすがに中追放家屋敷取上ということになると、気の毒なという気がしないでもない」

命を狙われるというようなことがなければ誰でもそう思う。

「この前ひとしきり揉めましたよね」

「なにがです？」

「御三卿清水様の御領地を大津屋さんが囲い込みそうだというのがきっかけで、あれこれ話し合ったが意見がまとまらなく」

「そういえばそんなことがありました」

「あなたが火付け役だったじゃないですか」

「まあ」

「これで、清水様の御領地も囲い込まれなくてすむ」

「そうですね」

「では」

と平右衛門は刈田屋の中にきえた。

客引合戦もいまがさかりの刻限だ。喜兵衛はふたたび恵比寿屋の前に立った。

「お泊まりですか？」

「ささ、手前どもの宿へ」

番頭や手代とおなじように旅人に声をかけた。

習性《ならいしょう》でそうしているだけだった。頭の中にはいろんなことが渦巻いていた。

おそらく、仁杉七右衛門は、奥松を見張っていた男たちを追い、張本人が誰であるかをつきとめ、その男が、仁杉七右衛門を吟味方与力の座から追おうと巧《たく》んでいたというのを知ったのだ。

この先仁杉七右衛門がどういう手を打つか。それはわからない。が、第一段として男とつながりのある、仁杉七右衛門追落しの陰謀に深く関わっていただろう、大津屋茂左衛門に矛先《ほこさき》をむけ、きびしい糾弾《きゅうだん》をはじめた……。

そういうことだろう。

茂左衛門は都築清兵衛への賄賂の取次はみとめたが、賄賂を取り次いだだけだと言い張っているのだという。

かりにそうであったとしても、相応の割前はとっていたろう。茂左衛門のことだ。ロハで取り次いだりはしない。茂左衛門が四ツ谷塩町手付金出入一件の頭取（主犯）であるかどうかはともかく、同類（一味）と断定するのは容易だ。

茂左衛門は間違いなく、中追放・家屋敷取上を申しわたされる。

迷妄だとか妄想だとか思ったのに、事態は思いがけなく、思ったとおりにはこんでいる。

しかし、それで満足感にひたれるかどうかということになると、話はちがった。

仁杉七右衛門がいったように、仁杉七右衛門に讒《ざん》して茂左衛門を陥れたような、茂左衛門を穽《おとしあな》に嵌めたような、後味のわるい思いがしてならないのだ。

その昔、絹の実兄の取り巻きになり、老舗の旅人宿の跡取り面《づら》して大津屋に出入りし、それとなく絹の気を引き、絹も憎からぬふうだったから、親は双方ともいい顔をしなかったのに、実兄に世話をやいてもらって祝言をあげた。

当時茂七といった茂左衛門は、あとで知ったことだが、いとこの絹に気があったのだという。絹も苦味ばしった、役者にしてもいいような男ぶりの茂左衛門を憎からず思っていたのだが、老舗の旅人宿の跡取りが出入りするようになって乗り換えたのだという。

茂左衛門はそのとき、お互い憎からず思っている、心底惚れていたかもしれない女を、ひょいと横からさらわれたことをどう思ったろう。

いとことはいえ、その頃は使用人の一人だ。悔しいがどうすることもできず、歯噛みする思いで、無念の情を胸にたたみこんだのではないか。だから、茂左衛門にいわせれば、女への未練がまだ断ち切れない時期の、一度や二度の逢瀬《おうせ》は許されていい、ということになる。

逢瀬、浮気のことはさておき、年をへて思いがけなく女から文をもらった。女は切々と苦衷《くちゆう》を訴えている。

たのまれるまま調べてみると、惚れている女をさらった男は、深川に女をかこっていた。子供までもうけていた。それはまあいい。男にはよくあることだ。だが、だからこそ病に伏している女に対しては、達者だったとき以上に、思いをかけてやらなければならない。

それなのに、その後やりとりをつづけた文によると、男は、表面《おもてづら》はともかく、内心では女を敬して遠ざけ、ときに無視するという、非道な仕打ちをしているのだとか。もともと男が大津屋に出入りするようになり、横から油揚をさらっていくように女をさらっていきさえしなければ、いとこであるにしろ、兄が死んで大津屋を継いだことでもあり、女と所帯をもってうまくやっていた、はずだ。幸せな家庭をきずいていた、はずである。

そんな思いがいまさらながらこみあげてきて、

〈許せぬ〉

と茂左衛門は、男の命をねらった。男の命をねらったのは、乗っ取りが目的でなく、積年の怨みを晴らすためだった……。

「おとっつぁん」

重吉だ。めずらしいこともあるものだと、喜兵衛はふりかえった。

「聞いてますか？」

重吉は小声でいう。

「なにをだい？」

「茂左衛門おじさんのこと」

たずねてくるのがそもそもめずらしいのに、なんでそんなことを聞くのかといぶかりながら、

「いまちらっと噂を聞いたばかりだが」

といって、

「おまえは誰に聞いたのだい？」

「きょうお午《ひる》すぎ、南の御番所に注文の錠前を届けにいったのです。すると、大津屋の番頭さんにばったり出会って、大変なのです、旦那様がいま白州留にと……」

重吉はそこで首をひねりながら、

「でもおとっつぁんはなぜそんなに落ち着いてるんです？　茂左衛門おじさんはつい

いましがた伝馬町の牢におくられたばかりなのですよ」

「伝馬町の牢に？」

「ええ」

伝馬町の牢はいつも混んでいる。茂左衛門は宿の主人で、家持《いえもち》でもある。逃亡のおそれなどない。どちらかといえば預《あずけ》だろうと思っていた。本心をいうなら、預になるとか、牢におくられるとかまで気がまわらなかった。

「じゃあすぐにでも差入《さしいれ》をしなくっちゃ」

とその場をとりつくろって、

「おまえはわざわざそれをいいに？」

「いえ。番頭さんによると、茂左衛門おじさんは中追放にあいそうだというのです。おとっつぁんはよくご存じでしょう。中追放は家屋敷が取り上げられるってこと」

「ああ」

「茂左衛門おじさんも、番頭さんも、家屋敷の取上はもう覚悟しているそうなのですが、そのことでおとっつぁんに相談があってきたのです」

「どんな？」

「茂左衛門おじさんのところには、おばさんだけじゃない。十六のお光坊を頭《かしら》に四人も女の子がいる。家屋敷が取り上げられると、一家はたちまち路頭にまよってしまう。それで、力を貸してあげていただけないかと」

「どんな力を？」

「おとっつぁんは長いこと旅人宿の行事をやっておられる。旅人宿にも百姓宿にも顔がきく。ですから、親戚だからと、みなさんにお願いして、入札払になる大津屋をおとっつぁんに落札していただきたいのです」

「なんだって？」

喜兵衛は、自分でも調子はずれだとわかる声をあげていた。

「お頼みしているのは、妙なことですか？」

「いや」

といって、

「番頭さんにたのまれた？」

「というわけでもないんです。話していてなんとなく、おとっつぁんにそうたのんでみようと……」

「お金はどうするのだね？」

「番頭さんによると、大津屋さんは宿のほかに二千二、三百両ばかりの地面があるそうなのですが、それも闕所になるそうで、手元にのこるのは両替屋さんに預けてある三百両ばかりだそうです」

「大津屋さんは千両はする」

「ですから、足りない七百両くらいも、おとっつぁんに助けてもらいたいのです」

〝そんな馬鹿な〟とでかかった声を、かろうじてのみこんだ。

「大津屋さんはおっかさんの実家《さと》で、亡くなられたばかりのおっかさんもきっと、そうしてもらいたいと、草葉の陰で願っていると思うのです。なんとかそうしてあげてもらえませんか」

重吉の顔にちらっと絹の面影がはしった。そういえば重吉は子供の頃、母親似だとよくいわれていた。

「深川の、三つ四つの弟のことは知っております」

「誰に聞いた？」

重吉は口をつぐんだ。

「おっかさんからかい？」

「そうです。でも誤解しないでください。恵比寿屋のことでどうこういう気は、わたしにはありません。ですが、かりに、おとっつぁんがもっておられる地面のうち、いくらかでもわたしに譲る気がおありなら、それを売って、足しにしてもらえませんか。わたしも多少ですが貯えをはたきます」

重吉は口の立つ子ではなかった。

「わたしは子供の頃、茂左衛門おじさんにはずいぶんかわいがってもらった。それよりもなによりも、おっかさんの実家《さと》の、親戚のみんながかわいそうだ。おとっつぁんもそう思いませんか。おとっつぁんは常々おふじさんのことをかわいそうだといっておられた。親戚ならなおのことじゃないんですか」

まるで絹が重吉に乗り移ってしゃべっているかのようである。

「それに、親戚のことなのに知らんぷりしてると、おとっつぁんこそ世間のいい物笑いになる」

くらっと眩暈《めまい》がした。よろめくように二、三歩あるき、恵比寿屋の角の柱に手をかけてからだをささえた。

「どうかしたんですか？」

重吉が覗き込むようにして聞く。

「どうもしない」

喜兵衛は首をふってこたえた。

ちーん。
鉦《かね》をたたく音がする。顔を上げた。
上から下まで鼠木綿づくしの六十六部《ろくじゅうろくぶ》が、通りを歩きながら鉦をたたいている。
六十六部は滅罪の功徳を得るため諸国の社寺を巡礼して歩くのだという。
喜兵衛は六十六部に自分の姿を重ねてみた。

左記の著作物を参考にさせていただきました。各位に深甚の謝意を表します。
『江戸時代の罪と刑罰抄説』（高柳真三著・有斐閣）
『江戸の罪と罰』（平松義郎著・平凡社）
『近世刑事訴訟法の研究』（平松義郎著・創文社）
『近世民事訴訟法史（法制史論集　第八巻）』（石井良助著・創文社）
『続近世民事訴訟法史（法制史論集　第九巻）』（石井良助著・創文社）
『公事師・公事宿の研究』（瀧川政次郎著・赤坂書院）
『刑事法と民事法（幕藩体制国家の法と権力4）』（服藤弘司著・創文社）
『法制史論集　第三巻』（中田　薫著・岩波書店）
「江戸の公事宿―1―」（南　和男著・『國學院雑誌』）
「とはずがたり（石川雅望）――未刊随筆談（十）」
（中村幸彦著・『三田村鳶魚編　未刊随筆百種付録　第十号』中央公論社）

解説

細谷正充（文芸評論家）

日本には、星の数ほど文学賞がある。その中でもっとも有名なのが芥川賞と直木賞だろう。特に直木賞は大衆小説に与えられる文学賞であり、読者の感心も高い。直木賞を獲得したことで注目を集め、よりメジャーになった作家は幾人もいる。本書『恵比寿屋喜兵衛手控え』で、第百十回直木賞を受賞した佐藤雅美も、そのひとりといっていい。とはいえそこに至るまでには、当然、作家の軌跡がある。本書の内容に踏み込む前に、まず作者の経歴を見ることにしよう。

佐藤雅美は、一九四一年、兵庫県に生まれる。早稲田大学法学部卒。雑誌の記者やフリーライターを経て、作家になる。一九八四年に講談社から刊行した第一長篇『大君の通貨 幕末「円ドル」戦争』で、第四回新田次郎文学賞を受賞。幸運なスタートを切った。以後、経済を題材にした歴史小説や、歴史関係の著書を堅実なペースで出版。現在では歴史経済小説も珍しくなくなったが、当時は乏しく、有望な新人として期待されたものである。

そんな作者が新たな地平を切り拓いたのが、一九九二年の『影帳―半次捕物控』だ。この作品は、実にショッキングであった。なぜなら従来の捕物帳とはまったく違う岡っ引像を提示したからだ。もう少し詳しく説明しよう。

岡本綺堂の「半七捕物帳」シリーズによって生まれた捕物帳というジャンルは、野村胡堂の「銭形平次捕物控」シリーズによって、莫大な人気を獲得する。どちらも岡っ引を主役とし、綺堂は郷愁としての江戸、胡堂は善意の罪人が許される〝法の無何有郷（ユートピア）〟としての江戸を創り上げた。以後の捕物帳の多くは、このふたりの作品を踏襲し、岡っ引は庶民のヒーローとなったのである。

だが昭和四十年代になって、新機軸の捕物帳が現れた。笹沢左保の「地獄の辰・無惨捕物控」シリーズだ。ここで笹沢は、荒事を辞さず、庶民に蛇蝎《だかつ》のごとく嫌われる辰という男を主人公にして、ダーティー・ヒーローとしての岡っ引を創造したのである。その他にも、都筑道夫の「なめくじ長屋捕物さわぎ」シリーズや、池波正太郎の「鬼平犯科帳」シリーズなど、言及したい作品があるのだが、煩雑《はんざつ》になるので省く。

綺堂・胡堂タイプと笹沢タイプが出揃い、さすがにもう新機軸はないだろうと思っていたのだが、そんなことはなかった。『影帳―半次捕物控』が出版されたのだ。主人公の半次は、腕っこきの岡っ引だが、主たる仕事は〝引き合いを抜くこと〟なのである。要は、犯罪事件にかかわり、時間や金銭を失うことを嫌う人に頼まれ、なんとかすることだ。ここで描かれているのは法の番人や庶民のヒーローではなく、生活のために働く職業としての岡っ引である。緻密な考証による岡っ引の実像は、いままでにないものであり、新鮮な驚きがあった。シリーズ化されたのも納得の面白さだ。

そして作者はこの頃から、新たな鉱脈を掘り進めるようになる。江戸の社会のシステムという鉱脈だ。『影帳―半次捕物控』で、法の隙間産業ともいうべき仕事をしている岡っ引を描き、翌年の『恵比寿屋喜兵衛手控え』では公事宿《くじやど》の主人《あるじ》を主役にして、江戸の民事訴訟を活写。これが直木賞を受賞したことで、作者も自身の方向性に自信を持ったのだろう。以後、例繰方《れいくりかた》という奉行所の書類担当の同心を主人公にした「物書同心居眠り紋蔵」シリーズ、江戸の広域捜査官ともいうべき八州廻りの実態を描いた「八州廻り桑山十兵衛」シリーズ、大番屋（八丁堀の近くにあった仮牢兼調所）の元締を主人公にした「縮尻鏡三郎」シリーズなど、江戸の社会のシステムを構築する、さまざまな場所と人々を書き続けたのである。

ついでに付け加えると、どの作品でも調べ抜かれた考証が物語に織り込まれている。『恵比寿屋喜兵衛手控え』が直木賞を受賞したとき、選考委員のひとりの藤沢周平は作品の新しさを、考証を従属的な位置から解放し、物語と等質等量の役割を与えたことだといっている。藤沢の発言に、全面的に同意だ。あまり知られていない社会のシステムや役職についての考証は、たしかに興味深い。多くの佐藤作品の読みどころといっていいだろう。だが、それだけではないのだ。興味深い考証を使い、豊かなストーリーを組み立てる。ここが作者の凄いところなのである。

前置きが長くなってしまったが、以上のことを踏まえながら、あらためて『恵比寿屋喜兵衛手控え』を見てみることにしよう。時代は江戸中期。主人公は、馬喰町にある公事宿（正確には旅人宿）「恵比寿屋」の主人の喜兵衛だ。ちなみに公事とは、現代でいうところの民事訴訟である。出入（公事訴訟事）には一定の約束事があるが、普通の人にとっては煩雑だ。さらに訴訟が決着するまでに時間がかかり、その間の宿も必要になる。ということで公事の当事者や関係者を泊める宿を営むと同時に、現在の司法書士のようなことも請け負う。なるほど、よくできたシステムである。

とはいえ現代と違う部分も多い。作者は本書の第一章で、公事を抱えた幾人かの「恵比寿屋」の客を紹介しながら、公事とはどのようなものかを、巧みに説明していく。何も知らなくても、いつの間にか知識を得てしまう、作者の語りが鮮やかだ。また公事を通じて、いろいろなことを考えさせられる。

そもそも社会のシステムとは、法と慣習《しきたり》によって成り立つ。法については説明不要だろう。社会の基本的なルールである。そして、法がカバーできない部分を埋めるのが慣習だ。多くの人々の共通認識によって創り上げられた慣習は、時に法以上の力をも持つ。この法と慣習が組み合わされることで、社会は回っていくのだ。とはいえ法も慣習も完全ではない。本書の中で喜兵衛は公事に呼び出される人の住まいの遠近の違いが考慮されないことに対して、

「つまるところ、お裁きの仕組には大本《おおもと》の決まりがない。約束事を、付焼刃《つけやきば》をつけるようにくっつけてかためていったからそうなってしまったのだろう」

と考える。現状にそぐわない法律というのは、現在でも見られることだ。また、公事を金儲けのネタにする公事人（弁護士のようなもの）もいる。結局、人のやることは、昔も今も変わらないと苦笑いしてしまった。

さて、肝心のストーリーだが、話が進むにつれ、越後からやって来た六助の公事がメインだと分かってくる。訴えられたのは六助の兄。縮《ちぢみ》の売買に関するトラブルで、六十両を請求されたのである。しかし事情は複雑であり、ベテランの喜兵衛からすると訴えた側に怪しい節があると感じられる。そして、名吟味方与力といわれる仁杉七

右衛門の調べが進むうちに、意外な真実が明らかになっていくのだった。

これと並行して、喜兵衛が猫背の浪人に襲われるという事件が起こる。公事の件か、それとも私生活が原因か。というのも喜兵衛の私生活も、なかなか複雑なのだ。妻の絹は五、六年前から病気で寝付いており、すぐに喜兵衛を呼びつける。息子と娘がいるが関係はよくない。家業が向かなかった息子の重吉は喜兵衛と喧嘩して家を飛び出し、今は錠前屋の婿同然になっている。娘の糸はくだらない男に引っかかり、貧しい暮らしをしているが、喜兵衛を頼ろうとしない。百姓宿をしている親戚の大津屋茂左衛門とも、ギクシャクした関係だ（背景に旅人宿と百姓宿の確執がある）。さらに深川に女を囲い、そちらに息子ができている。仕事は有能な喜兵衛だが、家庭は問題だらけなのである。

若い頃に通っていた町道場の兄弟子で、不良御家人の花田縫殿助に、猫背の浪人を捜すよう依頼した喜兵衛。ところが……。ここから先は詳細を控えるが、七右衛門の調べで一件落着したと思った公事には、さらなる奥行きがあった。喜兵衛を巡る一件も、予想外の広がりを見せる。純朴だと思っていた六助はしたたかな顔を覗かせ、「恵比寿屋」で働く女中の動きも気になる。本書は時代ミステリーとしても一級品であり、読者は喜兵衛と一緒になってストーリーに翻弄《ほんろう》されることになるのだ。

そうした中から浮かび上がる、さまざまな人物像も味わい深い。誰もが自分なりの思惑《おもわく》を抱え行動している。単純な善悪で割り切れないところに、人間の面白さがあるのだ。一例として糸を挙げておこう。終盤、あることから泣き崩れた糸の心にあるのは悲しみなのか、それとも欲に基づいた悔しさなのか。作者は断定しようとはしない。それが逆に、彼女のキャラクターを掘り下げているのだ。

もちろん主人公も同様である。一連の騒動の真相が明らかになると、自分の身の安全を考えて、したたかな立ち回りをするのだ。人は誰もが社会のシステムの中で生きている。だからといって社会や法が、すべてを守ってくれるわけではない。時に相手を見切る、喜兵衛の陰影ある行動から、いぶし銀の魅力が伝わってくるのである。

ところで本書について、不思議なことがある。直木賞を受賞した代表作なのに、なぜシリーズ化しなかったのか。読めば分かるように、喜兵衛及び、その周囲の人々を使って、いくらでも物語が創れたはずだ。公事に関するネタも、まだまだあったことだろう。シリーズ化は可能だったはずだ。

残念なことに作者は、二〇一九年七月に逝去し、シリーズ化しなかった理由を聞くことができない。だから本を閉じた後、喜兵衛たちがどんな人生を歩んだのか、夢想せずにはいられない。そんな風になるのも、本書が堪《たま》らなく面白いからなのだ。

本書は一九九六年九月に刊行された文庫の新装版です。

|著者| 佐藤雅美　1941年１月兵庫県生まれ。早稲田大学法学部卒。'85年『大君の通貨』で第４回新田次郎文学賞、'94年『恵比寿屋喜兵衛手控え』（本書）で第110回直木賞を受賞する。他の著書に『手跡指南 神山慎吾』『官僚川路聖謨の生涯』『覚悟の人 小栗上野介忠順伝』『関所破り定次郎目籠のお練り 八州廻り桑山十兵衛』『頼みある仲の酒宴かな 縮尻鏡三郎』『知の巨人 荻生徂徠伝』『侍の本分』などがある。2019年７月逝去。

恵比寿屋喜兵衛手控《えびすやきへえてびか》え　新装版《しんそうばん》

佐藤雅美《さとうまさよし》

講談社文庫
定価はカバーに表示してあります

2021年11月16日第１刷発行

発行者——鈴木章一
発行所——株式会社　講談社
東京都文京区音羽2-12-21　〒112-8001
電話　出版　(03) 5395-3510
　　　販売　(03) 5395-5817
　　　業務　(03) 5395-3615

KODANSHA

デザイン—菊地信義
本文データ制作—講談社デジタル製作
印刷———豊国印刷株式会社
製本———株式会社国宝社

Printed in Japan

ISBN978-4-06-526075-3

講談社文庫刊行の辞

二十一世紀の到来を目睫に望みながら、われわれはいま、人類史上かつて例を見ない巨大な転換期をむかえようとしている。

世界も、日本も、激動の予兆に対する期待とおののきを内に蔵して、未知の時代に歩み入ろうとしている。このときにあたり、創業の人野間清治の「ナショナル・エデュケイター」への志を現代に甦らせようと意図して、われわれはここに古今の文芸作品はいうまでもなく、ひろく人文・社会・自然の諸科学から東西の名著を網羅する、新しい綜合文庫の発刊を決意した。

激動の転換期はまた断絶の時代である。われわれは戦後二十五年間の出版文化のありかたへの深い反省をこめて、この断絶の時代にあえて人間的な持続を求めようとする。いたずらに浮薄な商業主義のあだ花を追い求めることなく、長期にわたって良書に生命をあたえようとつとめるところにしか、今後の出版文化の真の繁栄はあり得ないと信じるからである。

同時にわれわれはこの綜合文庫の刊行を通じて、人文・社会・自然の諸科学が、結局人間の学にほかならないことを立証しようと願っている。かつて知識とは、「汝自身を知る」ことにつきていた。現代社会の瑣末な情報の氾濫のなかから、力強い知識の源泉を掘り起し、技術文明のただなかに、生きた人間の姿を復活させること。それこそわれわれの切なる希求である。

われわれは権威に盲従せず、俗流に媚びることなく、渾然一体となって日本の「草の根」をかたちづくる若く新しい世代の人々に、心をこめてこの新しい綜合文庫をおくり届けたい。それは知識の泉であるとともに感受性のふるさとであり、もっとも有機的に組織され、社会に開かれた万人のための大学をめざしている。大方の支援と協力を衷心より切望してやまない。

一九七一年七月

野間省一